Enid Blyton

Lissy im Internat

C. Bertelsmann Verlag

Originaltitel: The naughtiest girl in the school
The naughtiest girl again
The naughtiest girl is a monitor
Originalverlag: George Newnes Ltd., London
Aus dem Englischen übersetzt und bearbeitet von
Ilse Winkler-Hoffmann
Illustrationen von Ruth von Hagen-Thorn
Einband von Ingrid Kellner

Gesamtherstellung Mohndruck Graphische Betriebe GmbH, Gütersloh
ISBN 3-570-06544-8 · Printed in Germany

Inhalt

Lissy will mit dem Kopf durch die Wand

Eine böse Überraschung

»Lissy, Lissy!« Der Frühlingswind trug den Ruf vom Hause her bis hinauf zu den Weiden, wo das Mädchen, dem er galt, an einem Gatter stand, den Kopf an den eines Ponys gelehnt, die Arme um dessen Hals geschlungen.

Lissy strich sich eine Haarsträhne aus dem braungebrannten Gesicht, zog die Stirn kraus und murmelte: »Mutter hat bestimmt entdeckt, daß ich wieder einmal keine Schularbeiten gemacht habe, und jetzt soll ich stundenlang im Zimmer hocken und mich mit dem langweiligen Kram abquälen. Ist das nicht scheußlich, mein Liebling?«

Das Pony wieherte leise, und Lissy nickte ihm zu und flüsterte, während sie eine Handvoll Würfelzucker aus ihrer Jackentasche nahm: »Du verstehst mich, nicht wahr? Du möchtest auch nicht an einem so herrlichen Tag im Stall stehen. Du findest es auch viel schöner, wenn ich bei dir bleibe und dich ein bißchen füttere.«

»Elisabeth!«

Lissy seufzte tief auf, wartete, bis ihr Liebling das letzte Stückchen Zucker gefressen hatte, und klopfte ihm dann zärtlich den Hals. »Schade«, sagte sie leise, »jetzt muß ich doch gehen. Du weißt ja, wenn Mutter ›Elisabeth‹ zu mir sagt, ist sie sehr ärgerlich, und wenn ich nun nicht komme, wird sie böse. Also, bis nachher!« rief sie schon im Davonlaufen über die Schulter. »Dann bringe ich dir wieder etwas mit!«

Mit wehendem Haar und ohne rechts und links zu sehen, jagte sie den Abhang hinunter, stolperte bei dem Gedanken daran, die Mutter könne von dem nassen Schwamm in Fräulein Millers Bett erfahren haben, über einen Felsstein, schlug sich das rechte Knie auf und zerschrammte sich gleich darauf das linke beim Überwinden einer Hecke.

›Diese blöden Erzieherinnen‹, dachte sie erbost, ›immer müssen sie gleich petzen.‹

Da das Besitztum der Eltern Lissys zu weit von der nächsten Stadt entfernt lag und Herr und Frau Allen sich bis jetzt noch nicht hatten entschließen können, ihre Einzige in ein Internat zu geben, wurde der Unterricht zu Hause abgehalten.

Eine stattliche Reihe von Erzieherinnen war im Laufe der Jahre gekommen und bald wieder gegangen, alle überzeugt davon, daß mit diesem Kinde nichts, aber auch gar nichts anzufangen wäre. Mit einem Kinde, das sich nichts Schlimmeres vorstellen konnte, als über Büchern zu hocken, und jede Gelegenheit wahrnahm, sich dieser Freiheitsberaubung zu entziehen.

»Sie ist eben ein halber Junge. Sie wird sich schon noch ändern, wenn sie etwas älter und vernünftiger geworden ist.« Mit diesen Worten versuchte Herr Allen regelmäßig die Bedenken seiner Frau zu zerstreuen, was ihm aber niemals ganz gelingen wollte.

Auch jetzt sah die Mutter ihrer auf sie zustürmenden Tochter mit gerunzelter Stirn entgegen. »Du keuchst ja wie eine Lokomotive«, sagte sie kopfschüttelnd. »Wo warst du nur wieder? Was hast du nur wieder angestellt? Und wie siehst du wieder aus!«

»Ich soll Schularbeiten machen, ja?« sagte Lissy, noch völlig außer Atem, fuhr sich mit dem Jackenärmel über das erhitzte Gesicht und fügte hastig hinzu: »Es geht ganz schnell, es dauert bestimmt nicht lange!«

»Wie immer«, war die seufzende Entgegnung. »Wann hättest du jemals Sorgfalt auf deine Schularbeiten verwandt? Aber das hat jetzt Zeit. Ich muß etwas mit dir besprechen.«

Besprechen! Lissy warf unter gesenkten Wimpern einen raschen Blick in das ungewöhnlich ernste Gesicht ihrer Mutter. Also hatte Fräulein Miller doch gepetzt! Natürlich! Und vielleicht nicht nur die Sache mit dem Schwamm. Vielleicht auch die mit dem Klebstoff in den Schuhen und die mit dem Zettel, der die Aufschrift trug: ›Ich bin doof!‹ und den die Ahnungslose, an die Jacke geheftet, so lange spazierengeführt hatte, bis sich eine mitleidige Seele ihrer erbarmte.

Weiter kam die arme Sünderin in ihren Überlegungen nicht, denn die Mutter faßte sie an der Schulter, schob sie ins Wohnzimmer hinein, nahm in einem Sessel am Fenster Platz und begann langsam:

»Du weißt, daß Vater in Kürze einen längeren Kuraufenthalt benötigt und ich ihn begleiten möchte?«

Lissy nickte stumm. Sollte Fräulein Miller doch nicht . . .?

»Anschließend ist eine Reise ins Ausland geplant, wo Vater in verschiedenen Städten über seine Erfahrungen im Obstbau berichten wird.«

Lissy nickte wieder. Fräulein Miller schien wahrhaftig nicht gepetzt zu haben.

»Wir werden also ziemlich lange fort sein, und da wir vor einigen Tagen erfahren haben, daß Fräulein Miller uns im kommenden Monat verlassen wird, haben wir beschlossen, dich in ein Internat zu geben.«

Totenstille folgte diesen Worten. Mit schreckgeweiteten Augen starrte Lissy ihre Mutter an, und endlich flüsterte sie: »Das ist nicht wahr! Du machst nur Spaß, nicht?«

Doch die Mutter schüttelte den Kopf, zog die Tochter zu sich heran und strich ihr liebevoll über das Haar. »Unter diesen Umständen ist es die für alle Teile vernünftigste Lösung. Und du wirst sehen, es wird dir schon gefallen.«

»Gefallen«, wiederholte Lissy voller Verzweiflung und Verachtung, »bei fremden Leuten!«

Die Mutter lächelte. »Du wirst mit anderen Kindern zusammen sein, Freundinnen haben.«

»Dumme Gänse, die über jeden Blödsinn kichern und gackern und noch nicht einmal ein Kalb von einem Pony unterscheiden können! Du glaubst doch nicht, daß ich mich mit so etwas abgebe?«

»Aber Kind!«

»Und was soll aus Jorinde werden? Und aus Jonathan? Und aus dem kleinen Hund, den Jonathan mir schenken wollte, wenn Gesa Junge bekommt?«

»Nun, was den kleinen Hund betrifft, so kann Jonathan ihn dir aufheben, bis du wieder zu Hause bist. Und Jonathan selber ist ein alter Mann, weise wie alle Schäfer, er wird dich gerne entbehren, wenn er weiß, daß es zu deinem Besten ist.«

»Aber Jorinde weiß gar nichts!« widersprach Lissy verzweifelt. »Und wenn es wirklich zu meinem Besten wäre, so könnte man es ihr noch nicht einmal erklären. Alles versteht ein Pony ja nun auch nicht. Todunglücklich wird sie sein, und ...«

»... glücklich, wenn du in den Ferien wiederkommst. Was meinst du, was für eine herzliche Begrüßung es dann geben wird.«

»Es soll aber gar keine geben. Oh, laß mich doch hier!« Lissy schlang die Arme um ihrer Mutter Hals und sah sie flehentlich an. »Oh, bitte, bitte! Ich will auch niemals mehr flüchtig bei meinen Schularbeiten sein und niemals mehr Unfug machen! Und vielleicht überlegt Fräulein Miller es sich auch noch und bleibt bei uns, wenn ich sie recht schön bitte. Ich kann sie ja gleich einmal fragen.«

»Das hat keinen Zweck«, wehrte die Mutter ab, »Fräulein Miller betreut von nun an zwei andere Kinder, da ist nichts mehr rückgängig zu machen.«

»Und Vater?« sagte Lissy und ließ die Arme sinken. »Will Vater auch, daß ich gehe? Will Vater mich auch loswerden?«

»O Kind, was redest du da von ›Loswerden-Wollen‹; davon kann doch gar keine Rede sein! Glaubst du wirklich, uns fiele die Trennung nicht genauso schwer wie dir? Ich mag gar nicht daran denken, wie einsam es hier ohne dich sein wird. Aber es hilft nichts. Der Unterricht zu Hause hat sich auf die Dauer doch nicht als das Richtige erwiesen und ein Leben ohne gleichaltrige Kameraden ebensowenig. Ich bin sicher, daß du dich in der neuen Umgebung bald wohl fühlen wirst, und falls deine zukünftigen Freunde tatsächlich nicht imstande sein sollten, ein Kalb von einem Pony zu unterscheiden, so mußt du es ihnen eben beibringen.«

Mit diesem kleinen Scherz meinte Frau Allen ihrer Tochter ein Lächeln entlocken zu können, aber Lissy schwieg, noch immer blaß und verstört.

Begriff die Mutter denn nicht, wie schrecklich es war, von zu Hause fort zu müssen? In ein Internat, das man sich nicht anders vorstellen konnte als ein riesiges graues Gebäude, von hohen Mauern umgeben.

»Wirst ja in den Ferien kommen, Kindchen«, tröstete

sie der alte Schäfer, dem sie am Nachmittag ihr Leid klagte. Doch wie man das Unheil abwenden könnte, dafür wußte er keinen Rat und meinte nur kopfschüttelnd, während er einen langen Zug aus seiner Pfeife tat: »Wenn deine Eltern es so wollen, dann hilft es eben nichts.«

›Aber irgendeinen Ausweg müßte es doch geben‹, dachte Lissy, als sie wenig später über die Weiden zu ihrem Pony lief, ›irgend etwas müßte einem doch einfallen!‹

Und als sie gleich darauf zärtlich über die weiche Nase ihres Lieblings strich und ihm ins Ohr flüsterte: »Du hast's gut, mit dir könnten sie in einem Internat nichts anfangen, dich würden sie gleich wieder nach Hause schicken!« kam ihr der rettende Einfall.

Warum sollte sie es nicht einfach darauf anlegen, daß man es mit ihr genauso machte? Warum sollte sie nicht zum Beispiel so tun, als wäre sie blitzdumm und gar nicht fähig, irgend etwas zu begreifen? Oder so störrisch und bockig, daß niemand es mit ihr aushalten konnte? Oder am besten beides zusammen? Wetten, daß sie dann bald genug von ihr hätten? Wetten, daß sie dann bald wieder zu Hause sein würde?

Dumm ist das Kind nicht

Der Gedanke an ihr Vorhaben erfüllte Lissy mit so großer Hoffnung, daß sie in den wenigen Tagen, die sie von der Abreise noch trennten, sich nicht ein einziges Mal beklagte und nicht ein einziges Mal versuchte, ihre Eltern umzustimmen. Herr und Frau Allen, die sich bei dem Temperament ihrer Tochter auf allerlei Kämpfe gefaßt gemacht hatten, waren zwar erstaunt über so viel braves Sichfügen, aber viel zu erleichtert darüber, als daß sie Verdacht geschöpft hätten.

»Sehen Sie«, raunte Fräulein Miller Frau Allen mit bedeutsamem Blick zu, während ihre Schülerin vor dem großen Spiegel im Schlafzimmer die dunkelblaue Schuluniform begutachtete, »sehen Sie, so unrecht hatte ich doch nicht mit meiner Vermutung, daß sich alles noch zum Guten wenden wird.«

›Aber nicht so, wie du es dir vorstellst‹, dachte Lissy, der diese Worte trotz des Flüstertones nicht entgangen waren. Und da Mutter und Lehrerin in diesem Augenblick ihre Aufmerksamkeit einem Stapel Wäsche zuwandten, versuchte sie zum soundsovielten Male mit halbgeöffnetem Mund ihren Augen den dümmlichen Ausdruck zu verleihen, den sie während ihres Aufenthaltes im Internat zur Schau tragen wollte.

›Schön blöd siehst du aus‹, dachte sie befriedigt und nickte ihrem Spiegelbild anerkennend zu, ›so blöd, als ob du nicht bis drei zählen könntest! So was behalten die auf keinen Fall! Und nun recht bockig, bitte, das gibt bestimmt eine prima Mischung.‹ Mit vorgeschobener Unterlippe, zusammengezogenen Brauen und herabhängenden Armen starrte sie finster in das Glas vor sich, stampfte, ohne noch daran zu denken, daß sie nicht alleine war, mit dem Fuß auf und ließ zu allem Überfluß ein lautes »Pah!« hören.

»Aber Lissy«, rief die Mutter verblüfft, »was treibst du denn da?«

»Ich, äh, ich . . .«, stotterte Lissy, wurde feuerrot und vollendete wahrheitsgemäß: »Ich habe nur ein bißchen Theater gemacht.«

»Theater«, wiederholte die Mutter kopfschüttelnd und lachte, »so, so. Ideen hast du manchmal. Nun, Hauptsache ist, daß sich dieser Ausruf nicht auf die Internatskleidung bezog. Mir gefällt sie nämlich sehr gut, und ich hoffe, dir geht es ebenso.«

»Ja«, antwortete Lissy, auch dieses Mal der Wahrheit entsprechend.

»Tatsächlich, eine reizende Zusammenstellung«, ließ sich Fräulein Miller vernehmen und sah von ihrer Arbeit auf. »Pullover und Faltenrock, Jacke und Mantel, alles in der gleichen dezenten dunkelblauen Farbe, da muß ja jedes Mädchenherz höher schlagen.«

›Meines schlägt erst höher, wenn ich wieder zu Haus bin‹, dachte Lissy, und es fehlte nicht viel und sie hätte tief aufgeseufzt.

Mit strahlendem Sonnenschein zog der nächste Morgen herauf, und nachdem Lissy ihre Mutter noch einmal umarmt hatte und sich gleich darauf den Fahrtwind um die Nase wehen ließ, wurde sie plötzlich von einem Gefühl der Spannung und Erwartung ergriffen. Grau und düster sollte das Internat nicht aussehen, wie sie aus den Berichten ihrer Mutter wußte. Eher gemütlich und freundlich, da die Schule in den Gebäuden eines ehemaligen, ganz in der Nähe der See gelegenen Gutshofes untergebracht war.

›Baden wird man da jedenfalls können‹, dachte sie, lehnte sich in den weichen Polstern zurück und blinzelte gedankenverloren in die Sonne.

»Nanu«, sagte der Vater nach einer Weile und warf seiner schweigsamen Tochter einen prüfenden, etwas besorgten Blick zu, »du bist ja so still, mein Kind. Du hast dich doch bis jetzt ganz tapfer gehalten. Tatsächlich, Mutter und ich waren richtig stolz auf dich.«

»Das könnt ihr auch weiter sein«, versicherte Lissy schnell, sah sich im Geiste dumm glotzend mit halboffenem Munde ihre Rolle spielen und hatte Mühe, nicht ins Kichern zu geraten. »Ich dachte nur ans Baden«, fuhr sie, feuerrot geworden, fort, »an Wasser, Strand und Burgenbauen und so.«

»Womit du dir den kommenden Ernst des Lebens zu versüßen gedenkst«, schmunzelte der Vater. »Recht so, mein Kind. Und weißt du was, in den Ferien machen wir eine schöne Reise, sagen wir nach . . .«

»Wohin ich will?«

»Wohin du willst. Von mir aus an die Adria.«

Mit Pläneschmieden verging die Zeit wie im Fluge, und Lissy vergaß für eine Weile ganz, zu welchem Zweck sie unterwegs waren. Doch kurz vor ihrem Ziel wurde sie durch einen über die Landstraße rumpelnden Bus in die Wirklichkeit zurückgerufen. Lachen und Lärmen drang aus dem Innern des vollbesetzten Fahrzeuges. Beim Vorüberfahren fiel ihr verstohlener Blick auf die ausnahmslos fröhlichen Gesichter der Jungen und Mädchen in dunkelblauer Schuluniform.

»Da geht es ja recht lustig zu«, stellte der Vater befriedigt fest, »da scheint man sich ja recht wohl zu fühlen.« Er wies auf mehrere Gebäude, deren weiße Mauern in einiger Entfernung von einer Anhöhe herab durch das junge Laub der Bäume schimmerten.

»Es macht tatsächlich alles einen überaus freundlichen Eindruck«, fuhr er fort, als die Einzelheiten mehr und mehr zu erkennen waren. Die blitzenden Fensterscheiben, die Farbenpracht der Frühlingsblumen an den Wegen, das weite Rund des Rasens vor dem Haus in der Mitte, dessen breite Freitreppe darauf hinwies, daß dies ehemals das Gutshaus gewesen sein mußte.

Einen Augenblick später stieg Lissy hinter dem Vater die Stufen hinauf, durchquerte eine geräumige Diele und stand endlich in einem anheimelnd wirkenden Zimmer den Vorsteherinnen, zwei älteren weißhaarigen Damen, gegenüber, die sie in herzlicher Weise begrüßten.

»Da wäre also der Neuankömmling. Sei willkommen, mein Kind«, sagte die eine. »Ich hoffe, du wirst dich wohl fühlen bei uns und bald allenthalben Freundschaft schließen«, die andere.

»Auf die Dauer genügt der Privatunterricht eben doch nicht«, hörte sie den Vater nun sagen. »Es kann also durchaus sein, daß es in manchen Fächern an Kenntnissen mangelt.«

Die beiden Fräulein Schön begleiteten diese Worte mit verständnisvollem Kopfnicken, und die eine von ihnen meinte mit einem Blick in Lissys Richtung in aufmunterndem Ton: »Ein Fehler, der mit ein wenig Fleiß und guter Auffassungsgabe bald behoben sein dürfte.«

»Dumm ist das Kind nicht«, beeilte sich Herr Allen zu versichern, und dieser Bemerkung hatte Lissy einen plötzlichen Einfall zu verdanken, den sie, ohne zu zögern, in die Tat umsetzte.

Mit herabhängender Unterlippe und vorgestrecktem Kopf glotzte sie ihre ahnungslosen Opfer an und war überzeugt davon, daß ihr der Ausdruck völliger Verblödung selten so gut gelungen war.

Und der Erfolg schien ihr recht zu geben. Das wohlwollende Lächeln, das die alten Damen zur Schau getragen hatten, war wie weggewischt. Ihre großen Augen wurden, wenn überhaupt möglich, noch größer, und eine leichte Röte überzog langsam ihre Gesichter.

»Hm«, machte die eine endlich und räusperte sich.

»Hm«, machte auch die andere und räusperte sich ebenfalls.

»Ich glaube tatsächlich, daß man Elisabeth, was Intelligenz betrifft, zum guten Durchschnitt zählen kann«, ließ sich Herr Allen, erstaunt über das seltsame Benehmen der zukünftigen Lehrerinnen seiner Tochter, wieder vernehmen.

»Sicher, sicher«, entgegnete die eine der beiden hastig und erhob sich mit der Aufforderung, einen Rundgang durch die Schule zu machen.

Und im Hinausgehen sagte die andere in tröstendem Ton: »Auch mit Fleiß kann man viel erreichen.«

Der erste Abend

Befriedigt über den Eindruck, den er während der Besichtigung des Internats gewonnen hatte, verabschiedete Herr Allen sich endlich, um die Rückreise anzutreten. Hier mußte ein Kind sich wohl fühlen, davon war er überzeugt.

Es gab helle, freundliche Klassenzimmer, ebensolche für zwei oder drei Schüler bestimmte Schlafräume, farbige Vorhänge und Blumen überall, selbst in der Aula, deren lange Fensterreihe einen Ausblick in den großen Garten bot. In einer ehemaligen, eigens zu diesem Zweck umgebauten Scheune gab es eine modern eingerichtete Turnhalle, ein Stück weiter einen Tennisplatz, einen Stall, der ein paar Reitpferde beherbergte, und endlich, in nur zehn Minuten Entfernung, das Meer.

Lange sah Lissy dem davonfahrenden Wagen nach, so lange, bis er im Dunst der frühen Abenddämmerung verschwunden war. Dann wischte sie sich mit der Faust über die Augen, betrachtete ihren nassen Handrücken und murmelte wütend: »Alte Heulsuse. Willst wohl noch von einem von denen überrascht werden, was?«

Und da näherten sich auch schon leichte Schritte, jemand klopfte sie auf die Schulter und sagte in herzlichem Ton: »Ich kenne das. Aber glaub mir, es geht bald vorüber.«

»Was kennst du? Was geht vorüber?« erwiderte Lissy

abweisend, ohne sich umzudrehen. Sie verspürte absolut keine Lust, dem fremden Mädchen ihr verweintes Gesicht zu zeigen.

»Heimweh und Abschiedsschmerz.«

»Ich habe weder Heimweh noch Abschiedsschmerz und vor allen Dingen keine Lust, dummes Zeug zu reden.«

»So!« war die gedehnte Antwort, und Lissy, die sehr wohl begriff, wie dieses »So« gemeint war und die sich plötzlich reichlich albern vorkam, stieg die Zornesröte ins Gesicht. Mit blitzenden Augen fuhr sie herum:

»Laß mich doch endlich in Ruhe! Geh doch endlich!«

Das blondhaarige, um einige Jahre ältere Mädchen vor ihr schüttelte lachend den Kopf. »Das kann ich leider nicht. Ich soll dich nämlich zum Abendessen holen. Ich heiße übrigens Rita und bin Schulsprecherin und gleichzeitig Vertrauensschülerin meiner Klasse.«

»Vertrauensschülerin«, wiederholte Lissy verächtlich.

»Wir haben eine Schülerselbstverwaltung, weißt du«, fuhr Rita ruhig fort, »das ist eine feine Sache. Und . . .«

». . . noch so ein Witz, und ich lach mich tot!«

». . . da kann man zur Vertrauensschülerin gewählt werden.«

»Welche Ehre«, sagte Lissy spöttisch.

»Das ist es auch«, bestätigte Rita ernsthaft. »Und nun komm, sonst wird Röllchen böse.«

»Röllchen?« fragte Lissy erstaunt und nun doch neugierig geworden. »Wer ist denn das?«

»Unsere Köchin. Sie mag keine Nachzügler. Bei ihr muß alles wie am Schnürchen laufen.«

»Röllchen«, wiederholte Lissy lachend, während sie nun widerspruchslos neben Rita herging, »ein komischer Name.«

»Sie ist so dick, daß man sie rollen kann, deshalb.«

Lissy lachte noch mehr, doch als sie sich dem Hause näherten, verfinsterte sich ihre Miene von neuem. Rita schien übrigens von dieser Veränderung nichts zu bemerken. »Beeil dich ein bißchen, ja?« sagte sie in unverändert freundlichem Ton, nachdem sie Lissy bis in das ihr zugewiesene Zimmer begleitet hatte, und fügte, als sie die Tür hinter sich schloß, lachend hinzu: »Mit Röllchen darfst du es nämlich wirklich nicht verderben.«

Lissy wußte sehr wohl, daß man sich, abgesehen von den Wünschen der Köchin, streng an die Hausordnung zu halten hatte, wozu unter vielem anderen auch pünktliches Erscheinen zu den Mahlzeiten gehörte. Trotzdem beeilte sie sich nicht sonderlich. Mit erleichtertem Aufseufzen stellte sie zunächst fest, daß das Mädchen, mit dem sie das Zimmer teilte, schon gegangen und sie alleine war. Dann wusch sie sich die Hände, während sie gedankenverloren in den Spiegel starrte. Ob sie es wohl schaffte, daß man sie nach vier Wochen wieder hinauswarf? Sie griff nach dem Handtuch, dann nach der Haarbürste und betrachtete sich stirnrunzelnd.

In diesem Augenblick öffnete sich die Tür, ein zierliches dunkelhaariges Mädchen erschien, blieb bei dem seltsamen Anblick wie angewurzelt stehen und starrte Lissy mit offenem Munde an.

»Was willst du denn hier?« fragte Lissy in dem unfreundlichsten Ton, der ihr zu Gebote stand, und wurde langsam feuerrot.

»Dich zum Essen holen. Hast du den Gong nicht gehört?« sagte das Mädchen schnell und fügte mit schüchternem Lächeln hinzu: »Ich schlafe auch in diesem Zimmer. Ich heiße Joan.«

Ohne ein Wort zu erwidern, beförderte Lissy die Haarbürste und das nasse Handtuch mit elegantem

Schwung auf eines der Betten und trottete schweigend hinter ihrer Führerin her. Jetzt würde sie sich von tausend fremden Kindern anstarren lassen müssen, und davor graute ihr.

Es waren selbstverständlich keine tausend, die sich in den zu ebener Erde gelegenen Speiseräumen versammelt hatten, und es waren auch nur vereinzelte Blicke, die den Neuankömmling flüchtig streiften. Denn all diese fröhlich lachenden und schwatzenden Kinder waren vollauf damit beschäftigt, sich ihre Ferienerlebnisse zu erzählen und mit gutem Appetit ihre Teller leer zu essen.

›Wie zu Hause‹, dachte Lissy, nachdem sie festgestellt hatte, daß es auch hier Weiß- und Schwarzbrot, Schinken, Tomaten, Eier und frische sahnige Milch gab. Aber sie war eben nicht zu Hause, und so konnte sie kaum einen Bissen herunterbringen.

»Iß nur«, sagte die zu ihrer Rechten sitzende Joan aufmunternd, »sonst kannst du vor Hunger ja gar nicht in den Schlaf finden. Nimm dir ein Beispiel an dem Neuen neben dir.«

Lissy antwortete nicht. Dafür entgegnete der Neue zu ihrer Linken ernsthaft, indem er sich eine große Scheibe Schinken nahm: »Ich esse wegen der Lehrer.«

»Wegen der Lehrer?« wiederholte Joan mit vor Staunen runden Augen.

Der Junge grinste. »Was sollte werden, wenn ich von Kräften käme und sie nicht mehr ärgern könnte? Ganz besonders schwärme ich für eiweißhaltige Nahrung«, fuhr er in das Kichern der Mädchen hinein fort, denn auch Lissy mußte lachen, ob sie wollte oder nicht, »die stärkt den Geist und verhilft zu Einfällen.«

»Das laß nur Lieselottchen nicht hören«, prustete Joan, »sonst hängt sie dir den Brotkorb höher.«

»Lieselottchen, wer ist denn das?« fragte der Junge,

ohne seine so angenehme und zugleich nützliche Tätigkeit zu unterbrechen.

»Die beiden Fräulein Schön«, war die überraschende Antwort. »Die eine heißt Elisabeth, das ist Lieschen, die andere Charlotte, das ist Lottchen, und beide zusammen sind eben Lieselottchen.«

»Sehr praktisch«, lobte der Junge und ließ den Blick zum anderen Ende der Tafel wandern, wo Lieselottchens Brillengläser hin und wieder aufblitzten. »Muß ein kluges Kind gewesen sein, das sich das ausgedacht hat.«

»Und vor allen Dingen muß es nur eiweißhaltige Nahrung zu sich genommen haben«, konnte Lissy sich nicht enthalten zu bemerken.

»Das vor allen Dingen«, bestätigte der Junge, ohne eine Miene zu verziehen. »Was meinst du, was für prima Ideen du zum Beispiel hättest, wenn du jeden Abend ein Schüsselchen mit Quark naschen würdest.«

»Ich habe auch ohne Quark Ideen.«

»Hm«, machte der Junge und betrachtete sie prüfend. Dann lachte er plötzlich und sagte: »Falls es einen von euch gelüsten sollte, mich mit meinem Vornamen anzureden, so kann er Michael zu mir sagen; und wen es interessiert: Freunde nennen mich Micky.«

Die Mädchen kicherten wieder, und in diesem Augenblick rief jemand über den Tisch: »Na, habe ich nicht recht gehabt? Es geht alles vorüber.«

Lissy wandte sich um und sah geradewegs in Ritas lächelndes Gesicht, die ihr freundlich zunickte und gleich darauf erstaunt über die unerwartete Wirkung ihrer so gut gemeinten Worte den Kopf schüttelte. Denn mit einem Schlage verfinsterte sich Lissys Miene von neuem, und schweigend starrte sie auf ihren Teller. Wie hatte sie nur über den dämlichen Witzen dieses Michael ihre schreckliche Lage vergessen und in aller Öffentlichkeit so lachen und kichern können, daß jedermann denken mußte, sie fühle sich pudelwohl!

›Wenn du so weitermachst‹, dachte sie erbost und seufzte tief auf, ›sitzt du in zehn Jahren noch hier.‹

»Nanu, was ist denn mit dir plötzlich los?« fragte Michael verblüfft und fügte, als er keine Antwort bekam, achselzuckend hinzu: »Keinen Sinn für Humor, wie? Und so was will Ideen haben!«

»Ach, laß sie in Ruhe«, mischte sich Joan hastig ein, »sie ist nämlich neu.«

»Aha«, sagte Michael und pfiff so unvorsichtig laut durch die Zähne, daß sich aller Blicke ihm zuwandten und Lieselottchens Brillengläser wieder einmal aufblitzten. »Das ändert natürlich die Sachlage. Dann kann man es niemandem verdenken, wenn er nicht gerade zu Späßen aufgelegt ist.«

»Und du?« fragte Joan. »Du bist doch auch heute zum erstenmal hier?«

Michael machte eine wegwerfende Handbewegung. »Bei mir ist das was anderes. Ich war schon in -zig Internaten, ich habe mich längst an den Rummel gewöhnt.« Er schwieg einen Augenblick und vollendete grinsend: »Nur die Lehrer sich leider nie an mich.«

Joan betrachtete ihn scheu von der Seite, und Lissy horchte auf. Hier war jemand, der bestimmt genau wußte, wie man es anstellte, daß man hinausgeworfen wurde. Vielleicht konnte er ihr sogar ein paar Tips geben, vielleicht ... Weiter kam sie in ihren Überlegungen nicht, denn Lieselottchen hatte sich erhoben, ein paar Damen und Herren zu ihrer Rechten und Linken ebenfalls, der »Lehrkörper«, wie Michael ihr zuflüsterte, und die Kinder drängten schwatzend und lachend hinaus.

Die Zeit bis zum Schlafengehen durfte nach eigenen

Wünschen ausgefüllt werden. Heute, nach Beendigung der Ferien, waren die meisten damit beschäftigt, ihre Sachen zu ordnen und einzuräumen. »Sonst spielen wir hier Tischtennis oder irgendein Gesellschaftsspiel, oder wir lesen«, erklärte Joan, während sie in den Aufenthaltsraum wies, »manche musizieren auch, ein paar von den Jungens haben Gitarren, und manche schreiben Briefe nach Hause, weißt du?«

Lissy nickte abwesend und schüttelte auf die Frage, ob sie es sich hier noch ein bißchen gemütlich machen wollten, den Kopf.

»Na ja«, sagte Joan und lachte, »du mußt ja auch todmüde sein und gehst am besten schlafen.«

In diesem Augenblick kamen mehrere Kinder an ihnen vorübergelaufen, und eines von ihnen, ein großes, dickes Mädchen mit langen Zöpfen und rotem Gesicht, blieb vor Lissy stehen und hielt ihr eine mit Bonbons gefüllte Tüte entgegen.

»Nimm dir einen«, sagte sie kichernd. »Leute, die so sauer aussehen wie du, haben es nötig. Davon wird man nämlich süßer.«

»Oder dicker«, entgegnete Lissy prompt, wandte sich um und hatte die Lacher auf ihrer Seite.

»Mach dir nichts draus«, tröstete Joan, als sie beide wenig später die Treppe zu den Schlafräumen hinaufstiegen. »Ruth hat immer ein loses Mundwerk und bestimmt längst vergessen, wie schrecklich der erste Abend sein kann!«

Der erste Tag fängt gut an

Der nächste Tag versprach genauso schön zu werden wie der vorhergehende, und als Lissy erwachte, war das Zimmer von Sonne erfüllt, und die Vögel sangen im Birnbaum vor dem Fenster.

Es dauerte nicht länger als den Bruchteil einer Sekunde, bis sich die schläfrig Blinzelnde daran erinnerte, wo sie sich befand, und so schloß sie die Augen von neuem und dachte verzweifelt: ›Das beste wäre, man bliebe im Bett!‹ Aber dann fiel ihr Michael ein. Michael, der, wenn man ihm glauben durfte, schon viele Internate kennengelernt hatte und ein Fachmann auf dem Gebiet des »Auffallens« sein mußte. »Also, dann hilft es nichts«, murmelte Lissy seufzend und richtete sich mit einem Ruck auf, »ich muß ihn ja unbedingt ein bißchen aushorchen.«

Mit einem flüchtigen Blick stellte sie fest, daß Joan noch schlief, und während sie sich die Zähne putzte, betrachtete sie das Zimmer, das ihr gemäß ihrem Plan für höchstens vier Wochen als Aufenthalt dienen sollte, zum erstenmal in aller Ruhe.

Unter dem von zartgelben Vorhängen umrahmten Fenster, vor dessen Scheiben die Zweige eines Birnbaums im Morgenwind wippten, stand ein von zwei Sesseln flankierter Tisch. Neben den beiden weißlackierten Betten stand je eine kleine Kommode und weiter, ebenfalls an der Wand, zwei niedrige, breite Schränke. Wahrhaftig, das Ganze hätte zusammen mit dem hellen Teppich keinen freundlicheren Eindruck machen können.

Doch Lissy blieb ungerührt, war schon wieder mit ihren Gedanken bei Michael und schloß gleich darauf die Tür leise hinter sich.

Im Hause war es noch still, nur aus dem Erdgeschoß hörte man Stimmen und ab und zu das Klappern von Geschirr. ›Da ist Röllchen am Werk‹, dachte Lissy und mußte wieder über den komischen Namen lachen.

In der Diele blieb sie einen Augenblick unschlüssig stehen. Da ja wohl doch noch keine Aussicht bestand, mit Michael zu sprechen, beschloß sie nach kurzem Überlegen, ein wenig hinauszugehen.

›Vielleicht habe ich ja Glück und treffe ihn irgendwo hier draußen‹, dachte sie, während der Wind ihr schon das Haar ins Gesicht trieb. Sie zögerte wieder ein wenig und wandte sich dann nach links, wo sie das Stück Gartenland vermutete, das man den Schülern zur Verfügung gestellt hatte. Doch nach ein paar Schritten entdeckte sie zwischen den Stämmen zweier Obstbäume eine Schaukel und schwang in der nächsten Sekunde hoch durch die Lüfte. Wenn man genau wüßte, daß man nicht länger als vier Wochen bleiben müßte, könnte man sich wahrhaftig hier beinahe so wohl fühlen wie zu Hause. Kein Eingesperrtsein hinter düsteren grauen Mauern, statt dessen blauer Himmel und Vogelgezwitscher.

Aber nein, war da nicht noch etwas anderes zu hören als der Gesang der Vögel? Rief da nicht jemand? Lissys Blick wanderte von den flockigen, weißen Wolken hinunter, geradewegs auf zwei blitzende Brillengläser. Du liebe Zeit, eine der beiden Eulen!

Einer plötzlichen Eingebung folgend, betrachtete sie mit offenem Mund die schwarzgekleidete Gestalt, ohne ihren luftigen Sitz zu verlassen.

»Nun«, begann die alte Dame endlich und räusperte sich. »Du bist wohl ein Frühaufsteher, mein Kind?«

Lissy glotzte, lachte plötzlich und nickte eifrig: »Vom Süden her weht der Wind!«

Fräulein Schön, es handelte sich übrigens um Lottchen, die sanftere und gutmütigere der beiden Schwestern, machte: »Hm«, rückte in einiger Verwirrung an ihrer Brille und sagte im Davongehen: »Es gibt bald Frühstück.«

»Ja, das ist ein Glück!« rief Lissy ihr nach und schüttelte sich vor Lachen.

Nach einer kleinen Weile sprang sie von der Schaukel und lief, noch immer kichernd, mit gesenktem Kopf in Richtung Haus und hatte gleich darauf die zweite Begegnung an diesem Morgen.

Plötzlich wurde sie in ihrem Lauf gehemmt, jemand faßte sie an den Schultern und brummte: »Lacht sich tot und will einen um und dumm rennen, und das auf nüchternen Magen. Ich sage ja, nirgends ist man seines Lebens sicher.«

Lissy sah erschrocken auf und stellte mit Erleichterung fest, daß der barsche Ton nichts Schlimmes zu bedeuten haben konnte, denn sonst hätte die kleine, unwahrscheinlich dicke Frau, die sie noch immer festhielt, ihr wohl nicht so freundlich zugezwinkert.

»Du bist die Neue, nicht wahr?« fuhr die Dicke fort, indem sie Lissy von sich schob und sie wohlgefällig betrachtete. »Meiner Treu, daß eins am ersten Tage schon so fröhlich ist, das habe ich noch nicht erlebt, und ich bin doch schon etliche Jährchen hier.«

›Wenn du wüßtest!‹ dachte Lissy und biß sich auf die Lippen, um nicht von neuem kichern zu müssen.

»Ja, ja«, nickte die Dicke, »zuerst plagt sie alle das Heimweh, und sie vergällen sich die Tage mit Heulen und Zähneklappern. Und was ist zum Schluß, frage ich? Zum Schluß heulen sie wieder, weil sie weg müssen von uns, und das will keiner, das kannst du mir glauben. Aber nun lauf, gleich gibt's Frühstück. Und damit du weißt, wen du eben um ein Haar zu Fall gebracht hättest: Ich bin Frau Braun, die Köchin, und von Glück kannst du sagen, daß ich nicht so ein Röhrchen bin, das gleich jeder Luftzug umpustet.«

›Röllchen!‹ verbesserte Lissy in Gedanken und sah die gute Frau Braun so strahlend an, daß die ihr mit den Worten die Schulter klopfte: »So ist's recht. Mach nur so weiter. Und wenn du Zeit hast, kannst du mich ruhig einmal besuchen.«

Mit dem Versprechen, so bald als möglich zu ihr zu kommen, verabschiedete sich Lissy. Aber sie hütete sich, noch einmal den Kopf zu senken, denn nicht immer brauchte es bei einem Zusammenstoß so glimpflich abzugehen wie eben.

Sei es, daß ihre durch die beiden Erlebnisse gehobene Stimmung schuld daran war, sei es, daß der vom abendlichen Fasten leere Magen sein Recht forderte, an diesem Morgen frühstückte Lissy mit nicht weniger Appetit als all die anderen Kinder. Sie nahm zu den knusprigen Brötchen nicht nur von der Marmelade, sondern auch von dem goldgelben Honig und dem Schinken und verzehrte zu guter Letzt ein hartgekochtes Ei.

Seltsamerweise blieb der Platz zu ihrer Linken leer, und auch zu Beginn des Unterrichts war von Michael nichts zu entdecken.

Die erste Stunde gab Mademoiselle Dupont. Noch ehe sie das Klassenzimmer betrat, man hörte schon das Klappern ihrer Absätze auf dem Flur, jammerte Joan: »Vor Französisch graule ich mich am meisten. Da stelle ich mich richtig dämlich an.«

›Aber bestimmt nicht so dämlich, wie ich es gleich tun werde‹, dachte Lissy und glotzte ihrem eben eintretenden Opfer mit offenem Munde entgegen.

Doch Mademoiselle Dupont schien, zunächst jedenfalls, nichts von dem seltsamen Gebaren ihrer neuen

Schülerin zu bemerken. Statt dessen stach ihr sofort der leer gebliebene Platz ins Auge, und sie beauftragte den Klassensprecher, einen Jungen namens Jack, nach dem Fehlenden Ausschau zu halten.

»Wenn er nicht sein krank, er sein müssen hier«, sagte sie in bestimmtem Ton, während ihre lebhaften dunklen Augen alle der Reihe nach so scharf musterten, als wäre jeder einzelne von ihnen für die unerlaubte Abwesenheit des Mitschülers verantwortlich. Selbstverständlich traf ein solcher Blick auch Lissy, die gerade angestrengt überlegte, warum wohl Michael sich unsichtbar gemacht hatte. So wirkte sie zwar ein wenig abwesend, aber im Augenblick doch so normal, daß Mademoiselle nichts Auffälliges an ihr entdecken konnte.

Nach beendeter Musterung sah sie noch einmal zur Tür, schlug dann ein Buch auf und sagte: »Wir wollen fahren fort und erzählen den Inhalt von letzte Lektion. Du da«, bestimmte sie kurzerhand und nickte Lissy aufmunternd zu.

Lissy, die nicht im entferntesten damit gerechnet hatte, als erste aufgerufen zu werden, und die außerdem in Gedanken noch immer mit Michael beschäftigt war, fuhr zusammen und starrte die vor ihr Stehende, ohne ein Wort zu erwidern, an.

»Nun?« war die etwas ungeduldige Aufforderung.

»Sie ist neu«, sagte Joan schnell.

»Ah, ja!« Mademoiselle Dupont schlug sich lachend gegen die Stirn. »Das war mein Fehler! Wie heißt du?«

Aber sie bekam keine Antwort. Lissy starrte sie weiter wortlos an, zu allem Überfluß nun mit offenem Munde, wie sie es sich vorgenommen hatte.

»Elisabeth Allen«, das war wieder Joan, die meinte, ihrer neuen Freundin beistehen zu müssen.

»Ich haben nicht dich gefragt«, sagte Mademoiselle

streng, und es sah ganz so aus, als wolle sie noch mehr sagen. Aber sie kam nicht dazu, denn plötzlich öffnete sich die Tür, und Michael und Jack kamen herein.

Mit strahlendem Lächeln stolzierte Michael näher, machte eine kleine Verbeugung vor der Lehrerin und grüßte die Klasse mit huldvollem Winken, wie hochgestellte Persönlichkeiten eine Volksmenge grüßen.

Unterdrücktes Gelächter wurde laut, und Mademoiselle schoß die Zornesröte ins Gesicht. »Du hier bleiben stehen«, befahl sie mit bebender Stimme und faßte den sich seelenruhig seinem Platz Zuwendenden an der Schulter. »Was dir fallen ein, was du dir denken, bleiben fern ohne Entschuldigung, willst du erklären gefälligst!«

Michaels Antwort bestand in einem unschuldsvollen Augenaufschlag und der erstaunten Gegenfrage:

»Haben Sie noch nie etwas vom ›akademischen Viertel‹ gehört?«

Sekundenlang herrschte Schweigen. Doch dann brach tosendes Gelächter los. Viele der Kinder wußten, daß die Vorlesungen, die die Studenten besuchen, oft eine Viertelstunde später beginnen als zur angegebenen Zeit und daß man diese Verspätung das »akademische Viertel« nennt. Und wer von ihnen es nicht wußte, mußte trotzdem lachen, denn dieser Junge war zu komisch!

»So was ich noch nicht haben erlebt«, japste Mademoiselle Dupont, nachdem sie endlich die Ruhe wiederhergestellt hatte. »Ich dir werde beibringen ›akademische Viertel‹! Ich dir werde zeigen ›akademische Vier-Viertel‹! Du wirst heute nachsitzen eine ganze Stunde!«

Mitleidig lächelnd zuckte Michael die Achseln und murmelte, während er langsam auf seinen Platz zuging:

»Nicht ein bißchen Sinn für etwas Höheres!«

Die Stunde nahm ihren Fortgang, aber niemand war mehr so recht bei der Sache. Trotz Mademoiselles Ermahnungen wurde hier gekichert und da getuschelt, und es gab niemanden, der nicht hin und wieder dem Neuen einen neugierigen, scheuen oder auch bewundernden Blick zugeworfen hätte.

Zu den wenigen, die für Michael nichts als Bewunderung empfanden, gehörte selbstverständlich vor allem Lissy.

Aber anscheinend beruhte dieses Gefühl keineswegs auf Gegenseitigkeit, denn als Lissy bei den an sie gerichteten Fragen wieder nur dumm glotzte, schüttelte Michael nicht weniger mißbilligend den Kopf als Mademoiselle Dupont.

Nach Beendigung des Unterrichtes, der ohne weitere Zwischenfälle verlief, begegnete sie ihm im Flur, als sie gerade die Treppe zu ihrem Zimmer hinauflaufen wollte.

»Du, hör mal«, sagte er leise, »von deiner blöden Masche halte ich nicht besonders viel.«

»Warum denn nicht?« fragte Lissy mit einem verstohlenen Blick in sein abweisendes Gesicht. »Ich finde sie eigentlich prima.«

»Prima«, wiederholte Michael verächtlich, »weißt du, was prima ist? Wenn du die Leute in Atem hältst, wenn sie überhaupt nicht mehr zur Ruhe kommen, weil du dir jeden Tag etwas Neues einfallen läßt, um sie zu ärgern. Aber dazu gehört eben Köpfchen und . . .«

». . . eiweißhaltige Nahrung«, unterbrach Lissy kichernd.

»Auch das«, sagte Michael ruhig. »Und was gehört dazu, immer nur dämlich zu tun? Gar nichts! Und was soll zum Schluß dabei herauskommen? Auch weiter nichts, als daß sie dich auslachen.«

»Oder mich wieder nach Hause schicken.«

»Das tun sie viel eher, wenn du ihnen so auf die Nerven fällst, daß sie es nicht mehr mit dir aushalten. Du kannst mir ruhig glauben«, fügte er schnell hinzu, als Lissy nachdenklich schwieg, »schließlich habe ich es selbst ja schon ein paarmal erlebt.«

Lissy war sehr erleichtert über Michaels Vorschlag. Im Grunde war sie der »blöden Masche«, wie er es nannte, schon überdrüssig geworden. Denn auf die Dauer war es viel zu anstrengend, immer nur dumm zu tun – zu anstrengend und vor allen Dingen zu langweilig. So beschloß sie also kurzerhand, seinen Rat zu befolgen. ›Und mit dem Essen hat er wahrscheinlich auch recht‹, dachte sie, während sie sich, in ihrem Zimmer angelangt, die Hände wusch. Wenig später ließ sie es sich ausnehmend gut schmecken.

»Nimm ruhig noch eine Scheibe Braten», riet Michael grinsend, »du weißt ja, warum.«

Nach dem Mittagessen war eine einstündige Ruhepause angesetzt, die streng eingehalten werden mußte. »Trotzdem fange ich manchmal gleich an, französische Grammatik zu pauken«, gestand Joan seufzend, »besonders an Tagen, wo die Schülerselbstverwaltung nachmittags ein Treffen hat, so wie heute. Dann wird die Zeit für die Schularbeiten viel zu knapp für mich. Ich brauche nämlich Stunden, um das hier«, sie zeigte auf das aufgeschlagene Buch vor sich, »zu kapieren.«

»Wenn du magst, helfe ich dir ein bißchen«, schlug Lissy eifrig vor und setzte sich in den zweiten Sessel neben dem Tisch am Fenster. »Ich kann dich ja abhören, und wenn du etwas nicht begreifst, erkläre ich es dir noch einmal.«

»Du?« Joan sah ihr Gegenüber fassungslos an und wurde gleich darauf feuerrot. Wie hatte sie nur auf ein so freundliches Angebot so taktlos reagieren können! Aber daß dieses Mädchen, das auch nicht eine einzige von Mademoiselles Fragen hatte beantworten können, imstande sein sollte, ihr beizustehen, das schien doch gar zu unglaublich.

Eine Sekunde lang stutzte Lissy, aber dann begriff sie und kicherte. »Du denkst, ich bin zu blöd dazu? Du denkst, ich bin blitzdumm, weil ich mich so dämlich angestellt habe?« Sie schwieg und überlegte einen Augenblick, ob sie Joan in ihr Geheimnis einweihen konnte. Warum sollte sie es eigentlich nicht tun? Joan war ihr in ihrer ruhigen, gleichmäßig freundlichen Art sofort sympathisch gewesen. Sie würde es bestimmt verstehen, wenn jemand wieder nach Hause wollte.

Ja, das verstand Joan. Daß die Heimkehr aber auf diese Weise erreicht werden sollte, das verstand sie nicht. »So würde ich es nicht machen«, sagte sie deshalb kopfschüttelnd, als Lissy geendet hatte. »Geh doch einfach zu Rita und sage ihr, daß du es hier nicht aushältst, daß du dich todunglücklich fühlst.«

»Todunglücklich«, wiederholte Lissy gedehnt und sah träumerisch in das in der Sonne glänzende Laub des Birnbaums, »todunglücklich ist ja nun ein bißchen übertrieben.«

»Also dann nur unglücklich«, räumte Joan bereitwillig ein. »Sag ihr, daß du unbedingt wieder nach Hause willst, dann wird sie schon einen Rat wissen.«

»Und ich kann dir auch verraten, was für einen«, sagte Lissy hitzig. »Nämlich daß ich abwarten soll, daß das Heimweh vorübergeht und lauter so dummes Zeug.«

»Das ist kein dummes Zeug«, widersprach Joan schnell. »Alle haben zuerst Heimweh, und alle . . .«

»... heulen wie die Schloßhunde, wenn sie fort müssen«, ergänzte Lissy in Erinnerung an Röllchens Worte.

»Woher weißt du das denn?« fragte Joan erstaunt.

»Ich kann hellsehen«, sagte Lissy in geheimnisvollem Ton und erzählte dann von ihrer Begegnung mit der guten Frau Braun. Joan lachte.

»Sie ist schon seit Ewigkeiten hier, und wenn die Entlassungen sind, schluchzt sie am lautesten. Aber was ist nun, willst du mit Rita sprechen?«

»Ich weiß noch nicht«, wehrte Lissy stirnrunzelnd ab. »Aber eins weiß ich, nämlich daß wir jetzt Französisch machen müssen.«

Die beiden Mädchen arbeiteten ohne Unterbrechung, bis der Gong zum Treffen der Schülerselbstverwaltung rief, das in der Aula stattfand.

»Was wird hier eigentlich gemacht?« fragte Lissy leise, als sie in einer der letzten Reihen neben Joan Platz gefunden hatte.

»Ach, alles mögliche«, sagte Joan. »Alles Wichtige, was Schüler und Schule angeht, wird besprochen. Man kann sich zum Beispiel beschweren, oder wenn man eine besondere Anschaffung zu machen hat, um mehr Geld bitten.«

»Um mehr Geld?« Lissys Augen wurden rund vor Staunen. »Ja, aber man hat doch sein Taschengeld.«

»Das wird gleich eingesammelt und kommt in eine gemeinsame Kasse. Das ist überall das erste«, erklärte Michael grinsend, während er sich auf dem freien Platz zu ihrer Rechten niederließ. »Bis auf einen schäbigen Rest mußt du alles abliefern. Und wenn du einmal etwas brauchst, sagen wir, einen neuen Tennisschläger, weil dein alter kaputtgegangen ist, dann wird stundenlang darüber palavert, ob die Anschaffung wirklich nötig ist oder ob man den alten nicht noch einmal flicken könnte.«

Die Mädchen kicherten und preßten ihre Taschentücher vor den Mund, um nicht laut herauszuprusten. Doch endlich sagte Joan: »Ich finde die Einrichtung mit der Kasse ganz gut. So haben alle das gleiche, auch die, deren Eltern nicht so reich sind, und niemand braucht sich benachteiligt zu fühlen.«

»Aber es ist und bleibt eine Freiheitsberaubung, die jeden großen Geist in Harnisch bringt«, führte Michael mit anklagendem Augenaufschlag aus, und die Mädchen begannen von neuem zu lachen.

»Behältst du etwas für dich zurück?« fragte Lissy flüsternd, da jetzt Schul- und Klassensprecher die Aula betraten und an einem langen Tisch auf dem Podium Platz nahmen.

»Nie!« Michael schüttelte energisch den Kopf. »Ich mache ja jeden Blödsinn, und vor mir ist keiner sicher, aber mit Geld? Nie!«

Lissy schwieg nachdenklich und fuhr zusammen, als die blonde Rita nun für Ruhe sorgte, indem sie mit einem kleinen Hammer dreimal auf die Tischplatte schlug, ehe sie begann:

»Richard und ich«, sie zeigte auf den Jungen neben sich, »haben dieses Treffen anberaumt, obwohl es zu Beginn des neuen Schulhalbjahres noch nichts Besonderes zu besprechen gibt. Aber wir müssen ja unsere Neuen begrüßen, sie mit unseren Regeln vertraut machen und wie immer das Geld einsammeln.«

»Und das ist die Hauptsache«, nickte Michael und kniff, zu Lissy gewandt, ein Auge zu.

»Die Ablieferung des Taschengeldes gehört seit Jahren zu einer unserer Pflichten«, fuhr Rita mit erhobener Stimme und einem kurzen Blick in Richtung auf den

Störenfried fort, erklärte dann ein wenig ausführlicher als Joan eben Sinn und Zweck dieser Einrichtung und schloß mit den Worten: »Wer von den Neuen sein Geld nicht hier hat, kann es nachher bei seinem Klassensprecher abliefern und den Anteil, der ihm zusteht, in Empfang nehmen.«

»Ich trage mein Vermögen immer mit mir herum«, erklärte Michael hoheitsvoll, erhob sich und begab sich gravitätischen Schrittes zum Podium, wo einer nach dem anderen seine Habe in einer großen Sparbüchse verschwinden ließ.

»Es tut mir leid, daß ich vergessen habe, dir Bescheid zu sagen«, entschuldigte Joan sich verlegen, nachdem sich herausgestellt hatte, daß Lissys Taschengeld wohlverwahrt in ihrem Zimmer lag. »Ich habe es über der endlosen Französischpaukerei ganz verschwitzt.«

»Das macht doch nichts, ich werde es ja nachher auch noch los«, wehrte Lissy ab und konnte sich nicht enthalten, verstohlen zu seufzen. Diese Bestimmung war ganz und gar nicht nach ihrem Geschmack. Denn im geheimen hatte sie für die Dauer ihres Aufenthaltes hier und da mit einem kleinen Einkaufsbummel gerechnet, um sich das Leben ein wenig zu versüßen. Joan hatte ihr von einem Laden im Dorf erzählt, in dem man neben unzähligen Dingen auch wunderbares Eis bekommen konnte. Aber es half wohl nichts. Michael hatte ganz recht mit der Behauptung, es wäre nicht anständig, etwas von seinem Geld zurückzubehalten.

Im übrigen erfuhr Lissy eine Sekunde später, daß ihr auch die ungekürzte Summe ihres Taschengeldes wenig genützt hätte. Denn als nächstes setzte Rita die Neuen davon in Kenntnis, daß niemand allein dem Laden im Dorf einen Besuch abstatten durfte.

»Überall dasselbe«, stellte Michael in angeekeltem

Ton fest, »Freiheitsberaubung an allen Ecken und Enden! Aber da findet ein heller Kopf schon Mittel und Wege.«

»Und jetzt möchte auch ich ein paar Worte sagen«, begann nun der neben Rita sitzende Richard mit freundlichem Lächeln. »Zunächst einmal, ihr habt selbstverständlich nicht nur Pflichten, sondern auch Rechte. Ist beispielsweise jemand von euch in Bedrängnis, ganz gleich, welcher Art seine Sorgen sind, so kann er sich immer an Rita oder an mich wenden. Und falls wir keinen Rat wissen sollten, so tragen wir den Fall unserem Lieselott . . ., ich meine unseren verehrten Fräulein Schön vor, und dann wird schon alles in Ordnung kommen. Auch Beschwerden nehmen wir entgegen, natürlich nur berechtigte und nicht irgendwelchen läppischen Kram, und auch da werden wir unser möglichstes tun. Und nun wäre für heute nur noch die Frage zu klären, ob irgendeiner von euch Geld für eine besondere Anschaffung braucht.«

Da man am Anfang des Schuljahres stand, meldete sich zunächst nur ein Junge, und zwar Jack, derjenige, der heute vormittag nach Michael ausgeschickt worden war und der, wie Joan Lissy zuflüsterte, leidenschaftlich gern Gartenarbeit tat.

»Ich muß einen neuen Spaten haben. Der Stiel ist hin, einfach durchgebrochen.«

Jacks Bitte wurde mit einem freundlichen »in Ordnung!« entsprochen, und schon wollte Rita das Treffen beenden, als Michael sich langsam erhob und laut und deutlich sagte: »Ich brauche auch Geld!«

»Für welchen Zweck?« fragte Richard in die Kunstpause hinein, die Michael diesen Worten folgen ließ.

»Für Forschungszwecke.«

»Für was, bitte?«

»Für Forschungszwecke. Ich habe vor, weiße Mäuse anzuschaffen, um die Auswirkungen auf Lehr- und Mäusekörper festzustellen, wenn ich sie, die Tierchen nämlich, während des Unterrichtes loslasse.«

Ein so tosendes Gelächter war wohl noch nie bei einem Treffen gehört worden, und nachdem Richard und Rita die Ruhe wiederhergestellt und Michael zu einer Unterredung »unter sechs Augen« beordert hatten, sagte er im Davongehen zu Lissy:

»So macht man das!«

Wer A sagt, muß auch B sagen

Noch beim Zubettgehen mußte Lissy in Gedanken an die Vorstellung, die Michael gegeben hatte, lachen, doch Joan, die hin und wieder auch ins Kichern geriet, sagte kopfschüttelnd:

»Wenn er auch noch so komisch ist, zum Vorbild würde ich ihn mir an deiner Stelle nicht nehmen. Da würde ich tausendmal lieber mit Rita sprechen.« Und als Lissy schwieg, fügte sie leise hinzu: »Außerdem ist es eigentlich schade.«

»Was«, fragte Lissy, verschränkte die Arme hinter dem Kopf, sah in das dunkle Laub des Birnbaums und den Sternenhimmel darüber, »was ist eigentlich schade?«

»Daß du wieder weg willst.«

»Hm«, machte Lissy gedehnt.

»Aber ich verstehe es ja, wenn du dich so todunglücklich hier fühlst.«

»Unglücklich.«

»Ach, das ist doch egal. Letzten Endes kommt es ja auf dasselbe heraus.«

Eine Weile schwiegen beide und lauschten auf das Rascheln des Laubes, das der leichte Nachtwind zuweilen bewegte.

»Zu Hause brauchen sie mich auch«, begann Lissy endlich von neuem. »Jorinde zum Beispiel und der kleine Hund, den Jonathan mir schenken wollte.«

Da Joan sich interessiert danach erkundigte, wer denn Jorinde sei und wer Jonathan und um was für einen Hund es sich handle, gab Lissy bereitwillig Auskunft, gleichzeitig einen ausführlichen Bericht von daheim und schloß mit der Aufforderung: »In den Ferien mußt du mich unbedingt einmal besuchen.«

Die beiden schwatzten und schmiedeten Pläne, bis ihnen die Augen zufielen, und hätten am nächsten Morgen beinahe verschlafen.

»Ich hätte etwas für dich«, flüsterte Michael Lissy zu, als sie nebeneinander am Frühstückstisch saßen, »eine Idee nämlich. Ja, ja«, fuhr er freundlich grinsend fort, »ich war so frei, mir den Kopf für dich zu zerbrechen, denn ich habe vollstes Verständnis dafür, wenn jemand dieser gastlichen Anstalt den Rücken kehren will, und ich nehme an, daß dir so schnell nichts Vernünftiges einfallen wird.«

»Das sage nicht«, protestierte Lissy und wurde rot. »Ich habe auch schon allerhand angestellt, zum Beispiel meiner Erzieherin einen Zettel an die Jacke geheftet, da stand drauf . . .«

». . . ›Ich bin doof‹«, ergänzte Michael seelenruhig.

»Woher weißt du das denn?« fragte Lissy verblüfft.

»Von meiner Urgroßmutter, und die kannte den Witz schon von ihrer Urgroßmutter.«

»Hör auf!« sagte Lissy und lachte. »Du weißt also etwas Besseres?«

Michael warf ihr einen mitleidigen Blick zu und begann leise, während er sein Brötchen mit Honig bestrich: »Du hast sicher schon gemerkt, daß Herr Lynton sehr kurzsichtig ist, nicht wahr? Darauf baue ich auf, verstehst du?«

Beinahe hätte Lissy »nein« gesagt, da sie aber wußte, daß keine Antwort verlangt wurde, schwieg sie und wartete ungeduldig, bis Michael, der sich mit großem Genuß seinem Brötchen zuwandte, den Bissen hinuntergeschluckt hatte.

»Der Honig ist ausgezeichnet«, sagte er anerkennend, »und vor allen Dingen reinste Nervennahrung, und . . .«

»Und was ist mit Herrn Lyntons Kurzsichtigkeit?« unterbrach Lissy hastig, die im Augenblick keine Lust verspürte, sich über die Vorzüge des Honigs zu unterhalten.

»Darauf baue ich auf, wie ich schon sagte, und so kann eigentlich nichts schiefgehen.« Michael griff schon wieder nach seinem Brötchen, aber Lissy verhinderte eine neuerliche Unterbrechung, indem sie kurz entschlossen die Hand auf seinen Arm legte und drängte:

»Also, nun sag schon, was ist los? Was kann nicht schiefgehen?«

Michael schüttelte mißbilligend den Kopf, murmelte etwas von »Ungeduld« und »nicht warten können« und fuhr dann im Flüsterton fort: »Du brauchst jetzt nur ein Stück Kreide, die sich ja wohl irgendwie organisieren läßt . . .«

»Ja und?« fragte Lissy gespannt und verstärkte den Druck auf ihres Nachbars Arm. Wenn er jetzt nur nicht wieder anfing zu essen!

»Und dann versiehst du den Fußboden in der Umgebung des Katheders oder wo du sonst willst mit der Kreide mit Gebilden, die jeder Mensch mit schwachen

Augen für Papierfetzen halten muß. Und da Herr Lynton, wie ich erfahren habe, sehr ordnungsliebend ist und die Angewohnheit hat, während des Unterrichts auf und ab zu wandern, wird er sich unter Garantie nach den Dingern bücken, um sie in den Papierkorb zu werfen.«

Lissy kicherte. »Ideen hast du!«

»Ach, das ist doch nichts weiter.« Mit einer wegwerfenden Handbewegung tat Michael diese Bemerkung ab. »Die Hauptsache bei der ganzen Geschichte ist, daß du dich erwischen läßt, weil ja der Zweck der Übung darin besteht, daß das verehrte Lehrerkollegium dich gründlich satt bekommt.«

Lissy nickte versonnen. Recht hatte er. Aber ob ihr genügend Unfug einfallen würde? Ach, sie merkte schon, es war sicher nicht weniger anstrengend, sich unbeliebt zu machen, als das Dummchen zu spielen.

»Wenn du mir vielleicht noch ein paarmal unter die Arme greifen würdest? Mit Ideen, meine ich«, sagte sie deshalb in bittendem Ton, und Michael, der sich nun in aller Ruhe seinem Frühstück widmete, murmelte herablassend:

»Mal sehn!« Und ehe der Unterricht begann, nahm er sie im Flur noch einmal beiseite und sagte schnell: »Du könntest außerdem die Tafel mit Seife einschmieren, dann kann der Unglücksrabe keine einzige Aufgabe vorrechnen, keine einzige Zeichnung dazu machen, denn auf der Seife hält die Kreide nicht. Und wenn du willst, kannst du schließlich und endlich den dämlichen Witz mit dem Zettel wiederholen. Und alles zusammen wird so wirken, daß Herr Lynton bestimmt für alle Zeiten genug von dir hat.«

Das Unternehmen verlief tatsächlich ganz nach Wunsch und wurde ein voller Erfolg. Herr Lynton bückte sich verschiedene Male nach den vermeintlichen

Papierfetzen, betrachtete kopfschüttelnd seine mit Kreidespuren versehenen Finger und befahl mit durchdringendem Blick über die Reihen der Schüler, den Fußboden wenigstens notdürftig zu säubern. Dann wandte er sich zur Tafel.

Das unterdrückte Kichern, das schon seine vergeblichen Versuche, sich der Kreideflecken zu bemächtigen, begleitet hatte, wurde stärker, und es gab niemanden, der sich nicht nach Kräften bemühte, den unwiderstehlichen Lachreiz zu bekämpfen.

An Herrn Lyntons Jacke prangte ein Zettel mit der Aufschrift ›Ich bin doof!‹, und wie zur Bekräftigung dieser Worte wollte und wollte es ihm nicht gelingen, eine Reihe von Zahlen an die Tafel zu schreiben.

Ohne einen einzigen Strich zu hinterlassen, glitt die Kreide wieder und wieder über die glatte Fläche, und nun war die Klasse nicht mehr imstande, sich zusammenzunehmen. Das so mühsam zurückgehaltene Gelächter brach sich unaufhaltsam Bahn.

»Ruhe!« schrie Herr Lynton und fuhr mit vor Zorn gerötetem Gesicht herum. »Ich bitte mir Ruhe aus! Und gleichzeitig möchte ich euch um eine Erklärung ersuchen, warum ihr euch heute wie die Hottentotten benehmt, eine sonst so ruhige und vernünftige Klasse! Möchtet ihr mir beispielsweise verraten, was mit der Tafel geschehen ist?«

Er bekam keine Antwort, denn abgesehen davon, daß Petzen verpönt war, hätte ihm niemand eine geben können außer den beiden Übeltätern selber.

›Donnerwetter, das hat sie prima hingekriegt‹, dachte Michael anerkennend, während er sein scheinheiligstes Gesicht aufsetzte und mit Spannung darauf wartete, wie die Geschichte weitergehen würde.

Tatsächlich hatte Lissy ihre Vorbereitungen in größter Geschwindigkeit und ohne unliebsame Zeugen getroffen. Sogar die schwierige Aufgabe, den Zettel an Herrn Lyntons Jacke zu heften, hatte sie vor dessen Eintritt in das Klassenzimmer, von niemandem gesehen, gelöst.

Im Augenblick machte sie sich, mit einem Putzlappen bewaffnet, hinter dem Katheder zu schaffen. Es schien wahrhaftig ganz so, als habe sie im Verlaufe der Reinigungsaktion, an der sie sich mit Feuereifer beteiligt hatte, auch hier einen Kreidefleck entdeckt. Und es schien ganz so, als bereite es ihr die größten Schwierigkeiten, diesen Fleck zu entfernen, denn noch immer war sie nicht an ihren Platz zurückgekehrt.

In Wahrheit aber war sie damit beschäftigt, den Stuhlsitz, auf dem sich Herr Lynton vermutlich bald niederlassen würde, mit Klebstoff zu versehen. Es handelte sich um den gleichen Klebstoff, den sie zu Hause eines schönen Tages in Fräulein Millers Schuhe praktiziert hatte. Aber damals war ihr wohler zumute gewesen. Damals hatte sie einen plötzlichen Einfall in die Tat umgesetzt, weil sie meinte, sich für eine ungerechte Behandlung rächen zu müssen. Heute aber wollte sie sich weder rächen, noch lag es in ihrer Absicht, den armen Herrn Lynton, der ihr gar nichts zuleide getan hatte, zu ärgern. Und jetzt mußte sie sich auch noch ertappen lassen! Doch was half es, wenn man sie wirklich nach Hause schicken sollte, gab es wohl keinen anderen Ausweg. Wer A sagte, mußte eben auch B sagen!

»Ihr wollt also nicht mit der Sprache heraus!« hörte sie jetzt Herrn Lyntons Stimme von neuem. »Nun gut, man wird schon Mittel und Wege finden, und was die Tafel betrifft, so erwarte ich, daß sie in kürzester Zeit in den alten Zustand versetzt wird, verstanden!«

Nach diesen Worten kehrte er der Klasse den Rücken.

Aber niemand lachte mehr über seine so seltsam verzierte Jacke. Der stets so freundliche Herr Lynton schien ernstlich böse zu sein, und das war keinem der Kinder recht, denn schließlich war er ja ihr Klassenlehrer. Sollte der Neue diesen Unfug angestellt haben? Wer sonst sollte es wohl gewesen sein?

Im nächsten Augenblick aber wurden sie eines Besseren belehrt. Denn Herr Lynton war jetzt an seinem Platz angelangt und blieb beim Anblick der völlig in ihre Arbeit vertieften neuen Schülerin fassungslos stehen. »Was treibst du denn da?« fragte er endlich mit bebender Stimme und packte sie an der Schulter.

Lissy nahm all ihren Mut zusammen, sah ihrem Gegenüber fest in die Augen und schwieg.

»Ich habe gefragt, was du da treibst?«

Aber auch dieses Mal bekam Herr Lynton keine Antwort.

»Auch noch verstockt«, sagte er langsam, »wahrhaftig, etwas Ähnliches habe ich während meiner langjährigen Lehrtätigkeit noch nicht erlebt!«

Das war ein Eis!

Eigentlich hätte Lissy mit ihrem Erfolg zufrieden sein können. Herr Lynton hatte, wie Michael es ausdrückte, bestimmt genug von ihr, und wenn sie in ihren Bemühungen nicht nachließ, konnte sie die berechtigte Hoffnung hegen, daß es den anderen Lehrern genauso ergehen würde. Trotzdem konnte sie sich kaum über die Wirkung ihrer Taten freuen.

›Das ist eben doch nichts für mich‹, dachte sie seufzend, als sie am Nachmittag Stuhl und Tafel säuberte, während die anderen sich am Strande und im Wasser tummelten, da der Sportunterricht auf allgemeinen Wunsch ans Meer verlegt worden war.

Es war ein herrlicher, sommerlich warmer Tag. Die Sonne schien vom strahlendblauen Himmel, und der Wind trug den Duft der blühenden Bäume durch das weitgeöffnete Fenster.

Lissy unterzog die nun auch vom letzten Rest Seife befreite Tafel einer nochmaligen Prüfung und überlegte allen Ernstes, ob sie nicht wieder zu der von Michael so geschmähten »blöden Masche« zurückkehren sollte. Vielleicht war es letzten Endes doch besser, sich auslachen zu lassen. Wahrhaftig, sie mochte weder an die betrübten Blicke Joans noch an die verächtlichen der anderen denken. Wie hatte die dicke Ruth inmitten einer Gruppe von Klassenkameraden laut und deutlich gesagt, als Lissy vorüberging?

»Hab ich's doch gleich gewußt, daß das eine ganz Freche ist!«

Und noch nicht einmal der Gedanke an Michaels uneingeschränktes Lob konnte die Stimmung der armen Sünderin heben.

Ehe sie sich an die weitaus schwierigere Reinigung des Stuhlsitzes begab – sie hatte nicht die leiseste Ahnung, auf welche Weise sie den Klebstoff entfernen sollte –, ging sie ans Fenster und sah hinaus in den Garten.

Um diese Zeit war der größte Teil der Schüler mit Schularbeiten beschäftigt, und so lagen die Wege menschenleer. Nur in einiger Entfernung saß auf einer der weißlackierten Bänke die gute Frau Braun und putzte Gemüse. ›Wenn die wüßte‹, dachte Lissy und trat ein wenig zurück, denn daß Röllchen sie hier entdeckte und später unliebsame Fragen stellte, erschien ihr ganz und gar nicht wünschenswert. Und in diesem Augenblick sah sie ganz hinten eine kleine Gestalt auftauchen.

Es war Joan. Mit wehendem Haar, eine Badetasche unter dem Arm, kam sie den Weg entlanggelaufen und erschien gleich darauf außer Atem in der Tür des Klassenzimmers.

»Ich habe gesagt, ich hätte furchtbare Kopfschmerzen und würde mich gern ein bißchen hinlegen«, sagte sie hastig und drückte Lissy ein Fläschchen in die Hand. »Das ist Nagellackentferner. Für den Klebstoff«, erklärte sie lachend. »Ich glaube, damit kann man ihn wegbekommen.«

»Oh, das ist nett«, sagte Lissy erfreut, »das ist wirklich sehr nett von dir, vielen Dank!«

»Da brauchst du dich doch nicht zu bedanken«, wehrte Joan ab und wurde rot. »Die Hauptsache ist, das Zeug hilft.«

Es half tatsächlich. »Das ist ja ein wahres Wundermittel!« lachte Lissy, die sich schon mit Feuereifer an die Arbeit machte. »Aber viel wird von der Flasche wohl nicht übrigbleiben.«

»Das schadet nichts«, versicherte Joan eifrig. »Ich habe sie ja extra für dich besorgt.«

»Extra für mich? Wo denn?«

»Im Dorf. Im Laden im Dorf«, sagte Joan.

Lissy schwieg nachdenklich. Sie kannte ihre neue Freundin nun schon gut genug, um zu wissen, daß sie im allgemeinen nichts Verbotenes tat. Um so höher waren also ihre Kameradschaftlichkeit und Hilfsbereitschaft zu werten. Im übrigen verlor Joan kein einziges Wort über die Vorfälle des heutigen Vormittags. Nur kurz vor dem Einschlafen sagte sie noch einmal: »Ich würde doch lieber mit Rita sprechen, wenn du dich wirklich so unglücklich fühlst.«

»Todunglücklich«, verbesserte Lissy und seufzte so schwer, daß Joan erschrocken schwieg.

In den nächsten Tagen wirkte Lissy derart bedrückt, daß Joan ihr immer besorgtere Blicke zuwarf und Michael mißbilligend den Kopf schüttelte.

»Was ist denn mit dir los?« fragte er endlich und versetzte ihr einen aufmunternden Stoß in die Seite, als sie während des nun häufiger stattfindenden Schwimmunterrichtes am Strande in der Sonne lag. »Plagt dich etwa die Reue wegen der Sache mit Herrn Lynton neulich?«

»Mich plagt überhaupt nichts«, fuhr Lissy ihn an und wurde feuerrot, »ich denke nur nach.«

»Du denkst nur nach«, wiederholte Michael langsam. »So, so, und worüber, wenn man fragen darf?«

»Über, über ... ach, laß mich in Ruhe!«

Michael ließ den weißen Sand durch die Finger rinnen und grinste. »Ich will dir sagen, worüber du nachdenkst. Darüber nämlich, wie du dich am besten aus allem herauswindest. Zu solchen Geschichten, wie du sie vorhast, gehört eben schon eine Portion ...«

»... Frechheit!« ergänzte Lissy wütend.

»... Mut! Mut gehört dazu! Und den hast du nicht. Du bist eben ein Angsthase, das ist es!«

»Ein Angsthase! Ich?« Lissy sprang auf und sah mit blitzenden Augen auf den sie noch immer in aller Seelenruhe Angrinsenden hinunter. »Du kannst mir ja nachsagen, was du willst, aber ein Angsthase bin ich noch nie gewesen!«

»Nie gewesen, so, so. Soll ich dich beim Wort nehmen?«

»Bitte!« sagte Lissy noch wütender. Der sollte sie kennenlernen! Der konnte etwas erleben!

»Setz dich«, fuhr er im Flüsterton fort, denn eben hatten sich mehrere tropfnasse Gestalten ganz in ihrer Nähe niedergelassen. »Wenn du wirklich Mut hast, dann könntest du zum Beispiel heute abend in dem Laden unten im Dorf ein Eis essen, was, wie du ja weißt, streng verboten ist. Ich habe zufällig erfahren, daß Rita so gegen fünf irgend etwas dort abholen will. Die Gelegenheit ist also günstig. Na, wie findest du das?«

»Prima!« sagte Lissy und bemühte sich nach Kräften, so viel Begeisterung vorzutäuschen, wie ihr im Augenblick möglich war. Doch ganz schien es ihr nicht gelingen zu wollen, denn Michael, der sie prüfend betrachtete, lachte plötzlich gutmütig und sagte:

»Das ist im Grunde gar nicht nach deinem Geschmack, was? Na ja, du bist eben kein Junge.«

»Als ob das etwas ausmachen würde!«

»Macht es, macht es. Mädchen haben viel schneller Gewissensbisse. Ich habe diese Schwierigkeit natürlich von vornherein einkalkuliert«, fuhr er mit bedächtigem Wiegen des Kopfes und mit nachdenklicher Stirn fort. »Aber ich dachte, bei dir wäre es doch etwas anderes, weil du ja nach Hause willst, jedenfalls wolltest. Vielleicht hast du es dir inzwischen aber auch überlegt und bleibst lieber hier.«

»Nie!« rief Lissy so laut, daß die sich in ihrer Nähe sonnenden Kinder sie erstaunt betrachteten und die dicke Ruth kichernd mit dem Zeigefinger gegen ihre Stirn tippte. »Nie!« wiederholte sie um einige Grade leiser und sprang zum zweitenmal auf.

»Ts, ts, ts«, machte Michael mißbilligend, »deshalb brauchst du doch nicht gleich so aus dem Häuschen zu geraten. Es ist ja alles möglich, nicht wahr? Übrigens«, fügte er versonnen hinzu, »die schlechteste ist diese Anstalt nicht, das kann man wirklich nicht behaupten.«

Nein, das konnte man nicht behaupten, und das war nach Lissys Meinung gerade das Schlimme. Wenn es anders gewesen wäre, hätte man ja viel leichteren Herzens dafür sorgen können, daß sie einen hinauswarfen.

Tief in Gedanken versunken, lief sie gegen Abend hinunter ins Dorf. Der Weißdorn duftete an den Wegen, die Lerchen jubilierten am hohen Himmel; aber von alledem nahm Lissy nichts wahr, und selbst in dem großen dämmrigen Laden hatte sie nur einen flüchtigen Blick für die seltsame Einrichtung.

Hier gab es tatsächlich alles zu kaufen, von der Stecknadel bis zur Hängematte. Ein besonders prächtiges Exemplar mit einer aus roten und grünen Garnen geknüpften Kante hing neben Eimern, Bürsten und Laternen unter der Decke und bewegte sich sacht, als Lissy die Tür hinter sich schloß. Die Regale an den Wänden waren vollgestellt mit unzähligen Dingen, und auf dem Ladentisch leuchteten in dickbauchigen Gläsern Bonbons in den verschiedensten Farben.

Eine kleine alte Frau, die ganz unerwartet aus dem Dämmerlicht auftauchte, erkundigte sich freundlich nach Lissys Wünschen.

»Ein Eis, bitte«, sagte Lissy schnell und saß gleich darauf an einem runden Tischchen vor einem Schälchen Sahneeis mit Früchten. Völlig abwesend, den Blick auf die alte Standuhr gerichtet, nahm sie einen Löffel nach dem anderen, und die alte Frau, die es gewöhnt war, daß man ihre Ware in den höchsten Tönen lobte, sah ihren schweigsamen jungen Gast erstaunt an.

Die Uhr schlug fünf, und obwohl das Schälchen noch nicht geleert war, legte das sonderbare kleine Mädchen den Löffel beiseite und starrte nun zur Tür, als müsse sich dort gleich etwas Besonderes ereignen.

Es ereignete sich jedoch nichts weiter, als daß nach wenigen Minuten Rita, die Vertrauensschülerin aus dem Internat, und Frau Braun, die Köchin, eintraten – in den Augen der Ladeninhaberin wahrhaftig kein außergewöhnliches Ereignis. Da sie sich nun den beiden zuwandte, bemerkte sie nicht, daß Lissy plötzlich völlig verändert wirkte und sich nun mit großem Genuß dem restlichen Inhalt des Schälchens widmete. Nein, von alledem merkte die alte Frau nicht das geringste, dafür aber jemand anders, und das war Röllchen!

Sie hatte die am ersten Tag schon so fröhliche kleine Neue sofort entdeckt und sich tatsächlich ein bißchen erschreckt. Wie konnte das Kind nur so leichtsinnig sein und einem der Verbote zuwiderhandeln. Wenn Rita sie sah, würde es Ärger geben, denn was das Übertreten der Regeln betraf, verstand eine Vertrauensschülerin keinen Spaß. Im Augenblick war sie übrigens völlig von dem Gespräch mit Frau Falz in Anspruch genommen. Vielleicht konnte man dem Kinde unauffällig ein Zeichen geben zu verschwinden.

Die gute Frau Braun trat ein wenig zur Seite, um mit ihrer imposanten Gestalt das Tischchen in der Ecke besser verdecken zu können. Dann wandte sie vorsichtig den Kopf, räusperte sich leise, rollte die Augen und deutete mit dem Daumen zur Tür. Der Erfolg dieser Bemühungen war, daß Lissy mit strahlendem Lächeln eine einladende Handbewegung auf den leeren Stuhl neben sich vollführte, um Röllchen zum Mithalten aufzufordern.

Frau Braun schüttelte energisch den Kopf, indem sie heftiger als zuvor die Daumenbewegung zur Tür hin wiederholte.

Aber Lissy rührte sich noch immer nicht, lächelte noch immer und zuckte endlich mit verständnislosem Gesichtsausdruck die Schultern, denn Röllchen hörte nicht auf, ihr Zeichen zu machen.

Du liebe Zeit, begriff das Kind denn nicht? Wußte es am Ende gar nichts von dem Verbot? »Mach, daß du wegkommst«, zischte sie schließlich voller Verzweiflung, woraufhin nichts weiter geschah, als daß Rita sich umwandte und fragte:

»Haben Sie etwas gesagt, Frau Braun?«

»Ich?« Röllchen tat, als fiele sie aus allen Wolken. »Ich habe mich nur ein bißchen geräuspert. Es scheint, als wäre eine Erkältung im Anzug, als bekäme ich Husten.«

»Bei dem Wetter?«

»Gerade bei schönem Wetter«, bestätigte Röllchen ernsthaft. »Dann sperrt man hier ein Fenster auf und da eine Tür, und schon hat man etwas weg, von der Zugluft nämlich.«

Rita nickte mitfühlend und nahm den großen, mit den bestellten Sachen gefüllten Korb entgegen, den Frau Falz ihr über den Ladentisch zureichte. »Da haben wir ganz schön zu schleppen«, sagte sie lachend, sah gleich darauf erschrocken, wie Frau Braun, hochrot geworden, nach Luft rang, mit der einen Hand wild herumfuchtelte, als finge sie Fliegen, und dann von einem ungewöhnlich starken Hustenanfall heimgesucht wurde.

»Wollen Sie sich hinsetzen?« fragte sie besorgt, aber Frau Braun wehrte entsetzt ab und deutete beinahe flehend zur Tür.

»Frische Luft ist das beste«, nickte Frau Falz, kam eilig hinter dem Ladentisch hervor und legte mit den Worten: »Das sind sehr gute Hustenbonbons, die nehmen Sie man mit« eine Tüte in den Korb. Nachdem Rita und die noch immer wie ein Rabe krächzende Frau Braun den Laden verlassen hatten, sah die alte Frau sich nach Lissy um, und ihre Augen weiteten sich vor Staunen. Der Platz war leer, die Kleine wie vom Erdboden verschluckt.

Das traf nun selbstverständlich nicht zu. Aber in der Nähe des Erdbodens hielt Lissy sich auf, und das seit dem Beginn von Röllchens Hustenanfall. »Mach, daß du wegkommst«, hatte die Ärmste noch einmal geflüstert und dann gehustet, was das Zeug hielt.

Die Gute! Welche Mühe sie sich gab, das drohende Unheil abzuwenden! Nein, Lissy konnte es nicht übers Herz bringen, sie so zu enttäuschen und sich von Rita entdecken zu lassen. So rutschte sie also vom Stuhl, hockte unter dem Tisch, bis die beiden verschwunden waren, und kam gerade wieder zum Vorschein, als Frau Falz sich kopfschüttelnd näherte.

Na also, da war die Kleine ja! Das Portemonnaie sei ihr heruntergefallen, erklärte sie ein wenig außer Atem, nun wolle sie gleich bezahlen. Und schon in der Tür, rief sie über die Schulter zurück. »Das war ein Eis! Das werde ich nie in meinem Leben vergessen!«

Diesmal klappt es ganz bestimmt

Im Eiltempo legte Lissy den Weg zum Internat zurück, jagte durch das große Tor, an Büschen und Bäumen vorüber und gelangte endlich völlig außer Atem vor die Tür zu ihrem Zimmer.

»Na, wie war's?« fragte Michael, der sie, an den Pfosten gelehnt, erwartete.

»Oh«, rief sie und fuhr herum, »hast du mich erschreckt!«

»Tut mir leid«, sagte er lachend, »wenn du aber auch wie von Furien gehetzt, ohne rechts und links zu sehen, heranbraust! Und nun erzähl! Hat es geklappt? Bist du in Ungnade gefallen?«

»Leider nicht. Es ging nämlich nicht.«

»Es ging nicht? Wieso?«

»Also, paß auf.« Der nun folgende, hastig im Flüsterton erstattete Bericht veranlaßte Michael zu wiederholtem mißbilligendem Kopfschütteln. Als aber Lissy zum Schluß meinte: »Röllchen ist so nett, und sie hat es so gut gemeint, da hättest du es an meiner Stelle genauso gemacht«, konnte er nicht anders, als ihr mit einem nachdenklichen »na ja, vielleicht« zuzustimmen.

Am nächsten Tage fand Lissy in einem Brief von den Eltern die Fotografie eines kleinen Schäferhundes.

»Das ist dasjenige von Gesas Jungen, das Jonathan für Dich bestimmt hat«, schrieb die Mutter. »Vater hat die Aufnahme noch vor unserer Abreise gemacht. Es ist ein Rüde und, wie Du siehst, ein sehr schönes Tier. Sicher wirst Du viel Freude an ihm haben, wenn Du in den Ferien nach Hause kommst.«

»Ist der nicht süß?« rief Lissy entzückt, reichte Joan das Bildchen hinüber, und Joan ließ Vokabeln Vokabeln sein und bewunderte gebührend jede Einzelheit, auf die Lissy sie aufmerksam machte.

In der nächsten Zeit ereigneten sich während des Unterrichtes die unglaublichsten Dinge. Ein Meerschweinchen sprang aus der Schublade des Katheders geradewegs auf Mademoiselle Duponts Schoß, wurde, nachdem die Ärmste sich von ihrem Schrecken erholt hatte, unter Beteiligung der Klasse eingefangen, und niemand anders als Lissy bekannte sich zu der Untat.

»So etwas ich noch nicht haben erlebt!« japste Mademoiselle, und ganz ähnlich äußerte sich der aufgebrachte Herr Lynton, als er den Stuhl vom Katheder rückte und in diesem Augenblick die große Blumenvase umstürzte. Sie zersprang in tausend Scherben, und das Wasser ergoß sich nicht nur über das Klassenbuch, sondern auch über Herrn Lyntons Hosenbeine. War er schon über den Vorfall an sich erbost, so noch mehr über die gleichmütige Art, in der Lissy das Geständnis ablegte, sie habe Stuhl und Vase mittels eines Nylonfadens verbunden.

»So etwas ist mir doch wohl noch nicht vorgekommen«, sagte er kopfschüttelnd. »Auf Unfug dieser Art muß wohl eine exemplarische Strafe folgen.«

Die Strafe bestand einmal im Nachsitzen, zum anderen darin, daß Lissy die Vase ersetzen mußte, und das bedeutete einen mehrere Wochen langen Verzicht auf Taschengeld.

»Ich pump dir was«, sagte Michael großmütig, und auch Joan erbot sich, der Freundin auszuhelfen, und seufzte mit sorgenvoll gekrauster Stirn: »Wenn du nur endlich auf mich hören und diesen Blödsinn lassen wolltest.«

Aber nun ließ Lissy sich durch keinen noch so gut gemeinten Rat von ihrem Vorhaben abbringen, und nach jedem neuen Streich wartete sie sehnsüchtig darauf, daß man sie endlich von der Schule verwies.

»Die haben eine wahre Engelsgeduld«, stellte Michael mit einem mitfühlenden Blick auf seine Bundesgenossin fest, als sie beide bei einem verbotenen Eis an dem runden Tischchen im Laden von Frau Falz saßen. »Tatsache, die machen einen empfindsamen Menschen vollkommen fertig mit ihrer Geduld. Vielleicht haben sie aber auch nur keine Phantasie«, fuhr er nachdenklich fort. »Vielleicht fällt ihnen wirklich nichts anderes ein als dieses dämliche Nachsitzen und diese blöden Strafarbeiten.« Er lachte. »Na, was mich betrifft, ich hätte dich an ihrer Stelle schon längst gefeuert. Darauf kannst du dich verlassen.«

Lissy seufzte. »Als ob das ein Trost wäre!«

»Also, wie gesagt, die Leute sind zu geduldig«, meinte er. »Bei denen mußt du dir schon andere Sachen einfallen lassen.«

»Andere Sachen?« wiederholte Lissy ratlos. »Ja, was denn nun noch?«

Michael verdrehte in komischer Verzweiflung die Augen. »Wenn ich das wüßte! Wahrhaftig, diesen Anforderungen ist mein Geist auf die Dauer wirklich nicht gewachsen. Da müßte ich mir wenigstens noch eine Portion Eis bestellen.«

Lissy lachte wieder, und nachdem Frau Falz das Gewünschte gebracht hatte und beide mit ihren Überlegungen und Beratungen beginnen wollten, erschien eine Kundin, die einen größeren Einkauf tätigte.

»Rücksichtslose Menschen gibt es«, murmelte Michael mißbilligend. »Wie soll man dabei«, er wies auf die in ein angeregtes Gespräch vertieften Frauen, »wie soll man dabei auch noch einen einzigen Gedanken fassen. Na, hoffentlich kommen nicht noch mehr.«

Es kam niemand mehr, und als die Kundin den Laden endlich verlassen hatte und Frau Falz in einer Tür im Hintergrund verschwunden war, sagte Lissy plötzlich: »Ich kann doch schließlich nicht abends als Geist verkleidet die Lehrer erschrecken.«

»Nee, das kannst du nicht«, sagte Michael prompt, starrte sie gleich darauf mit nachdenklich gerunzelter Stirn an und fügte langsam hinzu: »Als Geist nicht, das ist doof. Aber die Idee mit dem Erschrecken ist gar nicht schlecht!«

»Ja, aber wie?«

»Du könntest dich vielleicht unsichtbar machen, für eine Weile verschwinden, verstehst du?«

»Hm«, machte Lissy gedehnt, »schön ist das nicht.«

Michael lachte. »Schön war schließlich nichts, was du bis jetzt angestellt hast. Wenn ich an die Geschichte mit der Zeichnung von Mademoiselle Dupont denke, auf der sie aussah wie ein Pavian . . .«

»Hör auf, hör auf!« rief Lissy und hielt sich die Ohren zu.

»Siehst du«, nickte Michael, »du willst noch nicht einmal daran erinnert werden. Aber es geht ja jetzt nicht darum, ob du es schön findest oder nicht, sondern darum, daß sie dich endlich hinauswerfen.«

»Ja, natürlich«, sagte Lissy leise.

»Na also. Und nun paß auf. Du könntest ganz gut während des Schwimmunterrichts verschwinden und dich irgendwo verstecken. Felsen gibt's ja genug.«

»Ja«, sagte Lissy wieder.

»Und wenn sie dich dann erst gegen Abend wiederfinden, ist bestimmt der Teufel los, und es ist anzunehmen, daß sie dich postwendend nach Hause schicken.«

»Glaubst du wirklich?«

»Klar!« Michael schien vollkommen überzeugt von dem Erfolg des geplanten Unternehmens. »Klar, dieses Mal klappt es bestimmt!«

Ein mißglücktes Unternehmen

So sicher wie Michael war Lissy sich ihrer Sache übrigens nicht, und in gewisser Weise sollte sie recht behalten, denn es kam ganz anders, als sie es sich beide vorgestellt hatten.

»Nur nichts auf die lange Bank schieben«, hatte er ihr am Ende ihrer Beratungen eingeschärft. »Ergreif die erstbeste Gelegenheit, dann hast du es ja auch hinter dir.«

Die erstbeste Gelegenheit ergab sich schon nach wenigen Tagen, denn noch immer war das Wetter so schön, daß die Kinder anstelle des Turnunterrichtes zum Baden gingen.

Sehr wohl fühlte sich Lissy nicht in ihrer Haut. Doch als sie ein Stück geschwommen war und sich wenig später, im weißen Sand liegend, von der Sonne trocknen ließ, vergaß sie für eine Weile ihr Vorhaben, das ihr im Grunde so ganz und gar nicht behagte.

Es war verabredet worden, daß in dem Augenblick, in dem zum Aufbruch geblasen wurde, Michael Joan in ein Gespräch verwickeln sollte, so daß es ihr nicht gleich auffiel, wenn Lissy zurückblieb.

»Ich mach das schon. Die merkt bestimmt nichts.« Mit diesen beruhigenden Worten und der dazugehörigen großartigen Handbewegung bemühte Michael sich, Lissys Zweifel zu zerstreuen.

Und nun war es so weit, daß sie den sich entfernenden Mitschülern, hinter einem Felsen verborgen, nachsah. ›Hätte ich mich nur auf diesen Blödsinn nicht eingelassen!‹ dachte Lissy bedrückt, während sie mit einem Blick auf die Uhr ihr Versteck verließ. ›Erst fünf. Was mache ich nur hier bis zum Abend, bis zum Dunkelwerden?‹ Sie zögerte einen Augenblick, sah gedankenverloren über das in der Sonne glitzernde Wasser und beschloß, da sie zum Baden keine Lust mehr hatte, den Strand in entgegengesetzter Richtung ein Stück entlangzugehen.

Ja, bis zum Dunkelwerden konnte es dauern, ehe man sie hier suchte. Denn frühestens zum Abendessen würde man ihr Fehlen bemerken.

Jemanden aber gab es, der sie, wie auch nicht anders zu erwarten, sehr bald vermißte. Und das war Joan.

Kurz vor ihrem Ziel, am Tor zu dem großen Internatsgarten, wischte sie sich mit dem Taschentuch über ihr erhitztes Gesicht, sah sich suchend um und fragte: »Wo ist Lissy eigentlich?«

»Lissy?« Michael setzte seine unschuldsvollste Miene

auf. »Wie soll ich das denn wissen? Vielleicht ist sie vorangelaufen, vielleicht ist sie schon oben.«

Aber als Joan in ihrem Zimmer anlangte, bestätigte sich das ungute Gefühl, das sie bei Michaels Worten beschlichen hatte. Von Lissy war nichts zu sehen. »Da stimmt doch etwas nicht«, murmelte sie stirnrunzelnd und schloß gleich darauf die Tür wieder hinter sich, um sich zunächst im Haus auf die Suche nach der Freundin zu begeben. Nachdem sie vergeblich Ausschau gehalten hatte, lief sie in die Küche, da, wie sie wußte, Frau Braun und Lissy einander sehr gerne mochten.

»Nein, hier ist sie nicht«, sagte Röllchen kopfschüttelnd und fügte, als sie den erschrockenen Ausdruck in Joans Augen bemerkte, nach kurzer Überlegung im Flüsterton hinzu: »Vielleicht hat sie ja Appetit auf ein Eis gehabt? Ich glaube, das Kind weiß gar nicht, daß es verboten ist, alleine zu Frau Falz zu gehen.«

Der Laden im Dorf! Natürlich, da konnte sie hingegangen sein!

Gleich darauf jagte Joan durch den Garten, über den Feldweg, den Abhang hinunter und befand sich endlich außer Atem an ihrem Ziel. Mit einem hastigen Blick stellte sie fest, daß niemand an dem Tischchen in der Ecke saß, und erfuhr im nächsten Augenblick, daß Lissy auch nicht dagewesen war.

»Ich weiß, wen du meinst«, sagte die alte Frau freundlich. »Die Kleine war schon zweimal hier, einmal mit einem Jungen, wohl auch ein Neuer, nicht wahr?«

Joan nickte abwesend, bedankte sich höflich und jagte zum Internat zurück. Irgend etwas stimmte an der Sache nicht. Davon war sie überzeugt und auch davon, daß Michael etwas wußte! Sie mußte ihn unbedingt sprechen. Er mußte ihr sagen, wo Lissy sich aufhielt! Und falls er nicht mit der Sprache herauswollte, würde sie

Rita ins Vertrauen ziehen, dazu war sie fest entschlossen! Als sie das Haus erreichte, ergriff sie plötzlich die Hoffnung, Lissy könnte inzwischen doch noch aufgetaucht sein, und so warf sie zunächst einen Blick in ihr gemeinsames Zimmer. Leer und verlassen lag es in der nun schon beginnenden Abenddämmerung, und Joan erschrak bei dem Gedanken daran, daß es ja nun bald dunkel werden würde. Nein, viel Zeit hatte sie nicht mehr zu verlieren!

Sie warf die Tür ins Schloß, überlegte kurz, wo sie Michael finden konnte, und stieß wenig später am Fuße der Treppe mit ihm zusammen.

»Wo ist Lissy?« fragte sie schnell, und als Michael nichts als ein unbestimmtes »Och« hören ließ, sagte sie beinahe drohend: »Wenn du es nicht sagst, gehe ich zu Rita!«

Michael gab sich geschlagen, murmelte: »Na schön, wie du willst«, und vertraute ihr die ganze Geschichte an.

»Aber das geht doch nicht!« rief sie so entsetzt, daß ein paar vorüberlaufende Schüler sie erstaunt ansahen. »Das geht doch nicht«, wiederholte sie leise. »Weißt du, was sie hier denken werden? Daß ihr etwas zugestoßen ist, daß sie ertrunken ist! Das gibt bestimmt eine furchtbare Aufregung!«

»Daran haben wir gar nicht gedacht«, sagte Michael betreten und ahnte nicht, daß Lissy vor einiger Zeit schon das Versäumte nachgeholt hatte.

Plötzlich war auch ihr der Gedanke durch den Kopf geschossen, daß man ihr Verschwinden mit einem schrecklichen Ereignis in Zusammenhang bringen könnte, und sie blieb wie angewurzelt stehen. Nein, das hatte sie nicht gewollt! So schlimm hatte es ja nicht aussehen sollen!

Ohne zu zögern, machte sie auf den Hacken kehrt, sprang über ein paar Felsbrocken, rutschte aus und spürte einen stechenden Schmerz im Fußgelenk. Als sie weiterlaufen wollte, merkte sie mit Schrecken, daß es ihr unmöglich war. Am liebsten hätte sie geweint. Sie hatte starke Schmerzen, und das Gelenk schwoll zusehends. ›Verstaucht‹, dachte sie und setzte sich auf einen großen Stein, ›ich habe mir den Knöchel verstaucht!‹ Und jetzt stiegen ihr doch die Tränen in die Augen. Nun blieb ihr nichts anderes übrig, als hier zu warten, bis man sie fand.

Oh, warum hatte sie nicht auf Joan gehört! Warum hatte sie sich nicht lieber Rita anvertraut, als all diese dummen Streiche zu machen, um am Ende in eine so scheußliche Geschichte hineinzugeraten!

Die Sonne sank, langsam breitete sich die Dämmerung aus. Lissy begann in ihrem dünnen Kleid zu frieren und dachte sehnsüchtig an die warme Strickjacke, die sie vergessen hatte mitzunehmen. Wie lange würde es wohl noch dauern, bis jemand kam? Sie war nun schon so weit, daß sie nichts anderes mehr wünschte, als daß man sie aus ihrer schrecklichen Lage befreite. Wenn sie womöglich die ganze Nacht hier zubringen mußte?

»Hallo!« rief sie, so laut sie konnte, in die Stille hinein. »Hallo!«

Aber niemand antwortete. Die Zeit verging, die ersten Sterne zeigten sich, und Lissy wiederholte ihren Ruf in regelmäßigen Abständen.

»Hilfe!« schrie sie endlich verzweifelt. »Hilfe!«

Und plötzlich war es ihr, als hörte sie etwas in der Ferne! Stimmen! Ja, das mußten Stimmen sein!

»Hilfe!« schrie sie wieder und lauschte mit angehaltenem Atem und wild klopfendem Herzen.

»Lissy!« drang es schwach an ihr Ohr. »Lissy, wo bist du?«

»Hier!« schrie sie. »Hier bin ich!«

Und dann dauerte es nicht mehr lange, bis Joan und Michael vor ihr standen.

»Gott sei Dank, daß wir dich gefunden haben!« sagte Joan erleichtert, und Michael fragte schnell: »Ist irgend etwas passiert? Ich meine, weil du so geschrien hast?«

»Ich habe mir den Knöchel verstaucht. Ich wollte zurück, wißt ihr. Und da bin ich auf einem glitschigen Stein ausgerutscht. Es tut ganz gemein weh.«

»Verdammt«, murmelte Michael, und Joan rief voller Mitgefühl: »Ach, du Ärmste!«

Doch Lissy war trotz ihres Mißgeschicks so glücklich, so froh darüber, daß die beiden sie entdeckt hatten, daß sie nur lachend abwehrte: »Das wird ja wieder besser. Die Hauptsache ist, daß ihr gekommen seid!«

»Nee«, grinste Michael, »die Hauptsache ist, daß wir dich so schnell wie möglich zurücktransportieren!«

Es sollte jedoch sehr langsam vorangehen, denn Lissy mußte, obwohl sie sich auf Joan und Michael stützte, immer wieder eine Pause einlegen.

»Du kannst nicht mehr, nicht wahr?« fragte Joan besorgt, als sie zum soundsovielten Male stehenblieben und Lissy sich stöhnend auf einem Stein niederließ.

Doch ehe sie eine Antwort bekam, rief Michael aufgeregt: »Seht nur, da hinten, die Lichter! Da kommen uns ja ganze Heerscharen zu Hilfe!«

»Vom Internat!« flüsterte Lissy so entsetzt, daß Michael sich veranlaßt sah, sie mit den Worten zu trösten:

»Sei doch froh, daß du nun endlich die Aussicht hast, bald in deinem Bett zu liegen!«

Die Lichter näherten sich schwankend, und nach einer Weile waren mehrere Gestalten zu erkennen, und Joan sagte schnell: »Ich glaube, Lieschen ist auch dabei und Rita und . . .«

». . . Richard«, ergänzte Lissy leise.

». . . und noch zwei Männer«, fügte Michael hinzu, ehe er der kleinen Gruppe entgegenlief.

Die freudige Erregung, die sein Anblick dort auslöste, schien überaus groß zu sein. Stimmen wurden laut und Lachen, und jemand rief: »Gott sei Dank!« Einen Augenblick später wurde Lissy von dem strahlenden Richard, die anderen nicht weniger Glücklichen im Gefolge, zum Internat zurückgetragen!

In der Höhle des Löwen

Das Verschwinden Lissys hatte tatsächlich die größte Aufregung und genau die Befürchtungen hervorgerufen, wie die drei Kinder sie vorausgeahnt hatten. Als sie auch nach dem Abendessen noch immer nicht erschienen waren und Rita von Röllchen erfuhr, daß Joan schon am späten Nachmittag nach ihrer Freundin gefragt hatte, befahlen die beiden in größter Sorge befindlichen Fräulein Schön, nach der Vermißten zu suchen.

»Sie haben sich furchtbar geängstigt«, sagte Rita, als sie das Fußgelenk der völlig erschöpften Lissy mit feuchten Umschlägen kühlte, »und Röllchen war am schlimmsten und hat ein ums andere Mal gerufen: ›Das arme Kind!‹«

Auch jetzt waren alle rührend besorgt um ihr Wohlergehen. Lieselottchen erschien noch einmal in der Tür und erkundigte sich mit freundlichem Lächeln nach dem Befinden ihrer kleinen Patientin. Richard kam für einen Augenblick und sagte lachend: »Na, da hast du ja heute abend für Abwechslung gesorgt«, und Röllchen ließ es sich nicht nehmen, die dampfende Tomatensuppe eigenhändig mit den Worten zu servieren: »Nun iß mal, wird ja höchste Zeit, daß du etwas Warmes in den Leib bekommst, so verfroren, wie du bist!«

Ja, Lissy hätte sich keine sorgfältigere und liebevollere

Behandlung wünschen können. Aber trotzdem, oder gerade deshalb, fühlte sie sich so ungemütlich wie noch nie in ihrem Leben. Sie schämte sich aus tiefstem Herzensgrund und wagte kaum, einem der um sie Bemühten in die Augen zu sehen. Ach, sie waren ja alle der Meinung, nichts anderes als der verletzte Knöchel habe sie an der Rückkehr gehindert.

»Erzähl ihr doch einfach, wie alles gekommen ist«, ermunterte Joan sie, als Rita das Zimmer verlassen hatte, um frisches Wasser zu holen, und Lissy der Freundin ihr Leid klagte. »Dann fühlst du dich bestimmt viel wohler und kannst vielleicht sogar nach Hause.«

Lissy schwieg seufzend, aber als Rita zurückkam, nahm sie all ihren Mut zusammen und legte zunächst eine Beichte über die Vorfälle des Nachmittags ab.

»Und alles andere hat sie auch nur gemacht, weil sie so gern wieder nach Hause möchte«, erklärte Joan eifrig, »all die anderen Streiche. Im Grunde ist sie gar nicht so, so . . .«

». . . unverschämt«, ergänzte Lissy verlegen, und Rita betrachtete sie kopfschüttelnd und sagte in ungewöhnlich ernstem Ton: »Da hättest du lieber zu mir kommen sollen. Ich hätte schon mit unserem Lieselott . . . unseren Fräulein Schön gesprochen, und alles wäre in Ordnung gekommen. Nun«, fügte sie, schon wieder lächelnd, hinzu, »dann müssen wir das Versäumte eben nachholen, am besten gleich morgen. Aber nun schlaf erst einmal. Du mußt ja todmüde sein!«

Und damit hatte sie recht. Nun, da Lissy ihr Geständnis abgelegt hatte, merkte sie erst, wie erschöpft sie war, und es dauerte nicht lange, bis ihr die Augen zufielen.

Am nächsten Tage war die Schwellung des Knöchels schon so weit zurückgegangen, daß Rita erfreut sagte: »Das sieht ja sehr gut aus. Wenn wir jetzt noch regelmäßig kühlen, kannst du am Nachmittag vielleicht schon wieder aufstehen.«

Und als Röllchen das Frühstück brachte, nickte sie mit strahlendem Lächeln. »Na, dir scheint es heute ja schon viel besser zu gehen, nicht wahr? Hast ja wieder Farbe im Gesicht.«

Ja, Lissy fühlte sich wohl, und wäre nicht der Gedanke an die beiden Fräulein Schön gewesen und daran, daß Rita mit ihnen sprechen wollte, wäre sie restlos zufrieden gewesen. So aber lauschte sie in ängstlicher Spannung auf jeden sich nähernden Schritt und schrak zusammen, wenn jemand die Tür öffnete.

Und am Nachmittag wurde sie zu Lieselottchen gerufen und stand gleich darauf den beiden alten Damen in dem Zimmer gegenüber, das sie schon vom Tage ihrer Ankunft her kannte und dessen Anblick die unliebsame Erinnerung an die Vorstellung, die sie damals hier gegeben hatte, in ihr wachrief. Ihr eben noch so blasses Gesicht überzog sich mit plötzlicher Röte, und sie warf einen scheuen Blick auf ihre beiden Gegenüber.

»Setz dich, mein Kind«, begann Lieschen ernst, doch nicht unfreundlich, und fuhr in gleichem Tone fort: »Von unserer Rita«, sie wies auf die zu ihrer Rechten Sitzende, »haben wir erfahren, welche Anstrengungen du gemacht hast, um unsere Schule wieder verlassen zu können, und das hat uns sehr betrübt.« Lissy wurde womöglich noch röter, warf nun einen raschen Blick auf Rita, die ihr freundlich zulächelte, und hörte schon Lieschens Stimme von neuem: »Denn es waren dies leider Anstrengungen, die man in keiner Weise billigen kann, und es wäre weitaus vernünftiger gewesen, wenn du dich uns anvertraut hättest.«

»Weitaus«, bestätigte Lottchen eifrig, und ihre Brillengläser blitzten.

»Doch wir wollen uns nicht länger beim Wenn und beim Aber aufhalten«, begann Lieschen nun wieder, »sondern lieber die Frage klären, aus welchem Grunde du uns verlassen willst. Nun?«

Lissy wurde zur Abwechslung blaß und stotterte: »Ich .. äh ... ich wollte eben gerne wieder nach Hause.«

»Du wolltest wieder nach Hause«, wiederholte Lieschen jetzt langsam. »Und warum? Fühlst du dich unglücklich bei uns?«

Diese Frage hatte Lissy nicht erwartet, und so schwieg sie in völliger Verwirrung und sah ratlos von einem zum anderen.

»Nun«, sagte Lieschen endlich in aufmunterndem Ton, »du kannst, wie ich eben schon erwähnte, ganz ohne Scheu sprechen, und wenn du dich tatsächlich unglücklich bei uns fühlst, sollst du getrost nach Hause zurückkehren dürfen.«

Lottchen nickte zustimmend und schüttelte heftig den Kopf, als ihre Schwester hinzufügte: »Denn gegen seinen Willen wollen wir niemanden hier festhalten!«

Lissys Verwirrung wurde, wenn überhaupt möglich, noch größer, und sie sagte stockend: »Richtig eigentlich nicht.«

Lieschen lächelte freundlich und wiederholte: »Richtig eigentlich nicht? So, so. Dann geht es dir ja wie allen anderen Kindern, die im Laufe der Jahre unsere Schule besucht und sich sehr wohl hier gefühlt haben. Aber ich will dir trotzdem einen Vorschlag machen, gegen den du sicher nichts einzuwenden haben wirst. Sollte der Augenblick kommen, in dem du das Gegenteil behaupten kannst, sollst du uns gerne verlassen dürfen, und wir beide«, sie wies auf ihre Schwester, »wir beide wollen uns zudem dann mit deinen Eltern in Verbindung setzen und sie davon zu überzeugen suchen, daß es in einem solchen Falle das beste für dich ist, wenn du zu ihnen zurückkehrst.«

Diesen Worten folgte sekundenlanges Schweigen, das nur von dem Summen einer Fliege und dem Ticken der großen Standuhr unterbrochen wurde. Lissy starrte auf ein paar Kringel, die die Sonne auf die Tischdecke malte, sah dann in die blitzenden Brillengläser vor sich, hinter denen die großen Augen sie freundlich betrachteten, sagte leise: »Vielen Dank«, und fügte noch ein wenig leiser hinzu: »Ich möchte mich auch noch entschuldigen wegen, ich meine . . .«

»Schon gut«, unterbrach Lieschen lächelnd, während sie sich erhob. »Daran wollen wir nun nicht mehr denken, nicht wahr? Denn ich bin sicher, daß du keine Streiche mehr machen wirst, zumal du es auch gar nicht mehr nötig hast.«

Lissy errötete, schüttelte heftig den Kopf und sah sich im nächsten Augenblick mit einem herzlichen Händedruck verabschiedet.

Aus tiefstem Herzensgrunde erleichtert über die so unerwartet glückliche Wendung der Dinge, hüpfte sie gleich darauf durch die Diele und die Treppe hinauf, an deren Ende sie mit Michael zusammenstieß.

»Na, wie war's?« fragte er schnell und versuchte seine Spannung hinter einer möglichst gleichmütigen Miene zu verbergen. »Bist du der Höhle des Löwen entronnen?«

»Der Höhle des Löwen?« wiederholte Lissy mit leuchtenden Augen. »Entronnen? Was meinst du, wie gemütlich es dort ist und wie sanftmütig die Löwen sind!«

Das wurde ein fröhlicher Abend! »Bis zu den Ferien werde ich wohl erst einmal bleiben«, verkündete Lissy strahlend, und auch Joan strahlte, zumal sie wenig später erfuhr, daß die Freundin von nun an keine Streiche mehr machen wollte.

»Was habe ich immer für Angst gehabt, wenn du wieder einen neuen Blödsinn anstellen wolltest!« sagte sie in Erinnerung an den ausgestandenen Schrecken.

»Na, na«, grinste Michael, der es nicht lassen konnte, sie ein wenig zu necken. »Bist du deiner Sache wirklich so sicher? Glaubst du wirklich, daß sie sich keine Dummheiten mehr leisten wird? Nimm mal an, sie hat heute nachmittag bei Lieselottchen nur so brav getan?«

»Im Ernst?« fragte Joan erschrocken.

Doch Lissy schüttelte lachend den Kopf. »Er will dich nur aufs Glatteis führen, sieh nur, wie seine Augen funkeln.«

»Die funkeln, weil ich Röllchen auf uns zusteuern sehe«, gab Michael hoheitsvoll zurück, »aus keinem anderen Grunde. Ich möchte nämlich wetten, daß sie etwas Eßbares für uns hat, irgendeine Delikatesse, versteht sich.«

Die Kinder saßen auf einer Bank im Garten, nicht weit entfernt von der Küche, und alle drei sahen jetzt der imposanten Gestalt entgegen, die mit einem Teller in der Hand den Weg entlang auf sie zukam.

»Es sind noch ein paar Baisers vom Nachtisch übriggeblieben, für jeden eins. Wenn ihr die mögt?« Röllchen konnte mit dem Erfolg ihres Angebotes zufrieden sein. Ja, ja, für so etwas waren die Süßschnäbel immer zu haben.

»Sie ist eine Seele von Mensch«, stellte Michael versonnen fest, als sie wieder gegangen war und er sich mit einem nicht mehr ganz sauberen Taschentuch den Mund wischte. »Tatsache, so eine Köchin hat nicht jedes Internat. Überhaupt, diese Anstalt ist die schlechteste nicht, wie ich ja wohl schon einmal erwähnte.« Er schwieg für den Bruchteil einer Sekunde und fügte mit einem Blick auf Lissy langsam hinzu: »Ich glaube beinahe, ich werde mich dafür entscheiden, hierzubleiben, und dann natürlich nicht nur bis zu den Ferien. Irgendwann muß man ja schließlich mal seßhaft werden.«

Diese Worte stimmten Lissy sehr nachdenklich, und in der nächsten Zeit merkte sie immer mehr, wie recht er hatte. Denn von Tag zu Tag fühlte sie sich wohler, da sie nun versuchte, sich in die Gemeinschaft einzufügen und während des Unterrichtes mitzuarbeiten, anstatt sich dauernd mit dem Gedanken zu beschäftigen, wie sie jedermann gegen sich aufbringen könnte.

Auch ihr Verhältnis zu den Mitschülern wurde besser. Besonders gut verstand sie sich bald mit Jack, dem Klassensprecher, der als leidenschaftlicher Gärtner jede freie Minute benutzte, um das den Schülern zur Verfügung gestellte Stück Land in Ordnung zu halten.

»Zuerst waren alle Feuer und Flamme und haben sich darum gerissen, Unkraut zu jäten«, sagte er lachend, »und nun machen sie am liebsten einen großen Bogen um mich.«

»Ich kann dir ja helfen«, erbot sich Lissy eifrig.

»Hast du denn Lust dazu?« fragte Jack und betrachtete sie zweifelnd, auf eine Harke gestützt.

Lissy nickte. »Oh ja. Zu Hause habe ich oft geholfen.«

»Zu Hause?«

Lissy nickte wieder. »Mein Vater ist Landwirt.«

»Meiner auch«, sagte Jack erfreut, und bald war Lissy

so in die ihr zugewiesene Arbeit vertieft, daß sie die verstohlenen Blicke des über ihren Eifer staunenden Jack gar nicht bemerkte.

»Morgen komme ich wieder«, versprach sie, als der Gong zum Abendessen rief, und Jack nickte zufrieden.

Auch mit Harry, dem Jungen, dessen Meerschweinchen sie während des französischen Unterrichtes in die Schublade des Katheders gesetzt hatte, verband sie nun herzliche Freundschaft. »War ich damals wütend auf dich!« gestand er freimütig, als er ihr voller Stolz die possierlichen Tierchen, drei an der Zahl, vorführte. »Aber als Joan mir dann erzählte, warum du den Quatsch gemacht hast, da habe ich es schon verstanden.«

Sie half Harry beim Säubern des kleinen Stalles und erfuhr, daß man beispielsweise auch Kaninchen halten durfte, selbstverständlich nur, sofern man regelmäßig für seine Schutzbefohlenen sorgte. »Einmal war ein Junge hier, der sich überhaupt nicht um seine Tiere kümmerte«, berichtete Harry, als sie die Arbeit beendet hatten, »dem sind sie natürlich weggenommen worden.«

»Natürlich!« sagte Lissy und fügte ein wenig seufzend hinzu: »Schade, daß man sein Pferd nicht hierherholen kann!«

Aber die Augenblicke, in denen das Heimweh sich meldete, wurden immer seltener, und Michael machte sich einen Spaß daraus, sich hin und wieder mit unschuldsvoller Miene nach ihrem Befinden zu erkundigen und regelmäßig hinzuzusetzen: »Na, bis zu den Ferien wirst du es ja vielleicht noch hier aushalten, nicht wahr?«

Eines Tages aber tat er noch ein übriges und begann mit einer Stimme, die vor Mitgefühl förmlich triefte: »Du kannst einem tatsächlich leid tun! Weißt du, daß im

Herbst ein großer Jahrmarkt unten im Dorf ist mit einem Zirkus und Karussells und allen Schikanen?«

Lissy schwieg und sah ihn nur schnell unter gesenkten Wimpern an, während er schon mit bedauerndem Wiegen des Kopfes fortfuhr: »Und zu allem Überfluß wird das Tischtennisturnier auch bis nach den Ferien verschoben. Daß du aber auch so ein Pech haben mußt, wo du doch gerade auf dem Gebiet ein As bist!«

»Na und?« sagte Lissy betont gleichgültig, aber Michael ließ sich nicht beirren. »Und eine Theateraufführung ist auch geplant, ich glaube, kurz vor Weihnachten. Zu dumm, nicht? Denn man weiß natürlich nicht, wer die Prinzessin spielen soll, die in dem Stück vorkommt.«

»Affe!« murmelte Lissy wütend.

»Ungerechte Anschuldigungen treffen mich nicht!« belehrte er hoheitsvoll und verließ sie mit den Worten: »Aber einen Trost hast du wenigstens, nämlich den, daß deine Johannisbeeren und die Gurken von deinem Beet keinem Fremden zugute kommen, wenn du nicht mehr da bist. Denn ich habe mich jetzt endgültig entschlossen zu bleiben.«

»Pah!« machte Lissy und sah ihm mit zusammengezogenen Brauen nach, bis er hinter dem nun schon satten Grün der Büsche verschwunden war.

Auch Joan hatte schon mehr als einmal, selbstverständlich auf andere Weise, das mögliche Fortgehen Lissys erwähnt. »Du wirst mir sehr fehlen«, pflegte sie betrübt zu sagen, »eine richtige Freundin habe ich ja hier noch nie gehabt.« Doch eine winzige Hoffnung ließ sie sich nicht nehmen, und zwar die, daß Lissy auch nach den Ferien nicht würde behaupten können, sich unglücklich im Internat zu fühlen. »Und dann mußt du ja bleiben, nicht wahr?«

Lissy sah die so eifrige Freundin nicht weniger betrübt an als diese sie eben, zuckte die Schultern und sagte langsam: »Wenn ich erst wieder zu Hause war, fühle ich mich vielleicht wirklich unglücklich hier, das ist ja das Dumme.« Ein Ausspruch, der den sich zu ihnen gesellenden Michael zu dem gleichmütigen Vorschlag veranlaßte:

»Dann fahr doch gar nicht erst.«

Nun mußte Lissy doch lachen, Joan aber blieb so ernst wie zuvor. In der letzten Zeit war die ohnehin so Stille womöglich noch stiller geworden, und Lissy hatte die Niedergeschlagenheit der Freundin so lange mit ihrer eigenen Person in Zusammenhang gebracht, bis sie merkte, daß es noch ein anderer Kummer sein mußte, der sie bedrückte.

Seit ein paar Tagen schon sah Joan mit beinahe ängstlicher Spannung der täglichen Verteilung der Post entgegen. Da sie aber kein Wort darüber verlor, daß sie jedesmal leer ausging, mochte Lissy sie auch nicht fragen, und sie wagte es noch nicht einmal, als eines Abends etwas geschah, was sie sehr erschreckte.

Sie war schon eingeschlafen, erwachte plötzlich und hörte, wie Joan weinte!

Es klang so verzweifelt und jämmerlich, daß Lissy sich nicht zu rühren und kaum zu atmen wagte. Regungslos lag sie, sah in den sternklaren Himmel und nahm sich fest vor, morgen mit Joan zu sprechen. Wer weiß, vielleicht konnte sie ihr ja helfen!

Doch der Zufall fügte es, daß Lissy, ehe sie ihr Vorhaben ausführen konnte, mit Michael zusammentraf, der sie geradezu fragte:

»Du, sag mal, was ist eigentlich mit deiner Freundin los?«

Lissy zuckte die Schultern, sagte zögernd: »Keine Ahnung!« und wollte ihm eben auseinandersetzen, aus welchem Grunde sie ihm keine Auskunft geben konnte, als er ungeduldig abwinkte und beinahe verächtlich sagte:

»Also, das verstehe ich nicht. Wenn man schon befreundet ist, muß man sich schließlich auch um den anderen kümmern und nicht so tatenlos zusehen.«

»Aber das wollte ich ja gerade«, verteidigte Lissy sich empört und wurde feuerrot, »und erklären wollte ich dir auch gerade alles, aber du läßt einen ja überhaupt nicht zu Wort kommen!«

»Wenn du dir nur diese maßlosen Übertreibungen abgewöhnen könntest«, murmelte er kopfschüttelnd und vereitelte kurz entschlossen ihre Absicht, sich zu entfernen, indem er ihren Arm faßte und hastig sagte: »Mach keinen Quatsch, erklär lieber, was du erklären wolltest. Vielleicht kann ich dir ja mit Rat und Tat zur Seite stehen.«

Es fehlte nicht viel, so hätte sich die gekränkte Lissy doch noch losgemacht, um, ohne ihn auch nur noch eines einzigen Blickes zu würdigen, ihrer Wege zu gehen. Aber im nächsten Augenblick überlegte sie es sich anders und vertraute ihm hastig in gedämpftem Ton an, was sie wußte. »Sie ängstigt sich zu Tode, weil sie seit Tagen keine Post mehr bekommt«, schloß sie und fügte schnell hinzu: »Aber wenn irgend etwas passiert wäre, hätte man doch Lieselottchen benachrichtigt, nicht wahr?«

»Klar«, sagte Michael beruhigend, starrte dann schweigend und mit zusammengezogenen Brauen zu Boden und murmelte endlich: »Das Schlimme ist nur, daß sie in ein paar Tagen Geburtstag hat, aber vielleicht bekommt sie ja bis dahin noch Nachricht.«

»Geburtstag?« fragte Lissy überrascht. »Davon weiß ich ja gar nichts!«

»Ich habe es auch nur durch einen Zufall erfahren. Ich kam nämlich gerade dazu, wie Ruth und ihre alberne Freundin Peggy Joan anhielten und sie fragten, ob die Geburtstagstorte auch groß genug wäre, sie hätten schon furchtbaren Appetit.«

»Eine so verfressen wie die andere«, murmelte Lissy erbost. So gut sie sich mit allen anderen Mitschülern vertrug, mit der dicken Ruth stand sie noch immer auf Kriegsfuß.

»Verfressen hin, verfressen her, das interessiert ja jetzt gar nicht«, sagte Michael ungeduldig. »Laß uns lieber überlegen, was wir unternehmen könnten. Nimm mal an, sie bekäme auch zu ihrem Geburtstag nichts, keinen Brief, kein Paket, kein Geschenk!«

»Aber das geht doch gar nicht!« rief Lissy entsetzt.

»Eben«, nickte Michael, schwieg einen Augenblick und fügte düster hinzu: »Und das Ganze wäre überhaupt kein Problem, wenn wir ein bißchen Geld zur Verfügung hätten.«

»Klar«, sagte Lissy schnell, »dann könnten wir etwas für sie kaufen, und . . .«

»Wieviel hast du denn noch von deinem Vermögen?« unterbrach Michael sie stirnrunzelnd, während er schon den Rest des eigenen Taschengeldes hervorkramte und leise zu zählen begann.

»Nicht mehr viel«, gestand Lissy betrübt, »aber ich

sehe nachher gleich einmal nach; vielleicht noch fünfzig Pfennig.«

»Und ich kann fünfundneunzig spendieren, macht nach Adam Riese eine Mark und fünfundvierzig, und damit läßt sich nichts . . .«

». . . anfangen«, ergänzte Lissy seufzend.

Doch um die Mittagszeit nach der Verteilung der Post war ihre niedergeschlagene Stimmung wie weggeblasen, und sie flüsterte Michael mit vor Freude leuchtenden Augen zu: »Ich muß dich unbedingt sprechen! Es ist etwas Tolles passiert!«

Er sah sie erstaunt an, nickte zum Einverständnis, und etwa eine Viertelstunde später saßen sie am Ende des Gartens, hinter dichtem Gebüsch verborgen, nebeneinander auf einer Bank, und Lissy sagte ganz außer Atem vor Aufregung: »Stell dir vor, ich habe zwanzig Mark geschenkt bekommen!«

Der sonst nicht so leicht aus der Fassung zu bringende und selten um eine Antwort verlegene Michael starrte sie sprachlos an, pfiff dann leise durch die Zähne und sagte anerkennend: »Donnerwetter, das nenne ich Glück!«

»Nicht wahr? Ich habe ja auch gedacht, ich träume, als ich den Brief aufmachte. Hier!« Mit strahlendem Gesicht zog sie einen funkelnagelneuen Geldschein hervor.

»Und wer ist der edle Spender?«

»Ein Onkel von mir. Und wenn du mich fragst, wie er überhaupt auf den Gedanken gekommen ist, ich habe keine Ahnung! Es ist ja weder Weihnachten noch Ostern, noch habe ich Geburtstag.«

Michael lachte. »Dann hat er eben gewußt, daß wir so nötig etwas für Joan brauchen. Hast du dir schon überlegt, was man dafür kaufen kann?«

»Zuerst einmal eine Torte«, sagte Lissy schnell. »Eine

Torte muß sie unbedingt haben, und Süßigkeiten natürlich; und ein Portemonnaie! Bei Frau Falz hat sie neulich ein wunderhübsches rotes gesehen, was ihr so gefallen hat, und ...«

».. . halt, halt!« Michael preßte in komischer Verzweiflung die Hände gegen die Ohren. »Ewig reichen zwanzig Mark ja nun auch nicht!«

»Und wenn wir unser Geld dazulegen?«

»Die eine Mark fünfundvierzig? Na, ich weiß nicht, ob die uns noch retten? Aber das beste ist, wir gehen erst einmal ins Dorf, da werden wir ja sehen, wie weit wir kommen. Sagen wir um fünf?«

Einen Augenblick zögerte Lissy, ehe sie mit einem leisen »in Ordnung!« antwortete. Denn plötzlich war ihr mit Schrecken eingefallen, daß sie ja etwas Verbotenes tun mußte, wenn sie ihre Einkäufe tätigen wollte. Aber dieses Mal ging es ja nun wirklich nicht anders, und sie konnte nur hoffen, daß sie weder Lieselottchen noch Rita oder Richard begegnete! Daß es im übrigen genausowenig gestattet war, Geld zurückzubehalten, daran dachte sie seltsamerweise nicht, und Michael hütete sich, sie darauf aufmerksam zu machen.

Pünktlich um fünf Uhr trafen sich die beiden Kinder wieder in der Nähe der Bank an der Gartenpforte und liefen den Abhang hinunter. »Sie hat am Sonnabend Geburtstag, also übermorgen«, sagte Michael, »ich habe es eben auf ganz diplomatische Weise aus Ruth herausgekriegt!«

»Ach, du liebe Zeit«, sagte Lissy erschrocken und hielt im Laufen inne. »Hoffentlich klappt es dann überhaupt noch mit der Torte.«

»Klar klappt es«, entgegnete er beruhigend. »Hast du noch nie das Schild im Bäckerladen gesehen ›Bestellungen werden schnellstens ausgeführt‹?«

Lissy seufzte erleichtert. »Ach ja, natürlich. Weißt du, wir können ja nicht irgendeine Torte nehmen. Es muß ja eine mit einer Aufschrift sein: Vielleicht ›unserer lieben Joan‹ oder so ähnlich, damit sie auch wirklich glaubt, daß es ein Geschenk von ihren Eltern ist.«

Michael blieb plötzlich stehen. »Du bist doch ein kluges Kind!« sagte er bewundernd. »Tatsache, auf den Gedanken wäre ich gar nicht gekommen. Jetzt fehlt nur noch, daß du auch einen Geburtstagsbrief schreibst«, fügte er lachend hinzu.

Dieser eher spaßhaft gemeinte Vorschlag wurde von Lissy sofort mit Begeisterung aufgegriffen. »O ja«, rief sie entzückt, »das ist eine prima Idee! Wir kaufen bei Frau Falz noch eine hübsche Geburtstagskarte, und dann malen wir mit Blockschrift einen Glückwunsch darauf.«

»Und von wo aus willst du die Karte abschicken?« fragte Michael mit bedenklicher Miene. »Wenn Joan nämlich den Poststempel sieht, merkt sie doch sofort, daß der ganze Zauber Schwindel ist.«

Aber Lissy schüttelte lachend den Kopf. »Wir brauchen gar keinen Poststempel. Wir legen die Karte einfach in den Karton zu der Torte. Also müssen wir zuerst bei Frau Falz die schriftlichen Arbeiten erledigen und hinterher zum Bäcker gehen.«

Frau Falz hatte eine große Auswahl an Glückwunschkarten vorrätig, und Lissy schwankte einige Zeit zwischen einer mit einem Rosen- und einer mit einem Fliederstrauß.

»Sie sind beide hübsch«, sagte Michael abwesend, während er schon Ausschau nach dem roten Portemonnaie hielt. Frau Falz aber riet freundlich:

»Nimm die mit den Rosen, die wirkt festlicher.«

»Ja, festlich soll es wirken«, nickte Lissy erleichtert

und wollte sich gerade zu dem Tischchen begeben, um sich in der Blockschrift zu versuchen, als Michael ihr zuflüsterte:

»Laß nur, wir machen das doch lieber im Internat. Da haben wir mehr Ruhe. Die Karte können wir bestimmt auch nachher noch in den Karton praktizieren.«

Nach kurzer Überlegung erklärte sich Lissy einverstanden. Der Gedanke, daß sie sich hier zu lange aufhalten mußten, war ihr ohnehin nicht angenehm gewesen. Denn sie verspürte wahrhaftig nicht die geringste Lust, entdeckt zu werden.

So wandten sich die beiden Kinder also wieder dem Ladentisch zu und tätigten ihren Einkauf. Sie erstanden das leuchtendrot glänzende Portemonnaie und eine große Tüte mit Süßigkeiten.

»Wenn es ein Geschenk sein soll, hätte ich etwas besonders Feines«, sagte Frau Falz und wies auf ein Glas mit Bonbons, die in Silber- und Goldpapier eingewikkelt waren. »Sie sind allerdings ein bißchen teurer.«

»Ja, ja, die nehmen wir«, sagte Lissy eifrig, »meine Freundin hat nämlich Geburtstag!«

»Dann sind die gerade richtig«, meinte die alte Frau lächelnd. »Und dann wäre da noch ein Sonderangebot in allerbestem Konfekt. Willst du davon auch etwas haben?«

Ja, das wollte Lissy, und einen Augenblick später schlossen die Kinder in äußerst gehobener Stimmung die Tür hinter sich, um sich in den nur wenige Schritt entfernt gelegenen Bäckerladen zu begeben.

Auch hier wurden sie mit der größten Freundlichkeit bedient. Selbstverständlich könne man eine Bestellung annehmen und selbstverständlich die Torte mit der gewünschten Aufschrift verzieren. »Unserer lieben Joan zum Geburtstag«, das wäre wahrhaftig sehr passend und hübsch für eine solche Gelegenheit! Auch pünktliche Lieferung wurde versprochen. Am Sonnabendvormittag würde man den Lehrling schicken.

»Und was macht es?« fragte Lissy und zückte schon ihr Portemonnaie.

»Vierzehn Mark. Das ist nicht zu teuer«, beeilte sich die dicke Bäckersfrau zu versichern, »in der Stadt müßtest du für eine so feine Schokoladentorte mindestens zwei Mark mehr ausgeben.«

»Mindestens«, bestätigte Michael in einem Tonfall, als habe er sein Lebtag nichts anderes getan als Schokoladentorten verkauft. »Mindestens«, wiederholte er, während er schnell ihre Ausgaben zusammenrechnete. Bei Frau Falz waren es sechs Mark und fünfundzwanzig, drei Mark fünfundzwanzig für das Geldtäschchen und drei Mark für die Süßigkeiten. Na also, da mußten sie zwar fünfundzwanzig Pfennig von ihrem restlichen Taschengeld dazulegen, aber im großen und ganzen waren sie gut ausgekommen!

Lissy, die gerade begonnen hatte, ein Geldstück nach dem anderen auf die blitzende Glasplatte zu zählen, lächelte ihm zu, als er den fehlenden Betrag hinüberschob. Im nächsten Augenblick aber erstarb ihr Lächeln, sie wurde blaß und starrte das Mädchen, das eben die Tür öffnete, wie eine Erscheinung an.

Rita! Ja, es war Rita, die nun mit einem voller Verwunderung und Betrübnis auf Lissy gerichteten Blick den Laden betrat.

Hatte Lissy bis dahin noch niemals daran gedacht, daß der Besitz des Geldes gegen die Regeln verstieß, kam ihr jetzt dieses Vergehen mit einem Schlage zum Bewußtsein, und ihr wurde siedend heiß vor Schreck. Oh, warum mußte sie auch so ein Pech haben!

Und zu allem Überfluß zählte die Bäckersfrau das

Geld nun noch einmal laut nach, ehe sie es mit einem »stimmt genau, vielen Dank!« in der Kasse verschwinden ließ.

Das war zuviel! Die arme Lissy hatte nur den einen Gedanken, und zwar den, die Stätte ihrer Niederlage so schnell wie möglich zu verlassen.

Ohne ein weiteres Wort wandte sie sich also um und wollte, gefolgt von dem sich übrigens auch recht ungemütlich fühlenden Michael, hinauslaufen, als sie an der Schulter gefaßt und zurückgehalten wurde.

»Du meldest dich nachher bei mir, nicht wahr?« sagte Rita ernst, und Lissy wurde feuerrot und nickte stumm.

»So ein Pech«, murmelte Michael, nachdem sie die Straße betreten hatten, »so ein verdammtes Pech!«

Wenn sich nun niemand meldet?

Schweigend begaben sich die beiden ertappten Sünder auf den Rückweg, Lissy so verwirrt und bedrückt, daß sie am liebsten geweint hätte. Da sie sich aber vor Michael schämte, schluckte sie die Tränen tapfer hinunter. Ach, daß alles so jämmerlich hatte enden müssen! Eben noch waren sie so stolz und glücklich über ihren Einkauf und darüber gewesen, der armen Joan eine Freude machen zu können, und nun? »Nun ist alles aus«, sagte sie aus ihren trüben Gedanken heraus und mußte sich jetzt doch über die Augen wischen, »und die Rosenkarte brauchen wir auch nicht mehr.«

»Blödsinn«, knurrte Michael wütend, »was ist das für ein Blödsinn! Die Rosenkarte brauchen wir auch nicht mehr«, äffte er nach, »und das Portemonnaie natürlich auch nicht und die Torte erst recht nicht.«

»Ja, aber«, wandte Lissy ein und sah ihn ratlos an, »es ist doch so.«

»Höchstens, wenn man die Flinte gleich ins Korn wirft. Aber wenn man ein bißchen nachdenkt, fällt einem vielleicht etwas ein.«

»Und was, wenn ich fragen darf?«

»Du mußt Rita einfach alles erklären«, sagte Michael langsam nach einem Augenblick des Schweigens. »Ich glaube, sie wird es verstehen«, fügte er, eifriger werdend, hinzu und fuhr mit schon wieder blitzenden Augen fort, ohne Lissys zaghaften Einwand »glaubst du wirklich?« zu beachten: »Zuerst mußt du dich natürlich entschuldigen und darfst nicht vergessen zu sagen, du hättest vor lauter Aufregung gar nicht daran gedacht, daß du das Geld nicht behalten durftest.«

Lissy warf ihm einen überraschten Blick zu. »Woher weißt du das denn?«

Michael grinste. »Von meinem kleinen Finger.«

»Und du? Hast du daran gedacht?«

»Klar! Von Anfang an, aber solche Kleinigkeiten stören einen großen Geist nicht.«

»Und du glaubst wirklich, daß Rita nicht mehr böse sein wird?«

»Bestimmt nicht. Im Grunde ist sie ja ein prima Kerl.«

»Und Richard?«

»Ist auch ein prima Kerl.«

»Und Lieselottchen?«

»Die erst recht!«

Doch Lissy schien noch immer ein wenig bedrückt, obwohl auch ihre Stimmung sich dank seiner Bemühungen um ein beträchtliches gehoben hatte.

Eine Stunde später klopfte Lissy an die Tür des Zimmers, in dem Rita und Richard residierten, hörte noch Michaels leises, aufmunterndes »Hals- und Beinbruch!« und stand gleich darauf den beiden gegenüber.

»Setz dich«, sagte Richard ernst, jedoch nicht so unfreundlich, wie sie gefürchtet hatte, und sie nahm gehorsam auf der Kante eines Stuhles Platz.

»Ich nehme an, du hast dir für dein seltsames, um

nicht zu sagen, unmögliches Benehmen eine Erklärung zurechtgelegt«, begann Rita nun, und Lissy, deren Herz eben noch vor ängstlicher Spannung schneller geschlagen hatte, wurde von einem Gefühl der Empörung ergriffen.

»Ich habe mir überhaupt nichts zurechtgelegt«, sagte sie, hochrot geworden, mit bebender Stimme, »es ist überhaupt alles ganz anders!«

»Also, dann erzähl uns, wie es wirklich war«, entgegnete Rita ruhig und, wie es schien, um einige Grade weniger streng.

Lissy holte tief Luft, wiederholte leise: »Es ist alles ganz anders, als du denkst«, und fuhr dann hastig fort: »Es ist wegen Joan, weil sie Geburtstag hat und schon so lange keine Post von zu Hause bekommt. Mein Onkel hat mir nämlich zwanzig Mark geschenkt heute früh, und ich habe gar nicht daran gedacht, daß ich das Geld nicht behalten durfte, wirklich nicht! Michael und ich wollten nämlich . . .«

»Halt, halt!« unterbrach Richard sie schnell. »Und nun mal schön der Reihe nach. Vor allen Dingen, was ist mit Joan?«

Lissy, die nach einem verstohlenen Blick in die Gesichter ihrer Gegenüber mit Erleichterung feststellte, daß sie nichts anderes mehr ausdrückten als Besorgnis, begann, um vieles ruhiger geworden, von neuem: »Also, das ist so«, gab dann einen ausführlichen Bericht der Geschehnisse und schloß mit der Bitte: »Wir dürfen Joan die Sachen doch schenken, nicht wahr? Wir dachten nämlich . . .«

»Natürlich«, sagte Richard in herzlichem Ton. »Ihr sollt euch doch nicht umsonst in Unkosten gestürzt haben!«

Lissy atmete tief auf. Es war ja alles gut! Ja, es war alles in Ordnung, denn auch Rita lächelte ihr zu, ehe sie sich an Richard wandte und leise sagte: »Wir müssen gleich mit Lieselottchen sprechen, findest du nicht auch?«

Richard nickte, klopfte Lissy auf die Schulter und lachte: »Na, lauf. Und bestell deinem Freund Michael einen schönen Gruß. Eigentlich hatten wir ihn uns auch noch vorknöpfen wollen. Aber das ist ja nun nicht mehr nötig. Und im übrigen, falls du noch einmal in irgendeine verzwickte Lage geraten solltest, komm lieber gleich zu Rita oder mir.«

»Mach ich!« versprach Lissy mit strahlendem Gesicht, lief hinaus und Michael, der unweit der Tür auf sie gewartet hatte, beinahe in die Arme. »Es ist alles gutgegangen«, flüsterte sie ihm zu, »sie sind überhaupt nicht böse auf uns.«

»Na also«, entgegnete er befriedigt. »Hab ich dir's nicht gleich gesagt?«

»Das hast du«, gab sie unumwunden zu und fuhr mit leuchtenden Augen fort: »Nun können wir Joan alles schenken, was wir für sie gekauft haben. Und außerdem wollen Rita und Richard mit Lieselottchen sprechen, dann wird schon alles in Ordnung kommen.«

»Ja«, grinste er, »manchmal sind Erwachsene doch zu etwas nütze!«

»Nicht nur manchmal«, seufzte Lissy glücklich.

Der gleichen Meinung mußten wohl auch Rita und Richard sein, die sich auch heute wie in jeder anderen schwierigen Situation an die beiden alten Vorsteherinnen wandten. Denn daß die kleine Joan, deren Eltern in so großer Liebe an ihr hingen, keine Nachricht bekam, erschien ihnen doch besorgniserregend.

»Wir wollen sofort ein Telefongespräch anmelden«, entschied Lieschen dann auch ohne zu zögern, nachdem die beiden ihren Bericht beendet hatten. »Ich kenne Joans Eltern seit Jahren und halte es für ausgeschlossen, daß sie ihrer Tochter ohne ersichtlichen Grund nicht schreiben. Willst du mir bitte die Nummer heraussuchen, Richard? Du weißt ja, wo sie zu finden ist.«

Richard war schon im Begriff, sich zu entfernen, als Rita hastig sagte: »Joan hat doch am Sonnabend Geburtstag, und meistens, eigentlich fast immer, ist die Geburtstagspost schon zwei oder drei Tage früher da. Vielleicht könnte man erst einmal auf der Post anrufen und fragen, ob im Laufe des Tages ein Paket oder sonst irgend etwas gekommen ist.«

»Das ist ein ausgezeichneter Gedanke«, lobte Lieschen, und Lottchen nickte so eifrig, daß ihre Brillengläser blitzten.

»Das ist es. So brauchten wir unter Umständen die Eltern Joans nicht durch einen unerwarteten Anruf zu erschrecken.«

Aber sie erhielten keinen zufriedenstellenden Bescheid. Nein, auf den betreffenden Namen wäre nichts eingegangen, nein, auch kein Paket oder Päckchen, leider!

Einen Augenblick herrschte Stille in dem nun schon in der Abenddämmerung liegenden Zimmer. Doch dann räusperte Lieschen sich und bat: »Wenn du jetzt das Gespräch für mich anmelden wolltest, Richard?«

Ritas Herz begann plötzlich wild zu klopfen, und ein ängstliches Gefühl beschlich sie, als Richard der dunkel gekleideten Gestalt neben sich den Hörer reichte. Wenn sich nun niemand meldete, was dann?

»Es meldet sich niemand!« kam tatsächlich nach einigen Augenblicken ängstlicher Spannung, die nicht nur Rita ergriffen hatte, die wenig ermutigende Auskunft.

»Und was nun?« fragte Rita leise.

»Nun wollen wir erst einmal in Ruhe überlegen, was zu tun ist«, entgegnete Lieschen in freundlichem, beruhigendem Ton. »Wir könnten beispielsweise nach einer Weile nochmals versuchen, jemanden zu erreichen. Wir könnten uns aber auch, und das halte ich unter diesen Umständen für das gegebene, an Bekannte von Joans Eltern wenden, deren Telefonnummer ich für den Fall von ihnen erhalten habe, daß ich es für nötig erachte, mich mit ihnen in Verbindung zu setzen.«

Wieder stellte Richard die Verbindung her, und dieses Mal kam das Gespräch zustande, in dessen Verlauf sich herausstellte, daß Joans Eltern vor einiger Zeit nach Frankreich gefahren und auch die Bekannten bis jetzt ohne Nachricht von ihnen geblieben waren. »Vielleicht setzen Sie sich am besten mit dem Konsulat in Verbindung«, war der freundliche Rat, der der alten Dame erteilt wurde, ehe sie in großer Erregung den Hörer auf die Gabel legte. Es war doch hoffentlich nichts passiert?

Sie betupfte sich die Stirn mit ihrem Taschentuch, doch als ihr Blick auf Rita und Richard fiel, zwang sie sich dazu, ein wenig zu lächeln und nach ein paar erklärenden Worten in aufmunterndem Ton zu sagen: »Und morgen werden wir weitersehen. Es wird sich schon alles noch zum besten fügen.«

»Das wird es«, bestätigte Lottchen und nickte.

Rita und Richard widersprachen nicht, obwohl sie keineswegs davon überzeugt waren. Aber sie wollten das arme Lieselottchen, das sich so große Mühe gab, seine Sorgen vor ihnen zu verbergen, nicht noch mehr betrüben.

Sie waren schon im Begriff, sich nach einem möglichst heiter klingenden »gute Nacht« zu entfernen, als das Telefon schrillte und sie, sie wußten selbst nicht, warum, wie angewurzelt stehenblieben.

Und im nächsten Augenblick meinten sie zu träumen, denn sie hörten Lieschen mit zitternder Stimme ausrufen: »Herr Baker! Was für eine Überraschung! Welch ein Glück!«

Joans Vater! War es denn möglich? Und jetzt meldete sich auch die Mutter, denn Lieschen ließ sich nun nicht weniger freudig vernehmen: »Guten Abend, liebe Frau Baker. Wir waren hier schon ein wenig in Sorge um Sie!« Dann folgte eine längere Pause, die von der alten Dame ein paarmal mit einem Ausruf des Schreckens unterbrochen wurde, an deren Ende sie jedoch erleichtert seufzte: »Sie sind wieder wohlauf, Gott sei Dank!« Und gleich darauf fügte sie hinzu: »Ein solcher Autounfall hätte schlimmere Folgen haben können! Daß wir übrigens bis jetzt noch keine Benachrichtigung erhalten haben, mag daran liegen, daß es hierzulande drei Ortschaften gleichen Namens gibt.«

Rita und Richard warfen einander einen raschen Blick zu. Es hatte sich also doch etwas Schlimmes ereignet. Ihr Gefühl hatte sie nicht getrogen. Aber nun war alles gut, Joans Eltern waren gesund und verlangten jetzt ihre kleine Tochter zu sprechen, denn Lieschen wandte sich plötzlich um und sagte hastig: »Wollt ihr bitte Joan holen?«

Lissy und Joan, die am Fenster ihres Zimmers französische Vokabeln lernten, sprangen zu gleicher Zeit auf, als Rita die Tür mit den Worten aufriß: »Deine Eltern sind am Telefon, Joan, komm sofort herunter!«

Joan starrte die auf der Schwelle Stehengebliebene wie eine Erscheinung an und jagte im nächsten Augenblick an ihr vorüber und die Treppe hinunter.

Etwa eine halbe Stunde später kam sie glückstrahlend zurück. »Es ist alles gut«, sagte sie außer Atem. »Sie haben einen Autounfall in Frankreich gehabt und beide eine Gehirnerschütterung. Aber nun sind sie wieder ganz gesund und werden bald kommen, wahrscheinlich schon nächste Woche!«

»Na siehst du!« sagte Lissy erleichtert. »Nun kannst du ja in aller Ruhe Geburtstag feiern.«

»Das kann ich«, nickte Joan mit leuchtenden Augen, »auch wenn ich diesmal nichts geschenkt bekomme.«

»Das wäre aber doch traurig«, meinte Michael in bedauerndem Ton und mit seiner scheinheiligsten Miene. »So ganz ohne eine Kleinigkeit.«

»Das macht mir überhaupt nichts aus«, wehrte sie lachend ab und fügte leise hinzu: »Ach, ihr wißt ja gar nicht, wie glücklich ich bin!«

Selbstverständlich wäre Joan auch ohne die Gaben, die sich an ihrem Ehrentage auf dem von Lissy mit einer weißen Decke geschmückten Tisch häuften, zufrieden gewesen. So aber kannten ihr Erstaunen und ihre Freude keine Grenzen.

In der Mitte prangte die von einem Lichterkranz umgebene Schokoladentorte, denn: »Ohne brennende Kerzen ist es kein richtiger Geburtstag!« hatte Rita gemeint. Auch das Lesezeichen aus rotem Leder stammte von ihr, von Richard ein kleines, ebenfalls in Leder gebundenes Notizbuch und von Jack der riesige Blumenstrauß. Michael hatte den Rest seines Taschengeldes geopfert und zwei Apfelsinen erstanden; und Harry brachte ein zartgraues, seidenweiches Kaninchen, das er in einem kleinen selbstgezimmerten Stall überreichte.

Joan war überglücklich, und am Nachmittag gab es die zweite große Überraschung. Eine lange Kaffeetafel war im Garten zwischen den Obstbäumen für die ganze Klasse gedeckt, die, wie Lieschen lächelnd verkündete, Gast der Eltern Joans war. Ein vielstimmiger Jubelschrei quittierte diese Worte, und bald hatte jeder unter fröhlichem Lachen und Lärmen Platz genommen, und die leuchtendweiße Schürze Röllchens, die die geleerten Gläser immer von neuem mit Limonade füllte, Torte und Kuchen aufschnitt und alle zum Zugreifen aufforderte, leuchtete vor dem Grün der Büsche.

Joan saß zwischen Lissy und Michael und seufzte glücklich.

»Kunststück, daß du dich so wohl fühlst«, murmelte Michael und kniff ein Auge zu, »Kunststück, bei den Geschenken!«

»Deswegen doch nicht«, protestierte sie lachend, die wohl wußte, daß Michael es bei keiner Gelegenheit lassen konnte, seine Freunde zu necken.

Lissy aber war ganz gegen ihre Gewohnheit recht schweigsam. Nachdenklich sah sie in die fröhlichen Gesichter ringsum, in die hinter blitzenden Brillengläsern freundlich lächelnden Augen Lieselottchens und in die glücklichen Augen Joans. War jetzt nicht der Augenblick gekommen zuzugeben, daß auch sie sich glücklich in dieser Gemeinschaft fühlte?

»Ich bleibe hier«, sagte sie plötzlich leise, »auch nach den Ferien bleibe ich hier!« Und die überraschte Joan entgegnete strahlend:

»Das ist mein schönstes Geburtstagsgeschenk!«

Lissy schafft sich neue Freunde

Zwei ausgemachte Muffel

»Hast du auch nichts vergessen, mein Kind?« fragte Frau Allen mit einem Blick auf ihre Tochter, die mit einem lauten »Puh« den Deckel des großen Koffers schloß.

»Nichts, Mutter«, versicherte Lissy eifrig und fügte, während sie sich eine Strähne ihres blonden Haares aus dem geröteten Gesicht strich, mit leuchtenden Augen hinzu: »Joan wird sich doch genauso auf das Wiedersehen freuen?«

»Sicher wird sie das«, erwiderte die Mutter lächelnd, und Lissy beeilte sich, fertig zu werden, denn Unpünktlichkeit zu den Mahlzeiten schätzte der Vater ganz und gar nicht.

»Nun, alle Reisevorbereitungen getroffen?« fragte er schmunzelnd, als sie sich ein wenig außer Atem an dem großen runden Tisch einfand.

»Alle«, nickte sie eifrig, »das heißt, Jorinde muß ich noch auf Wiedersehen sagen.«

»Dann laß es nur nicht zu spät werden«, ermahnte die Mutter, »du weißt ja, morgen heißt es in aller Herrgottsfrühe aufstehen.«

Strahlend zog der nächste Morgen herauf und versprach einen herrlichen Tag. Es war verabredet worden, daß Lissy ihre zweite Reise ins Internat zusammen mit ihren Schulkameraden im Zuge zurücklegen und der Vater sie nur bis zu ihrem Treffpunkt bringen sollte.

»So ist es viel gemütlicher«, behauptete sie, als sie vor dem großen Bahnhof den Wagen verließen. Beim Anblick des von Menschen nur so wimmelnden Bahnsteiges entgegnete der Vater lachend:

»Was daran gemütlich sein soll, ist mir allerdings ein Rätsel. Und genauso ein Rätsel scheint es mir zu sein, wie wir zu den anderen finden.«

Doch kaum hatte er ausgesprochen, als Lissy aufgeregt rief: »Da sind sie, oh, Vater, da sind sie! Da ist Herr Lynton und neben ihm Mademoiselle Dupont! Komm schnell, Vater, komm schnell!«

Nachdem Lissy sehr freundlich von Mademoiselle Dupont und Herrn Lynton begrüßt worden war, lief sie, während ihr Vater ein paar Worte mit den beiden wechselte, auf ein zierliches Mädchen zu, das ihr den Rücken zuwandte.

»Joan!« rief sie. »Joan!«

Das Mädchen drehte sich um, und man hätte wahrhaftig nicht sagen können, welches der beiden Kinder glücklicher wirkte. »Schön, daß du da bist!« sagte Joan. »Ich habe schon auf dich gewartet und Angst gehabt, du würdest gar nicht mit dem Zug, sondern mit dem Wagen fahren.«

»Woher denn«, antwortete jemand dicht hinter Lissy an ihrer Statt und schlug sie dabei kräftig auf die Schulter. »Sie wird doch nicht zu fein geworden sein, sich unters Volk zu mischen.«

»Idiot«, sagte Lissy lachend, als sie den Kopf wandte und in Michaels todernstes Gesicht sah, »du bist doch ein zu großer Idiot!«

»Danke für das Kompliment«, entgegnete er, noch

immer ohne eine Miene zu verziehen, fügte dann aber herzlich hinzu: »Ich finde es auch prima, daß du da bist, wirklich!«

Ja, es war wirklich prima, sich nach so langer Zeit wiederzusehen. Dieser Meinung schienen alle zu sein, denn während Lissy mehrere Dutzend Hände schüttelte, sah sie in lauter freudig bewegte Gesichter. Sogar die dicke Ruth, mit der sie immer ein bißchen auf dem Kriegsfuß gestanden hatte, versuchte sich ein Lächeln abzuringen.

»Mehr sauer als süß, sozusagen süßsauer«, raunte Michael Lissy zu, und es war ein Glück, daß der Lärm des gerade einfahrenden Zuges seine Worte übertönte.

Um so deutlicher aber waren etwas später die Ermahnungen Mademoiselle Duponts und Herrn Lyntons: »Machen nur keine Unfug!« und »Seid doch vernünftig, Kinder!« zu verstehen, mit denen sie ihre Schutzbefohlenen daran zu hindern suchten, sich wie ein Mann auf die Abteile zu stürzen.

Endlich war der Trubel vorüber. Die Türen wurden geschlossen, der Zug setzte sich in Bewegung, Lissy winkte ihrem Vater ein letztes Mal zu, und gleich darauf saß sie zwischen Joan und Michael.

»Puh«, stöhnte sie lachend, »das war ein Wirbel! Komisch, es ist immer das gleiche, wenn man verreist.«

»Immer das gleiche«, bestätigte Michael mit sorgenvoll gekrauster Stirn und einem Blick auf Mademoiselle Dupont, die gerade den Gang entlangging und die er äußerst treffend nachzuahmen verstand. »Kommen daher, weil liebe Kleinen machen zu viele Unfug, zu viele Lärm«, sagte er ernsthaft und fügte, während er in seinem Koffer zu kramen begann, unter dem Kichern der Mädchen hinzu: »Aber jetzt werden die lieben Kleinen sich erst einmal stärken. Sahnebonbon gefällig?« Mit diesen Worten hob er den Deckel von einer riesigen

Blechschachtel und reichte sie zuerst Joan und dann Lissy. »Die Neuen habt ihr natürlich noch nicht gesehen, wie?« fuhr er nach einer kleinen Weile mit einer unmerklichen Kopfbewegung zum Ende der gegenüberliegenden Bank fort.

Die beiden Mädchen verneinten und sahen verstohlen in die angegebene Richtung, wo die drei Neuen, ein Junge und zwei Mädchen, das eine mit blassem Gesicht und auffallend unreiner Haut, steif und stumm auf ihren Plätzen saßen.

»Komisch, daß ich die vorhin nicht schon entdeckt habe«, wunderte sich Lissy, worauf Michael mit leichtem Grinsen entgegnete:

»So komisch ist das gar nicht. Die haben sich nämlich die meiste Zeit ganz schön hinter den Lehrern gehalten, und außerdem war auf dem Bahnsteig ja sowieso ein heilloses Durcheinander. Übrigens machen sie außer der Kleinen in der Mitte einen ziemlich miesepetrigen Eindruck, was ja auch zu verstehen ist. Die ersten Tage sind eben für niemanden ein reines Vergnügen.«

»Dann versüß sie ihnen doch ein bißchen«, sagte Lissy schnell in Erinnerung an den eigenen Kummer vor noch gar nicht allzu langer Zeit, und Joan nickte eifrig:

»Ja, ja, biete ihnen doch von deinen Bonbons an.«

Michael erhob sich bereitwillig und näherte sich den dreien mit würdevoller Miene, die geöffnete Dose in der Hand. »Vielen Dank«, sagte das Mädchen, das zwischen den beiden anderen saß, erfreut und fügte mit einem etwas schüchternen Lächeln hinzu: »Ich heiße Jennifer, aber genannt werde ich Jenny.«

»In Ordnung, Jenny«, lachte Michael. Doch das Lachen verging ihm mit einem Schlage, als er ganz wider Erwarten zunächst von Jennys Nachbarn und dann auch von ihrer Nachbarin einen Korb bekam.

»Der Bengel hat wenigstens den Kopf geschüttelt«, murmelte er voller Empörung, nachdem er an seinen Platz zurückgekehrt war, »aber die Ziege mit den Pikkeln . . .«

»Dafür kann sie doch nichts!« unterbrach Joan ihn in vorwurfsvollem Ton.

». . . die mit den Pickeln aber hat noch nicht einmal zur Seite geguckt«, fuhr er ungerührt fort und schloß, schon wieder ein bißchen grinsend, mit den Worten: »Da kann man nur sagen, zwei ausgemachte Muffel!«

Unter Lachen und Schwatzen, denn selbstverständlich hatten sich alle nach der langen Trennung sehr viel zu erzählen, verging die Zeit, und als endlich die kleine Bahnstation erreicht war und sie wenig später in dem alten Bus über die Landstraße ihrem Ziel entgegenfuhren, seufzte Lissy glücklich:

»Es ist beinahe so, als käme man nach Hause!«

Von mir bekommen die keinen Pfennig

Es gab wohl kaum einen unter den Schülern, dem das Internat, ein auf einem Hügel inmitten eines großen Gartens gelegenes Gutshaus, nicht zur zweiten Heimat geworden war. Wie immer erwarteten die alten Damen zusammen mit den beiden Schulsprechern die aus den Ferien Zurückkehrenden am Ende der breiten Freitreppe, um jeden einzelnen mit ein paar herzlichen Worten zu begrüßen.

Lissy war froh, als sie, nachdem auch die Schulsprecher Rita und Richard sie auf das herzlichste begrüßt hatten, die Treppe hinauf und in ihr Zimmer laufen konnte.

Während Joan sich schon die Hände wusch, blieb sie

einen Augenblick an der Tür stehen und sagte endlich aufatmend: »Es ist doch wirklich zu hübsch hier!«

»Das Schönste ist der Birnbaum«, nickte Joan und sah versonnen in die Zweige vor dem Fenster, die sich leicht im Wind bewegten.

»Hm«, machte Lissy zustimmend und schlug voller Eifer vor: »Nach dem Tee pflücken wir ein paar Blumen für unsere Vase, ja?«

»Nach dem Tee«, wiederholte Joan mit einem Blick auf ihre Uhr. »Weißt du, daß es in zehn Minuten soweit ist? Komm, mach schnell, wir müssen ja unsere Sachen noch einräumen. Vielleicht schaffen wir es noch.«

Ja, sie schafften es noch, und gerade hatten sie ihre Arbeit beendet, da hallte der Gong von der Diele herauf durchs Haus. Als sie die Tür hinter sich schlossen, traten aus der des Nebenzimmers zunächst Jennifer, die ihnen freundlich zunickte, und dann mit finster zusammengezogenen Brauen und ohne rechts und links zu sehen das Mädchen, das die Sahnebonbons verschmäht hatte.

»Der Pickelmuffel«, flüsterte Lissy Joan zu, während sie den beiden in angemessenem Abstand folgten, und Joan antwortete in dem gleichen vorwurfsvollen Ton, den sie Michael gegenüber angeschlagen hatte, und mit den gleichen Worten: »Dafür kann sie doch nichts!«

»Na ja«, murmelte Lissy ein wenig beschämt, »aber sie ist auch zu mufflig.«

»Wenn es vom Heimweh kommt, gibt sich das bestimmt mit der Zeit«, meinte Joan ruhig und fügte verschmitzt lächelnd hinzu: »Wer weiß, vielleicht freundest du dich noch einmal mit ihr an.«

»Nie«, rief Lissy empört, »das tue ich niemals!«

»Was tust du niemals?« erkundigte sich Michael interessiert, mit dem die beiden Mädchen kurz vor der Tür zum Eßsaal zusammenstießen.

»Mich mit dem Pickelmuffel anfreunden.«

»Was man verstehen kann«, entgegnete er grinsend, »obwohl du genug Gelegenheit dazu hättest. Er kommt nämlich in unsere Klasse, der Muffel, wie ich erfahren habe.«

»Ach du liebe Zeit«, stöhnte Lissy entsetzt, »dann ist ja die ganze Gemütlichkeit hin! Na, hoffentlich haben wir wenigstens so viel Glück, daß uns der reizende Anblick während des Essens erspart bleibt!«

Aber so viel Glück hatten sie nicht. Die Neue saß direkt neben der blonden Rita und warf den dreien, die sich jetzt auf ihren Plätzen niederließen, einen so bitterbösen Blick zu, daß Lissy Michael zuflüsterte: »Da kann einem ja der Appetit vergehen.«

»Gibt's bei mir gar nicht«, versetzte er seelenruhig, während er ein knuspriges Brötchen mit Butter bestrich und schon nach dem Honig Ausschau hielt, »bei mir gibt's nichts, was mir den Appetit verschlagen könnte. Außerdem kannst du ja woanders hingucken, in genug andere Gesichter, das unseres Lieselottchens nicht zu vergessen, welches zu betrachten eine besondere Wohltat bedeutet. Und wenn du dann noch dein Augenmerk auf die leiblichen Genüsse richtest, unter denen dieser Tisch beinahe zu brechen droht, wird sich der Appetit schon einstellen. Verlaß dich drauf.«

Lissy kicherte, obwohl sie sehr genau spürte, wie recht er im Grunde hatte. Sollte dieses Mädchen tatsächlich imstande sein, ihr die Stimmung zu verderben?

Nachdenklich sah sie über die lachende, schwatzende Gesellschaft bis zum Ende der langen Tafel, wo Lieselottchens Brillengläser hin und wieder aufblitzten. Dann bat sie Joan, ihr den Teller mit dem Rosinenkuchen herüberzureichen.

»So ist's recht«, lobte Michael, und Joan wies darauf

hin, daß dies duftige Gebilde wahrscheinlich Röllchens Werk sei.

»Röllchen«, wiederholte Lissy, »ich habe ja noch gar nicht an unser Röllchen gedacht! Oh, Joan, nach dem Tee müssen wir sie gleich besuchen, ja? Sicher wartet sie schon auf uns.«

»Na, na«, meinte Michael mit bedenklicher Miene, »wenn du dich da nur nicht irrst.«

Aber Frau Braun, die bei allen Schülern beliebte Herrscherin im Reich der Küche, sollte schon bald Ausschau nach den beiden Mädchen halten, von denen ihr Lissy ganz besonders ans Herz gewachsen war. ›Nach dem Tee werden sie sicher kommen‹, dachte sie und ahnte nicht, daß Lissy zur gleichen Zeit, ohne auf die Bemerkung Michaels einzugehen, sagte: »Also, zuerst müssen wir zu Röllchen und dann Blumen pflücken und das Gärtchen inspizieren. Da haben wir ja noch eine ganze Menge vor.«

»Das Treffen nicht zu vergessen«, nickte Michael, »um Punkt sechs ist nämlich eins angesetzt. So steht es jedenfalls am Schwarzen Brett. Da aber die Damen stets und ständig in höheren Regionen schweben, haben sie es wohl wieder einmal für unter ihrer Würde gehalten, sich zu informieren.«

Unter Lachen und Schwatzen ging die Teestunde zu Ende, und beim Verlassen des Eßsaales ermahnte Michael Lissy und Joan in väterlichem Ton, das Treffen nicht zu vergessen.

»Ein Treffen?« fragte jemand dicht hinter ihnen. »Was macht ihr denn da so?« Es war Jennifer, die interessiert von einem zum anderen sah.

»Dich um dein Geld bringen«, antwortete Michael, ehe auch nur eine seiner beiden Freundinnen ein erklärendes Wort hätte abgeben können. »Dein ganzes Vermögen wirst du los, Jennylein, so geldgierig sind die Leute hier. Ja, ja, das ist hart«, fuhr er unter dem Kichern der Mädchen fort, während er dem Jungen, der sich inzwischen zu ihnen gesellt hatte, Jennifers Zugnachbarn, einen raschen Blick zuwarf, »und am meisten leid tun mir die Neuen.«

»Von mir bekommen die keinen Pfennig«, sagte der Junge und stolzierte davon.

»Oh, Michael«, gluckste Lissy, »oh, Michael, was hast du da angerichtet!«

»Ja«, nickte Joan mit einigermaßen besorgter Miene, »der weigert sich vielleicht wirklich, sein Geld abzuliefern.«

»Na und?« entgegnete Michael ungerührt. »Du glaubst doch wohl nicht etwa im Ernst, daß er es ohne mein Zutun nicht auch getan hätte? Der sieht mir nämlich ganz so aus, als würde er immer querschießen.«

Joan lachte und wies dann auf den mit Obstbäumen bestandenen Garten. »Da hinten hängt unsere Schaukel, siehst du? Die ganzen Ferien über habe ich mich aufs Schaukeln gefreut. Du dich auch?«

»Ich mich auch«, nickte Lissy, »aber dazu kommen wir heute bestimmt nicht mehr.«

Und mit dieser Vermutung sollte sie recht behalten. Noch nicht einmal Zeit zum Blumenpflücken blieb ihnen, denn bis zum Beginn des Treffens dehnte sich der Besuch bei der guten Frau Braun aus.

»Da seid ihr ja endlich, Kinderchen!« rief sie mit strahlendem Gesicht, als die beiden Mädchen zur Tür hereinstürmten. »Ich habe schon auf euch gewartet. Und nun setzt euch. Habt ihr euch gut erholt? War's schön zu Hause?«

Sie hatten endlos viel zu erzählen, bis Joan plötzlich mit einem Blick auf ihre Uhr sagte:

»Du liebe Zeit, es ist ja gleich sechs, und um sechs fängt das Treffen an. Da müssen wir uns aber beeilen!«

»Kommt einmal wieder!« rief Röllchen ihnen nach, und Lissy rief zurück:

»Zu Ihnen immer!«

Etwas für die Haut

»Das war knapp!« grinste Michael, als Lissy und Joan sich ein wenig außer Atem auf die von ihm freigehaltenen Plätze zu seiner Rechten und Linken setzten. »Ich wollte schon eine Suchmeldung aufgeben«, fügte er flüsternd hinzu, denn eben betraten die beiden Schulsprecher, Rita und Richard, in Begleitung sämtlicher Klassensprecher das Podium und nahmen an dem langen Tisch in der Mitte Platz.

Das Lachen und Schwatzen ringsum verstummte, und es hätte der drei Schläge, die die blonde Rita jetzt, um Ruhe zu gebieten, mit einem kleinen Holzhammer auf die Tischplatte vollführte, kaum bedurft, denn alle Augen waren in gespannter Aufmerksamkeit auf sie gerichtet.

»Die Schülermitverwaltung hat dieses Treffen angesetzt, um die Neuen mit unseren Regeln vertraut zu machen und sie auf das herzlichste zu begrüßen«, begann Rita mit freundlichem Lächeln. »Wir hoffen, daß ihr euch so wohl bei uns fühlen werdet wie alle anderen und daß ihr anfängliche Schwierigkeiten bald überwunden habt.«

Sie schwieg einen Augenblick und fuhr dann in dem gleichen ruhigen Ton fort: »Und nun zu unseren Bestimmungen. Da wäre zunächst die Ablieferung des Taschengeldes in eine gemeinsame Kasse, eine Maßnahme, die euch vielleicht seltsam erscheinen wird, die sich aber seit vielen Jahren bewährt hat.«

»Jetzt freut sich der Muffel«, flüsterte Michael Lissy ins Ohr. Sie nickte und sah verstohlen in die Runde. Wo mochte er sitzen, der Neue, von dem sie keinen Pfennig bekommen sollten? Ach da, schräg in der Reihe vor ihnen. Gerade wandte er den Kopf, und sie sah, wie er die Mundwinkel verächtlich herabzog.

»Der macht Scherereien, wetten?« flüsterte Michael, der ihren Blicken gefolgt war, bekam aber keine Antwort, da Lissy nach einem mahnenden Räuspern von Joan ihre Aufmerksamkeit wieder den Ausführungen Ritas zuwandte.

»Auf diese Weise kann sich niemand benachteiligt fühlen«, hörte sie sie nun sagen, »und wenn ihr einmal eine größere Summe braucht, könnt ihr euer Anliegen jederzeit hier vorbringen.«

»Das ist ja lächerlich!« sagte jemand laut und deutlich in die Pause hinein, die diesen Worten folgte.

»Das ist es ganz und gar nicht«, entgegnete Richard an Ritas Statt, warf einen Blick in die Richtung, aus der der Zuruf gekommen war, und fuhr gleich darauf fort: »Würdest du uns bitte erklären, Robert, du bist doch Robert Jäger, nicht wahr? Also, würdest du uns bitte erklären, aus welchem Grunde du diese Einrichtung, mit der alle einverstanden sind, so lächerlich findest?«

Robert, es war selbstverständlich niemand anderer als der Muffel, erhob sich langsam und widerwillig und sagte mit trotzig vorgeschobener Unterlippe: »Weil es mein Geld ist, weil meine Eltern es mir geschenkt haben und weil ich nicht einsehe, daß ich es hergeben soll, ohne zu wissen, was damit passiert. Was wird zum Beispiel aus dem Rest? Ich meine, es bleibt doch sicher immer etwas übrig.«

»Meistens«, antwortete Richard ruhig. »Und diese Summe wird am Ende des Schuljahres wieder unter euch aufgeteilt. Wir hielten das für eine ganz ordentliche Lösung.«

»Scheußlich«, sagte Robert finster, »ich finde es scheußlich, kein Geld zu haben.«

»Ein kleiner Betrag steht euch ja wöchentlich zur Verfügung«, warf Rita ein.

»Ein kleiner Betrag«, wiederholte Robert so verächtlich, daß Richard in ungewöhnlich ernstem Ton entgegnete:

»Du solltest den Wert des Geldes richtig einschätzen lernen und es nicht allzu wichtig nehmen. Hier im Internat hast du alles, was du brauchst, und die dir zur Verfügung stehende Summe reicht immer aus für etwaige Extraausgaben, wie sie eben doch ab und zu nötig sind. Außerdem könntest du einmal darüber nachdenken, ob wir Geld zu nichts anderem als zu unserem eigenen Vergnügen verwenden sollten, ob es nicht besser wäre, auch hin und wieder etwas Gutes damit zu tun. Nimm einmal an, einer deiner Mitschüler hätte durch einen dummen Zufall ohne eigenes Verschulden irgendeinen Schaden angerichtet, sagen wir, eine große Fensterscheibe zerschlagen, die er ersetzen muß. Nimm weiter an, sein Taschengeld wäre nur knapp bemessen, da seine Eltern finanziell nicht sehr gut gestellt sind, und er könnte das Geld nur unter den größten Schwierigkeiten aufbringen. Wäre es dann nicht auch für dich ein schönes Gefühl, zu wissen, daß wir dank unserer gemeinsamen Kasse, in der sich auch dein Taschengeld befindet, imstande sind, ihm zu helfen?«

»Hm«, machte Robert, jedoch noch immer mit so finsterer Miene, daß niemand hätte sagen können, ob Richards Worte ihn überzeugt hatten. Als sich aber jetzt auf ein Zeichen Ritas ein Kind nach dem anderen zu dem langen Tisch begab, um sein Scherflein in die große Sparbüchse zu werfen, schloß auch er sich nicht aus und folgte, wenn auch als letzter, ihrem Beispiel.

»Donnerwetter«, sagte Michael leise, »daß er sich dazu noch aufrafft, der Muffel, das hätte ich niemals für möglich gehalten!«

Als endlich alle ihre Plätze wieder eingenommen hatten und wieder vollkommene Ruhe herrschte, begann Richard von neuem: »Nachdem wir nun den, wenn man es so ausdrücken darf, geschäftlichen Teil erledigt haben, möchte ich euch noch sagen, daß, wenn ihr einmal Rat und Hilfe braucht, ihr euch jederzeit an Rita oder mich, selbstverständlich auch an euren Klassensprecher wenden könnt und wir alles in unserer Macht Stehende für euch tun werden.«

»Das wär's also für heute«, ergriff nun Rita wieder das Wort, nachdem Richard sie mit einer Handbewegung dazu aufgefordert hatte. »Es bliebe nur noch die Frage, ob irgend jemand von euch Geld für eine besondere Anschaffung braucht, was wohl zu Anfang des Schulhalbjahres kaum der Fall sein wird. Oder?« Fragend sah sie in die Runde und nickte Jennifer freundlich zu, die sich langsam erhoben hatte. »Nun, Jennifer, um was handelt es sich?«

»Ja, eigentlich weiß ich gar nicht, ob ich überhaupt Geld dazu brauche«, begann Jennifer ein wenig stokkend und wurde rot.

»Es ist wegen meiner weißen Mäuse, ich meine wegen des Stalles, das heißt, wegen des Schlosses. Es war nämlich kaputt, und da habe ich erst einmal ein Stückchen Draht genommen.«

»Was auf die Dauer natürlich nicht das richtige ist«, warf Rita lächelnd ein.

»Natürlich nicht«, sagte Jennifer, die jetzt alle Scheu verloren hatte, eifrig, »aber vielleicht kann man ja eins von einem anderen, leerstehenden Stall nehmen.«

Rita schüttelte den Kopf. »Nein, nein, das ist nichts. Du bekommst ein neues.«

»Der Pickelmuffel!« flüsterte Michael, als Rita sich nun an das große, auch jetzt finster blickende Mädchen wandte: »Und du, Kathleen, du brauchst auch Geld?«

»Ja, für meinen Großvater.«

Unterdrücktes Lachen wurde laut, und Rita fragte mit erhobener Stimme: »Für wen bitte?«

»Für meinen Großvater. Er hat nächste Woche Geburtstag.«

»Du willst also ein Geburtstagsgeschenk kaufen. Und wieviel Geld wolltest du anlegen? Was möchtest du verschenken?«

»Etwas für die Haut.«

Das diesen Worten folgende tosende Gelächter verebbte erst, als Rita mit dem kleinen Holzhammer auf die Tischplatte schlug und Richard einen strengen Blick in die Runde warf.

»Ich meine Rasierwasser«, verbesserte sich die über und über rot gewordene Kathleen mit niedergeschlagenen Augen und setzte hastig hinzu: »Und eine Pfeife, eine Tabakspfeife natürlich.«

»Natürlich«, nickte Rita und händigte gleich darauf der mit gesenktem Kopf vor ihr Stehenden einen Geldschein aus, während sie freundlich riet: »Da darfst du aber nicht die billigste nehmen.«

Es meldete sich niemand mehr, und so wurde das Treffen nach einem kurzen Hinweis darauf, daß im Dorf nur gemeinsam eingekauft werden durfte, für beendet erklärt.

So eine Gemeinheit

Die nächsten Tage vergingen Lissy wie im Fluge, so ausgefüllt waren sie mit dem Unterricht, den Schularbeiten, wobei sie ihrer Freundin Joan bei der französischen Grammatik half, mit Schwimmen und Sonnen am Strand, mit Spiel und Sport, der Arbeit in dem kleinen Gärtchen und hier und da mit einem Besuch bei der guten Frau Braun, von der Michael behauptete, sie sei eine Seele von Mensch.

›Das ist sie auch‹, dachte Lissy, als sie eines Abends an die Küchentür klopfte und so herzlich empfangen wurde, als käme sie von einer Weltreise zurück.

»Setz dich, Kindchen, setz dich. Das ist nett, daß du mich einmal besuchst. Magst du ein Baiser? Es sind noch ein paar von heute mittag übriggeblieben. Ja? Na, siehst du, da habe ich es mir doch gedacht. Ihr seid doch alle Süßschnäbel, einer wie der andere.« Schmunzelnd setzte das gute Röllchen einen Teller mit dem von allen so begehrten Nachtisch vor ihren jungen Gast und fuhr augenzwinkernd fort: »Zu fragen, wie es dir geht, brauche ich wohl nicht, wie? Du strahlst ja über das ganze Gesicht und siehst wahrhaftig so aus, als fühltest du dich bei uns wie zu Hause.«

»Das tue ich auch«, war die ernsthafte Antwort, und Röllchen nickte nicht weniger ernst:

»Sage ich es nicht immer? Zuerst heulen sie wie die Schloßhunde, und zum Schluß, wenn's ans Abschiednehmen geht, machen sie es genauso. Übrigens, von den Neuen, sie gehen ja alle drei in deine Klasse, nicht wahr, sehen das große Mädchen und der Junge noch immer aus wie sieben Tage Regenwetter. Denen fällt das Eingewöhnen wohl ziemlich schwer, aber der Kleinen, wie heißt sie doch?«

»Jennifer.«

»Jennifer, ja. Also der Jennifer scheint es ganz gut zu gefallen bei uns.«

Lissy schluckte den letzten Bissen hinunter und nickte: »Ja, das glaube ich auch, und wir kommen auch alle prima mit ihr aus. Stellen Sie sich vor, sie hat weiße Mäuse.«

»Weiße Mäuse«, wiederholte Röllchen und schüttelte erstaunt den Kopf. »Sieh einer an. Meerschweinchen und Kaninchen, die sind ja hier an der Tagesordnung, aber weiße Mäuse haben wir erst ein einziges Mal gehabt. Na, für mich wäre das nichts.«

»Jennifer läßt sie sogar in ihrem Jackenärmel hochkrabbeln, eine nach der anderen«, erklärte Lissy eifrig. Röllchen starrte sie entgeistert an, und endlich, noch immer ganz fassungslos, murmelte sie: »Was es nicht alles gibt!«

Nachdem Lissy sich wenig später mit dem Versprechen verabschiedet hatte, so bald wie möglich wiederzukommen, hüpfte sie den schmalen, mit hellen Steinplatten ausgelegten Weg am Hause entlang, und ihre Gedanken wanderten von Röllchen und von Jennifers weißen Mäusen zu Robert und Kathleen, von denen Röllchen eben behauptet hatte, daß sie beide wie sieben Tage Regenwetter aussähen ... Ja, wahrhaftig, es war noch niemandem gelungen, dem einen oder dem anderen ein freundliches Wort zu entlocken.

›Sie haben eben Heimweh‹, dachte Lissy, verhielt für einen Augenblick den Schritt und sah nachdenklich zu dem schon in der Abenddämmerung liegenden Garten hinüber. Oh, sie wußte selbst am besten, wie schrecklich einem dann zumute war! Sie wollte gerade weiterlaufen, da zuckte sie zusammen, hielt den Atem an und lauschte.

Hatte das nicht eben wie ein Schrei geklungen? Ja, jetzt hörte sie es ganz deutlich, jemand schrie verzweifelt und angstvoll!

›Es kommt von da drüben‹, dachte sie, während sie an den Obstbäumen vorbeilief.

Noch einmal hörte sie den hohen, spitzen Schrei, und dann, jetzt schon ganz nahe, eine barsche Stimme:

»Willst du wohl endlich die Klappe halten!«

Ein regelmäßiges leises Quietschen folgte diesen Worten, und obwohl Lissy sofort wußte, daß das Geräusch von der Schaukel herrührte, schien es ihr seltsam unheimlich in der Stille zu klingen.

Auf Zehenspitzen schlich sie weiter, blieb hinter einem Baum stehen und starrte fassungslos auf das Bild, das sich ihr bot.

Ein Junge, der ihr den Rücken kehrte, hatte die Schaukel gefaßt und schwang einen anderen, kleineren, höher und höher.

»Loslassen!« sagte er nun leise, und der Kleine, der die Stricke zu beiden Seiten fest umklammert hielt, befolgte den Befehl mit angstverzerrtem Gesicht.

»Du Biest!« schrie Lissy, war mit ein paar Sätzen neben dem Jungen und sah voller Entsetzen in Roberts kalte Augen. »Du Biest!« wiederholte sie verächtlich und wandte sich zu dem Kleinen um.

Aber der war verschwunden. Nur im Gebüsch hörte man es noch knacken.

»So eine Gemeinheit, so eine bodenlose!« begann sie wieder, aber auch der, an den diese Worte gerichtet waren, hatte das Weite gesucht.

»Auch noch feige«, murmelte sie und merkte, daß sie am ganzen Körper zitterte.

Wenige Minuten später drückte sie die Klinke der großen Eingangstür herunter und jagte durch die Diele und die Treppe hinauf. Irgend jemandem mußte sie davon erzählen! Hoffentlich war Joan in ihrem Zimmer!

Aber der schon fast dunkle Raum lag still und verlassen, und nur das Laub des Birnbaumes vor dem geöffneten Fenster raschelte im Abendwind.

›Sie wird unten sein mit den anderen zusammen‹, dachte sie, warf die Tür hinter sich ins Schloß und stürmte gleich darauf in den zu ebener Erde liegenden Aufenthaltsraum.

Ja, dort hinten saß sie in Gesellschaft Jacks und Michaels, und Michael hatte sicher wieder einmal etwas ganz besonders Komisches gesagt, denn die beiden anderen wollten sich ausschütten vor Lachen. ›Zu dumm‹, dachte Lissy, blieb unschlüssig stehen und strich sich eine Haarsträhne aus dem erhitzten Gesicht. Sie war sich nämlich gar nicht so recht im klaren darüber, ob sie auch schon Jack ins Vertrauen ziehen sollte. Er als Klassensprecher fühlte sich womöglich verpflichtet, den Vorfall sofort Rita und Richard zu melden, und wer konnte wissen, wie die beiden ein solches Vorgehen aufnehmen würden? ›Als Petze möchte ich bestimmt nicht von ihnen angesehen werden‹, dachte sie stirnrunzelnd und entschloß sich, in ihrem Zimmer auf Joan zu warten.

Aber gerade als sie ihren Entschluß in die Tat umsetzen wollte, sah sie, daß Jack aufstand, und einen Augenblick später lief er mit einem herzlichen »Hallo, Lissy« an ihr vorüber und zur Tür hinaus.

»Hallo, Lissy«, sagte gleich darauf auch Michael, fügte aber mit einem Blick in ihr noch immer hochrotes Gesicht hinzu: »Nanu, was ist dir denn widerfahren?«

»Etwas ganz Scheußliches!« antwortete Lissy leise, sah sich verstohlen nach unliebsamen Zuhörern um und begann, nachdem sie festgestellt hatte, daß niemand in der Nähe war, hastig zu berichten.

Als sie aufgehört hatte, herrschte sekundenlang Stille, dann aber holte Michael tief Luft, sagte: »Pfui Teufel«, und Joan gebrauchte die gleichen Worte wie Lissy: »So eine Gemeinheit!«

»Und was nun?« fragte Lissy. »Was wollen wir nun machen? Soll ich es Jack sagen?«

»Noch nicht«, entgegnete Michael schnell. »Laß uns morgen lieber alles noch einmal in Ruhe besprechen. Vielleicht kann ich mir das Ekel ja auch erst einmal alleine vorknöpfen, vielleicht hilft das ja.«

»Das läuft doch nur auf eine Prügelei hinaus«, wandte Lissy zögernd ein.

»Na ja, da magst du recht haben«, nickte er und grinste, »aber beobachten könnten wir ihn, aufpassen, ob er sich noch mehr solche Scherze leistet. Und wenn ja, ist es immer noch Zeit, die Sache an die große Glocke zu hängen, finde ich.«

»Das ist eine prima Idee!« stimmte Lissy eifrig zu. »Was meinst du, Joan?«

»Prima«, murmelte Joan geistesabwesend, faßte gleich darauf ihre Freundin am Arm und sagte hastig: »Da ist mir eben etwas eingefallen. Ich habe mir damals gar nichts dabei gedacht, aber nun ... Also, vor ein paar Tagen lief mir einer von den Kleinen laut schreiend über den Weg, und als ich ihn fragte, was er denn hätte, starrte er mich nur entsetzt an und rannte weiter, und einen Augenblick später kam Robert laut pfeifend um die Ecke.«

»Aha«, sagte Michael und zog die Brauen zusammen, »da hat er bestimmt etwas Ähnliches angestellt, dieser, dieser ...«, fuhr er voller Empörung fort, »wenn wir ihn noch einmal erwischen, dann kann er was erleben, dann ...«

Er schwieg, denn Lissy hatte ihn angestoßen und mit

einer kaum merklichen Kopfbewegung in Richtung eines Tisches in ihrer Nähe gewiesen. Dort hatte sich in der Zwischenzeit Kathleen, mit einem Buch und einer Tüte Konfekt bewaffnet, niedergelassen.

»Dumme Gans«, murmelte Michael, und nach einem Blick auf die anscheinend völlig in ihre Lektüre Vertiefte erhob er sich langsam und sagte betont gleichgültig:

»Also, dann bis morgen, und träumt etwas Schönes!«

Vielleicht eine Maus

An diesem Abend aber dauerte es sehr viel länger als sonst, bis die beiden Mädchen einschliefen, und sie waren weit davon entfernt zu glauben, daß sie etwas Schönes träumen würden, wie Michael ihnen gewünscht hatte, so aufgeregt waren sie.

»Ich verstehe gar nicht, wie man so gemein sein kann«, sagte Lissy zum soundsovielten Male und sah hinauf in den Birnbaum, wo hinter den dunklen Blättern die Sichel des Mondes sichtbar wurde.

»Ich auch nicht«, entgegnete Joan leise und fügte nach einer Weile hinzu: »Ich wollte, wir würden ihn nicht ertappen, er würde so etwas gar nicht wieder tun, meine ich. Dann wäre alles in Ordnung.«

»Na, ich weiß nicht«, meinte Lissy zweifelnd. »Solange er keine plausible Erklärung für sein scheußliches Benehmen hat, irgend etwas, das ihn entschuldigt . . .«

». . . Heimweh vielleicht.«

»Heimweh?« wiederholte Lissy in dem gleichen zweifelnden Ton, aber Joan ließ sich nicht beirren.

»Warum sollte Heimweh kein Grund sein? Daß es etwas sehr Schlimmes ist und daß man sich todunglücklich fühlt und die verrücktesten Sachen macht, das wissen wir doch am besten, nicht wahr?«

»Aber so etwas?« entgegnete Lissy, froh darüber, daß Joan nicht sehen konnte, wie sie rot wurde. »Und wozu sollte es überhaupt gut sein?«

»Das weiß ich ja auch nicht«, sagte Joan ratlos, und dann schwiegen sie beide.

»Zu dumm, daß Kathleen etwas gehört hat«, begann Lissy endlich wieder und atmete erleichtert auf, als Joan im Brustton der Überzeugung antwortete:

»Die paar Worte? Damit kann sie ja nichts weiter anfangen, und vorher haben wir doch nur geflüstert.«

»Das ist auch ein komisches Mädchen, diese Kathleen«, murmelte Lissy und gähnte. »Weißt du, was Röllchen gesagt hat? Sie und Robert sähen aus wie sieben Tage Regenwetter. Na ja, bei Robert ist es ja zu verstehen. Der kann sich ja gar nicht wohl fühlen in seiner Haut, wenn er solche Sachen macht.«

Und nun waren sie wieder bei Robert angelangt und sprachen über ihn, bis ihnen die Augen zufielen.

Am nächsten Morgen kurz vor dem Unterricht erteilte Michael seinen beiden Freundinnen hinsichtlich der Beschattung Roberts, wie er sich ausdrückte, seine Anweisungen: »Es ist eine äußerst schwierige Aufgabe«, begann er leise, nachdem er sich vergewissert hatte, daß niemand in der Nähe war, »denn wir müssen ihm ständig folgen, ihn immer unter Kontrolle haben, und das ist eben das Schwierige, er darf nichts merken, überhaupt nichts, versteht ihr? Wir müssen uns also ganz unauffällig benehmen, ungefähr so.« Er sah die Mädchen aufmunternd an, warf gleich darauf den Kopf in den Nacken und schielte unter halbgeschlossenen Augen und mit unwillkürlich geöffnetem Munde zur Seite, wo er allem Anschein nach sein Opfer vermutete.

Die beiden starrten ihn sprachlos an und brachen dann in Gelächter aus. »Oh, Michael«, gluckste Lissy endlich, »wie kann man nur so unwahrscheinlich doof aussehen!«

»Das interessiert doch jetzt gar nicht«, zischte er wütend, »die Hauptsache ist, es wirkt.«

»Und wie es wirkt«, stöhnte sie, »zum Totlachen nämlich!«

»Du bist ja zu blöde«, murmelte er, und Joan, die sich als erste wieder gefaßt hatte und fürchtete, daß er ernstlich böse war, sagte begütigend:

»Wir sind ein bißchen albern, ein bißchen übermüdet, weil wir so spät eingeschlafen sind – wir wissen schon, was du meinst. Wir sollen ihn nicht anstarren, nicht miteinander tuscheln und uns anstoßen oder so.«

»Genau das«, nickte er würdevoll und, wie es schien, schon wieder zu weiteren Ausführungen bereit. Da aber kündigte der Gong den Beginn der ersten Stunde an und hinderte ihn an seinem Vorhaben.

›Ideen hat er!‹ dachte Lissy, während sie sich auf ihren Platz neben Joan setzte und sich noch einmal mit dem Taschentuch über die Augen wischte. ›Und ausgesehen hat er!‹ Aber daran durfte sie jetzt nicht mehr denken, denn schon war auf dem Flur das Klappern der Absätze von Mademoiselle Dupont zu hören, und wenige Sekunden später schloß sie die Tür des Klassenzimmers hinter sich.

»Wollen fahren fort«, sagte sie rasch nach einem prüfenden Blick in das Klassenbuch und über die vor ihr sitzenden Schüler, »wollen fahren fort in Lektion.«

»Sie vergißt, die Vokabeln abzuhören!« flüsterte Joan erleichtert, der eben mit Schrecken eingefallen war, daß sie in der Aufregung gestern vergessen hatte, ihre französischen Aufgaben zu machen. Doch auch ohne den glücklichen Umstand, daß Mademoiselle Duponts Gedächtnis sie ausnahmsweise einmal im Stich ließ, hätte Joan sich vor dieser Stunde nicht zu fürchten brauchen. Es geschahen nämlich ganz unvorhergesehene Dinge.

Es begann damit, daß Lissy plötzlich einen Schrei ausstieß, von ihrem Platz aufsprang, auf einem Bein herumhüpfte und mit einer Hand nach ihrem Rücken angelte.

»Haben du Verstand verloren?« japste Mademoiselle Dupont, nachdem sie dieser Vorstellung einen Augenblick sprachlos zugesehen hatte. »Wollen du dich setzen gefälligst!«

»Nein, nein«, jammerte Lissy, ohne in ihrem absonderlichen Gebaren nachzulassen, »ich, ich kann ja nicht, ich ...«

»Du nicht können? Du nicht wollen, nicht wahr? Du dir wollen benehmen wie einst.«

Wäre die arme Lissy nicht ohnehin feuerrot gewesen, so wäre sie es jetzt bei der Anspielung auf ihr früheres schlechtes Benehmen bestimmt geworden. »Ich kann ja nicht«, verteidigte sie sich, beinahe weinend und noch immer auf einem Bein hüpfend, »irgend etwas krabbelt an mir herum, irgendein Tier!«

»Vielleicht eine Maus«, sagte Michael mit klarer Stimme und todernstem Gesicht.

»Du seien still!« befahl Mademoiselle Dupont erbost, fügte aber gleich darauf hinzu, da sie nun doch unsicher war, ob es nur ein Streich von Lissy war: »Verstehen ja nicht, wie Maus sollen geraten an Mädchen, aber müssen wir nachsehen, müssen ihr helfen.«

»Der Maus?« fragte Michael scheinheilig, doch niemand achtete auf diesen Zwischenruf, denn beinahe gleichzeitig waren Mademoiselle Dupont und Jennifer auf Lissy zugelaufen, und einen Augenblick später hielt Jennifer eine ihrer weißen Mäuse in der Hand.

»Das begreife ich nicht«, murmelte sie in das verblüffte Schweigen hinein, und Mademoiselle Dupont musterte sie mit einem durchdringenden Blick aus ihren lebhaften schwarzen Augen und sagte streng:

»Du nicht begreifen? Soviel ich wissen, du halten weiße Mäuse. Du wohl gesetzt haben arme Tierchen in Pullover von arme Lissy. Du wohl haben losgelassen arme Tierchen.«

»Losgelassen!« wiederholte Jennifer langsam und sah die vor ihr Stehende entsetzt an. Natürlich, es mußte jemand am Stall gewesen sein und das Schloß aufgebrochen haben! »Darf ich nachsehen, was mit den anderen ist?« bat sie, ohne an ihre eigene Verteidigung zu denken, mit angstvoller Stimme.

»Du wohl wissen selbst am besten«, antwortete Mademoiselle Dupont noch um einige Grade strenger, und Jennifer rief völlig außer sich:

»Nein, nein, bestimmt nicht! Ehrenwort! Ich habe bestimmt nichts damit zu tun!«

Zum zweiten Male an diesem Vormittag kamen der geplagten Lehrerin Zweifel an der Schuld eines von ihr verdächtigten Zöglings. Nein, so konnte sich ein Kind nicht verstellen. Das hielt sie für ganz und gar ausgeschlossen. »Dann du laufen. Dann du sehen nach«, sagte sie denn also, wenn auch noch immer in barschem Ton, und wandte sich, kaum daß Jennifer die Tür hinter sich geschlossen hatte, an den sie freundlich angrinsenden Michael.

»Seien du der Übeltäter, nicht wahr? Haben du ja gleich gewußt, daß es waren eine Maus.«

Michael erhob sich langsam, einigermaßen unangenehm berührt von dieser so unerwarteten Wendung der

Dinge. Bis jetzt war dies hier ganz nach seinem Geschmack gewesen, denn konnte es etwas Besseres geben als ein bißchen Abwechslung im ewigen Einerlei des Französischunterrichts? Nun aber sah er sich plötzlich aus der Rolle des geruhsamen Beobachters in die eines Angeklagten gedrängt, der sich gegen lächerliche Anschuldigungen, wie er es bei sich nannte, verteidigen sollte, wozu er absolut keine Lust hatte.

»Wenn Sie den kleinen Scherz, den ich mir vorhin erlaubte, so auslegen wollen . . .«

»Ich nicht wollen auslegen«, unterbrach Mademoiselle Dupont ihn zornbebend. »Du haben gewußt. Und ich immer hören Scherz.«

»Es war bestimmt nur Spaß!« rief Lissy aufgeregt.

Und jetzt stürmte Jennifer zur Tür herein und rief mit Tränen in den Augen: »Sie sind alle weg, alle!«

»Du sie werden schon finden. Und nun wollen fahren fort in Lektion.«

Mit diesen Worten machte Mademoiselle Dupont dem Getuschel ringsum ein Ende, denn überall wurden Überlegungen angestellt, wer wohl der armen Jennifer diesen Streich gespielt haben mochte. »Du sie werden schon finden«, wiederholte sie, zog die Schublade des Katheders auf, um ein Stück neue Kreide herauszunehmen, und sprang mit einem gellenden Schrei zur Seite.

»Donnerwetter!« murmelte Michael anerkennend, was sich einesteils auf den für eine Lehrerin so ungewöhnlichen Temperamentsausbruch bezog, andernteils auf die Flinkheit der Tierchen, drei weiße Mäuse, die jetzt über das Pult huschten!

Nicht alle nahmen das Erscheinen der behenden kleinen Geschöpfe mit solchem Gleichmut auf. Es entstand vielmehr ein unbeschreiblicher Tumult. Lachen, Rufen und das Schreien einiger Mädchen, die sich auf Tische und Bänke retteten, begleiteten die Versuche, die überall auftauchenden ungebetenen Gäste einzufangen.

Als man sie endlich geschnappt hatte und die Ruhe wiederhergestellt war, japste Mademoiselle Dupont, noch immer völlig außer sich:

»Das ihr mir sollen büßen! Heute nachmittag ihr alle sitzen nach für eine Stunde!«

Gespenster haben keine Pickel

Nachsitzen, das war etwas, das verständlicherweise niemandem behagte, gerade heute aber wurde diese Strafe von allen als besonders hart empfunden, da nun wohl die zu einem Schwimmunterricht verwandelte Turnstunde aus Zeitmangel »ins Wasser« fallen würde, wie Michael beim Verlassen des Klassenzimmers mit einem Rest von Galgenhumor feststellte.

Die einzige, die trotz allem restlos glücklich wirkte, war Jennifer. Sie hatte ihre Schutzbefohlenen wieder, alles andere zählte nicht. Doch zerbrach sie sich selbstverständlich genau wie alle anderen den Kopf darüber, wer der Missetäter sein könnte, ohne jedoch zu irgendeinem Ergebnis zu gelangen.

»Ich kann mir überhaupt nicht vorstellen, wer es gewesen sein soll«, sagte sie nachdenklich, als Jack ihr ein anderes Vorhängeschloß überreichte, das er nach längerem Suchen aufgetrieben hatte.

»Ich auch nicht«, entgegnete er nicht weniger nachdenklich und verschwieg, daß er für kurze Zeit sowohl an Kathleen als auch an Robert gedacht hatte, die niemandem Gelegenheit gaben, sie näher kennenzulernen. Dann aber war er zu dem Schluß gelangt, daß das allein kein Grund war, jemanden zu verdächtigen, zumal sie sich, soviel er wußte, noch niemals etwas hatten zuschulden kommen lassen. Wie groß aber wäre sein Erstaunen gewesen, wenn er das Gespräch hätte belauschen können, das in diesem Augenblick im Flüsterton an einem der Fenster des Aufenthaltsraumes geführt wurde.

»Na, was sagt ihr nun?« begann Michael und sah sich vorsichtshalber noch einmal nach allen Seiten um. »Das sieht ihm ähnlich, nicht wahr? Besonders die Gemeinheit, sich nicht zu melden und lieber die ganze Korona nachsitzen zu lassen!«

»Von uns hätte das keiner getan«, sagte Lissy schnell.

»Ihr meint also, daß es Robert war?« fragte Joan, während sie mit großen Augen von einem zum anderen sah.

»Ihr meint also!« stöhnte Michael. »Wie kommst du mir denn vor? Und wer sollte es sonst gewesen sein?«

»Kathleen vielleicht?«

»Nein«, sagte Lissy, »das glaube ich nicht. Was für einen Grund hätte sie denn gehabt?«

»Ja, und Robert? Was hatte der für einen Grund?«

»Der wollte sich an Lissy rächen. Nämlich dafür, daß sie ihn an der Schaukel erwischte«, erklärte Michael, mitleidig lächelnd über so viel Begriffsstutzigkeit, und fügte in herablassendem Ton hinzu: »Keine Ahnung von den Abgründen der menschlichen Seele!«

»Ja, aber«, wandte Joan verwirrt ein, »es hatte doch ganz den Anschein, als sollte Jenny geärgert werden, es waren doch ihre weißen Mäuse.«

»Die sind ihm nur entwischt, als er die eine für Lissy herausholte«, entgegnete Michael mit Bestimmtheit. »So sehe ich jedenfalls die Sache. Und außerdem scheint es dir entgangen zu sein, wie hämisch er lachte, als Mademoiselle Dupont auf Lissy losfuhr.«

»Hm«, machte Joan, wirkte jedoch noch immer so wenig überzeugt, daß Lissy nach einer kleinen Pause fragte:

»Und wie kommst du auf Kathleen?«

»Ganz einfach«, antwortete Joan eifrig. »Vorgestern abend hörte ich zufällig, wie Jenny Kathleen riet, nicht so viel zu naschen, weil Naschen so schädlich für die Haut sein soll ...«

»... und das war natürlich nichts«, warf Michael grinsend ein.

»Gar nichts«, bestätigte Joan ernsthaft. »Kathleen wurde fuchsteufelswild vor Wut und schrie, Jenny sollte sich gefälligst um ihre eigenen Angelegenheiten und um ihre eigene Schönheit kümmern, vor allen Dingen um ihre große Nase!«

»Das war gemein!« rief Lissy empört. »Jenny hat es doch nur gut gemeint, und anstatt sich zu plustern, sollte Kathleen auf den guten Rat hören und nicht so viel süßes Zeug in sich hineinstopfen. Sie ist ja noch verfressener als die dicke Ruth!«

»Und das will was heißen«, nickte Michael und fuhr mit nachdenklich gerunzelter Stirn zu Joan gewandt fort: »Wenn die Idee mit Kathleen auch gar nicht so übel ist, ich tippe trotzdem auf Robert. Aber im Grunde kann es uns ja schließlich ganz egal sein, wer von den beiden es war ...«

»... der uns den Nachmittag verdorben hat«, fügte Lissy seufzend hinzu.

Doch entgegen aller Befürchtungen sollte dieser Nachmittag noch sehr abwechslungsreich für die drei Kinder werden. Nachdem sie nämlich das Nachsitzen bei Mademoiselle Dupont hinter sich hatten, wurde ihnen von Jack ein äußerst verlockender Vorschlag gemacht.

»Habt ihr Lust, mit zu Frau Falz zu kommen?« fragte er, als er hinter ihnen die Treppe hinauflief. »Ich soll etwas für Röllchen abholen, und da es sich wahrscheinlich wieder um eine Riesenbestellung handelt, hat sie gesagt, ich müßte aber jemanden zum Tragenhelfen mitnehmen.«

»Prima!« rief Michael, und auch die beiden Mädchen strahlten, denn ein Gang zum Laden im Dorf war etwas, das ihre Herzen höher schlagen ließ.

Als sie ihr Ziel erreicht und die Tür des großen Ladens hinter sich geschlossen hatten, blieben sie einen Augenblick lang stehen, um sich an das hier ständig herrschende Dämmerlicht zu gewöhnen.

»Nun müßte Frau Falz eigentlich kommen«, sagte Jack ein wenig verwundert, weil sich auf das Glockenspiel, das jedesmal beim Öffnen und Schließen der Tür erklang, noch niemand gezeigt hatte. »Ob sie uns nicht gehört hat?«

»In diesem Falle läßt sich ja Abhilfe schaffen«, grinste Michael, den es immer heftiger nach einem Eis verlangte, und legte schon die Hand auf die Klinke, um sie nochmals herunterzudrücken. Doch in diesem Augenblick entdeckte er im Hintergrund des Ladens eine Gestalt, und ohne sein Vorhaben auszuführen, stieß er die neben ihm stehende Lissy heimlich in die Seite und flüsterte: »Du, sieh mal, da hinten. Ist das nicht . . .?«

». . . Kathleen«, vollendete Lissy, ohne zu zögern. »Oh, das gibt Ärger, wenn Jack sie entdeckt!«

»Was wohl nicht lange dauern wird.«

Und mit dieser Vermutung sollte Michael recht behalten. Denn jetzt trat eine alte Frau aus einer Tür, nickte den dreien freundlich zu und wandte sich dann an die einsam Wartende, die noch einige Schritte weiter zurückgetreten war. »Du hast Glück«, sagte sie lächelnd, während sie nach einem Bogen Seidenpapier griff, um eine kleine Dose darin einzuwickeln.

»Was ich bezweifeln möchte«, flüsterte Michael wieder, doch Lissy verzog keine Miene, denn nur zu gut konnte sie sich in Kathleens Lage versetzen, nur allzugut wußte sie, wie einem dann zumute war.

»Ja, ja, da hast du Glück gehabt«, meinte Frau Falz nun noch einmal und schob das Päckchen über den Ladentisch. »Es war nämlich die letzte. Wenn du also noch mehr von dieser Creme haben möchtest, mußt du es sagen, dann bestelle ich sie wieder. Nun, wie ist es?« fragte sie aufmunternd, nachdem sie eine Weile vergeblich auf Antwort von dem Mädchen gewartet hatte, das eifrig in seinem Portemonnaie kramte. »Sie hat dir doch geholfen, die Creme, nicht wahr? Neulich sagtest du jedenfalls, du wärest sehr zufrieden.«

»Ist es die Möglichkeit!« flüsterte Michael, ohne jedoch auch diesesmal den gewünschten Lacherfolg zu erzielen, während Frau Falz eine kurze Pause einlegte, um dann freundlich fortzufahren:

»So eine ausgesprochene Salbe gegen Pickel verkauft sich hier nämlich im allgemeinen schlecht, und deshalb müßte ich schon wissen, ob ich . . .«

»Danke, das ist nicht nötig«, unterbrach Kathleen sie hastig, warf das Geld auf den Tresen, nahm das Päckchen und stürmte zur Tür hinaus.

»Nanu, was hatte sie denn so plötzlich?« sagte die alte Frau verwundert, ehe sie sich nach den Wünschen der Kinder erkundigte.

Nachdem Jack mit seinem Einkauf fertig war und der große Henkelkorb beinahe bis zum Rande gefüllt worden war, nahmen sie alle an einem der runden Tischchen Platz und ließen sich ›das beste Eis der Welt‹, wie Lissy es nannte, schmecken.

»Also, das sage ich euch«, meinte Michael nach einer Weile mit träumerischem Blick, »nächsten Monat setze ich mein ganzes Geld in Eis um und gebe keinen einzigen Pfennig für etwas anderes aus!«

»So oft kommst du ja gar nicht hierher«, lachte Jack und erhielt die verblüffend einfache Antwort:

»Dann esse ich eben alles auf einmal!«

Über Kathleen wurde übrigens nicht gesprochen, denn da Jack kein Wort über die Angelegenheit verlor, mochten es die anderen auch nicht tun, und Michael dachte: ›Na, er wird sie nachher schon ins Gebet nehmen, und das gönne ich ihr!‹

Daß man aber so schadenfroh nicht sein sollte, zeigte sich am Ende dieses ereignisreichen Tages, als alles sich zur Ruhe begeben hatte und Michael das Buch vermißte, in dem er gar zu gern vor dem Einschlafen noch ein paar Seiten gelesen hätte. ›Sicher habe ich es unten liegenlassen‹, dachte er, war mit beiden Beinen aus dem Bett, öffnete wenige Augenblicke später so vorsichtig wie möglich die Tür des Aufenthaltsraumes – und blieb wie gelähmt vor Schreck stehen.

Voller Entsetzen starrte er in das Gesicht vor sich, dessen grünlich fahle Haut im Mondlicht glänzte und aus dem ihn zwei schwarze Augen unter einem straff um den Kopf gewundenen, schlohweißen Tuch anfunkelten.

In der nächsten Sekunde wurde er zur Seite gestoßen, etwas fiel zu Boden, und dann war die Erscheinung verschwunden.

Er lehnte sich gegen den Türpfosten und holte tief Luft, um sein wild klopfendes Herz zu beruhigen. Und als sein Blick auf den vor ihm liegenden Gegenstand fiel, hatte er sich so weit gefaßt, daß er sich danach bückte und gleich darauf erleichtert aufatmete. »Ich Idiot«, murmelte er, während er auf die mit Konfekt gefüllte Tüte in seiner Hand sah, »ich Vollidiot!«

Nun wußte er, wem er eben begegnet war. Keinem Gespenst, sondern Kathleen, Kathleen, die die Salbe von Frau Falz aufgetragen hatte und heruntergelaufen war, um das vergessene Konfekt zu holen!

»Ich Vollidiot!« murmelte er noch einmal und fügte, schon wieder ganz der alte, grinsend hinzu: »Gespenster haben keine Pickel!«

Eine Gestalt zwischen Felsen

Selbstverständlich erzählte Michael am nächsten Morgen Lissy und Joan in allen Einzelheiten von seinem abendlichen Erlebnis und hielt es nicht für unter seiner Würde, zu gestehen, daß er sich über alle Maßen erschreckt hatte.

»Fix und fertig war ich, das könnt ihr mir glauben«, sagte er leise, »und ich möchte annehmen, daß ihr bei diesem Anblick glatt in Ohnmacht gefallen wäret!« Die Mädchen nickten stumm, und er fuhr lebhafter fort: »Dieses gräßliche Grün im Mondschein und die Augen wie Wagenräder so groß und ganz schwarz!« Er stutzte einen Augenblick und sagte, während er stirnrunzelnd von einer zur anderen sah: »Sie hat doch gar keine schwarzen Augen, oder?«

»Nein, grünliche«, sagte Lissy schnell, und Joan meinte nachdenklich:

»Wahrscheinlich kam es von der komischen Beleuchtung, daß sie so dunkel wirkten.«

»Wahrscheinlich«, nickte er. »Und dann der weiße Lappen um den Kopf! Nein, wirklich, sie war überhaupt nicht zu erkennen!«

»Das macht sie nun schon ewig und drei Tage«, kicherte Jennifer, die sich inzwischen zu der kleinen Gruppe gesellt hatte. »Ich weiß gar nicht, wieviel Dosen von dieser komischen Salbe sie schon auf ihrem Gesicht verschmiert hat. Und es hat doch alles keinen Zweck, solange sie nicht lieber Obst futtert anstatt dieses süße Zeugs. Wahrhaftig, wenn sie nicht so eklig wäre, könnte sie einem direkt leid tun, genau wie Robert. Der kann einem nämlich im Grunde auch leid tun. Muffelt nur immer irgendwo rum und hat bis jetzt noch keinen Freund gefunden. Dabei kann sich ja auf die Dauer auch niemand wohl fühlen.«

Die drei anderen warfen sich einen verstohlenen Blick zu. Oh, wenn Jennifer wüßte, was für einer dieser Robert war, sie hätte kein Mitleid mehr mit ihm gehabt!

In der folgenden Zeit beobachteten die Kinder ihn, wie sie es verabredet hatten, und folgten ihm, sooft es sich eben einrichten ließ, ohne daß es zu sehr auffiel. Doch noch niemals wieder hatten sie ihn bei etwas Ähnlichem wie der Sache mit der Schaukel ertappt.

Es geschahen lediglich andere Dinge, von denen man jedoch nicht genau sagen konnte, ob sie auf Roberts oder Kathleens Konto gingen. Da es sich aber in den meisten Fällen um Streiche handelte, bei denen der Verdacht aufkommen mußte, Lissy habe sie verübt, blieb Michael steif und fest bei seiner Behauptung, niemand anderer als Robert könne dahinterstecken.

»Aber was soll ich denn machen?« sagte Lissy verzweifelt und weinte beinahe, da sie fürchtete, bei ihrem Klassenlehrer, Herrn Lynton, ernstlich in Ungnade gefallen zu sein. Ja, er war wohl sehr böse gewesen, als sie an einem Vormittag in drei aufeinander folgenden Stunden, in denen er Unterricht gab, ihre Hausaufgaben nicht vorweisen konnte. Obwohl sie genau wußte, daß sie die betreffenden Hefte eingesteckt hatte, konnte sie sie trotz eifrigen Suchens nicht finden, und es war nur Michaels Ausdauer zu verdanken, daß er sie endlich doch noch völlig verschmutzt und zerknittert, mit großen Tintenflecken versehen, unter einer Bank entdeckte. »Das war Robert!« hatte er mit vor Wut funkelnden Augen gesagt, und Herr Lynton hatte auch etwas gesagt, etwas, das Lissy große Sorgen bereitete, nämlich: »Es sieht beinahe so aus, als wolltest du rückfällig werden, Elisabeth!«

Auch Mademoiselle Dupont war keineswegs mehr auf Lissy sehr gut zu sprechen, seitdem sie anstelle ihrer Bleistifte solche mit Gummispitzen und mit dem in das Holz geritzten Namen ›Elisabeth Allen‹ vorgefunden hatte. Dieser Vorfall an sich hätte so schwer nicht gewogen, da sich aber die Angelegenheit mit den weißen Mäusen bis heute noch nicht aufgeklärt hatte, lag die Vermutung nahe, daß Mademoiselle Dupont die arme Lissy auch dafür verantwortlich machte. Was Wunder also, daß Lissy unglücklich war und sich keinen Rat mehr wußte?

»Erzähl doch einfach Rita die ganze Geschichte, von der Schaukel angefangen«, schlug Michael mit finster zusammengezogenen Brauen vor.

»Das geht doch nicht«, widersprach Lissy schnell. »Das mit der Schaukel ist ja schon viel zu lange her. Damit kann ich doch jetzt nicht mehr ankommen. Und wenn ich nur etwas von den Heften und den Bleistiften sage, wird es mir als Petzen ausgelegt!«

»Ja, das stimmt«, entgegnete Michael düster und fügte nach einer Weile bedrückten Schweigens hinzu: »Es war natürlich idiotisch, damals nicht gleich etwas zu sagen, aber wer konnte denn auch ahnen, daß dieses Ekel sich dir gegenüber so gemein benehmen würde!«

»Nein, das konnte man nicht«, sagte Lissy leise, und dann schwiegen sie wieder, bis Michael von neuem begann:

»Mir kommt die ganze Sache überhaupt komisch vor. Wer weiß, vielleicht will er ja so weitermachen, vielleicht will er ja dafür sorgen, daß du von der Schule fliegst!«

»Von der Schule!« wiederholte Lissy mit schreckgeweiteten Augen. »Glaubst du das wirklich?«

Michael zuckte die Schultern und sagte in noch düsterem Ton als bisher: »Möglich ist alles, und deshalb ist es vielleicht doch besser, wenn du mit Rita sprichst oder erst einmal mit Jack, falls dir das lieber ist.«

»Hm«, machte Lissy endlich, und niemand hätte sagen können, ob dieses ›Hm‹ Zustimmung oder Ablehnung bedeutete, am allerwenigsten aber die arme Lissy selber. Nein, sie wußte wahrhaftig nicht, was tun. Doch die Entscheidung in dieser schwierigen Frage wurde ihr ganz plötzlich und unerwartet durch ein Ereignis abgenommen, das sich noch an diesem Nachmittag zutrug.

Wie schon so oft war dank des noch immer sommerlich warmen Wetters die Turnstunde zum Schwimmunterricht geworden, und Lissy, die eine begeisterte Schwimmerin war, vergaß für kurze Zeit ihre Sorgen. Auf dem Weg zum Strand war sie zwar noch gedrückter Stimmung und ganz gegen ihre Gewohnheit so still, daß Joan die Freundin ein paarmal verstohlen ansah, dann aber lief sie genauso fröhlich und ausgelassen wie alle anderen ins Wasser, dessen Bläue mit der des Himmels wetteiferte.

Später spielten die Jungen Fußball, und die Mädchen machten Gymnastik, und als sie endlich alle eine Pause einlegten, um ein Sonnenbad im weißen Sand zu nehmen, rief Lissy plötzlich:

»Ach, das hätte ich ja beinahe vergessen, die wollte ich

euch ja noch zeigen!« Sie holte aus ihrer Badetasche ein schmales Etui hervor, öffnete es und hielt gleich darauf eine funkelnagelneue Sonnenbrille, den einen Bügel mit zwei Fingerspitzen gefaßt, in die Höhe. »Na, was sagt ihr nun?«

»Toll!« riefen Joan und Jennifer bewundernd, und Michael staunte:

»Donnerwetter, wie kommst du denn zu so etwas?«

»Ich habe heute ein Päckchen aus Amerika bekommen, von meinem Onkel.«

»Typisch«, grinste er, »typisch das Land der unbegrenzten Möglichkeiten! Wetten, daß da nicht nur die Schulkinder, sondern auch die Babys Sonnenbrillen tragen?«

Die Mädchen kicherten, Lissy sagte: »Idiot«, und Joan und Jennifer baten: »Setz sie doch einmal auf.«

»Prima Brille«, lobte Michael, »aber du siehst damit aus wie eine Eule.«

»Ein bißchen wie unser Lieselottchen«, lachte Jennifer, worauf Lissy hoheitsvoll abwinkte: »Nur keinen Neid, bitte!«

Es dämmerte schon, als sie endlich den Heimweg antraten. Doch nach einer Weile blieb Lissy plötzlich erschrocken stehen, faßte Joans Arm und flüsterte:

»Du, ich habe meine Sonnenbrille liegenlassen. Ich laufe zurück und hole sie, ja? Bin gleich wieder da.«

»Hoffentlich merkt Fräulein Bock nichts«, sagte Joan, aber Lissy war schon mit wehendem Haar davongejagt.

Sie fand die Stelle sofort, bückte sich nach dem dunklen Etui im hellen Sande und sah, als sie sich aufrichtete, in einiger Entfernung eine Gestalt zwischen den Felsvorsprüngen, die hier und da aus dem Wasser ragen, auftauchen und wieder verschwinden.

›Komisch‹, dachte sie, ›es war doch den ganzen Nachmittag kein Fremder am Strand. Wir waren doch ganz alleine hier.‹

Und einen Augenblick später schrak sie zusammen. Ein hoher, spitzer Schrei gellte von dort herüber, dann noch einer, und dann sagte jemand klar und deutlich:

»Ich werd dir's schon zeigen, du kleiner Feigling!«

Robert! Das war kein anderer als Robert!

Ohne zu zögern, rannte Lissy auf die Felsengruppe zu und sah gleich darauf, wie Robert einen der kleineren Jungen an den Schultern gepackt hielt und den ihn nur noch stumm und starr Ansehenden mit den Worten: »Du mußt doch nicht so feige sein, du kleiner Feigling!« unter das Wasser drückte.

»Laß ihn los, du!« schrie Lissy außer sich. »Laß ihn sofort los!«

Robert fuhr herum, blieb eine Sekunde lang regungslos stehen und kam dann, die Hände in den Taschen seiner Shorts vergraben, langsam auf sie zu.

Ein Gefühl der Angst stieg in ihr auf, unwillkürlich wich sie einen Schritt zurück, aber es passierte nichts weiter, als daß er dicht vor ihr haltmachte, sie aus schmalen Augen musterte und leise sagte: »Schnüfflerin!«

Dann drehte er sich um und ging den Strand entlang, über den sein armes Opfer schon wie von Furien gehetzt davonjagte.

Mit wild klopfendem Herzen wartete Lissy, bis er im Dunst des frühen Abends verschwunden war, denn um keinen Preis der Welt hätte sie an diesem Jungen vorüberlaufen und ihn hinter sich wissen mögen! Und als auch sie sich endlich auf den Heimweg begab und ihre Schritte immer mehr beschleunigte, dachte sie plötzlich: ›Was werden Joan und Michael dazu sagen?‹

Aber es sollte noch eine Weile dauern, ehe Lissy Gelegenheit fand, ihren Freunden ihr Erlebnis zu erzählen.

Als sie völlig außer Atem im Internat ankam, war man schon beim Abendessen, und viele Blicke richteten sich auf sie, was sie mit Gleichmut hinzunehmen versuchte, obwohl es ihr ein wenig peinlich war. Als aber Rita und Richard sie ernst und zugleich betrübt ansahen, schoß ihr das Blut vor Schreck ins Gesicht. Du liebe Zeit, das wirkte ja ganz so, als wüßten sie alle, wo sie gewesen war! ›Jetzt glauben sie bestimmt, ich wollte wieder so anfangen wie vor den Ferien‹, dachte sie, während ihr die Tränen in die Augen stiegen. ›Und was sollen sie denn schließlich auch davon halten, wenn ich so lange allein am Strand zurückbleibe, genau wie damals.‹ Es hätte nicht viel gefehlt, und sie hätte tief aufgeseufzt in Erinnerung an den Abend, an dem man sie mit Laternen am Meer gesucht hatte.

»Wo warst du bloß so lange?« flüsterte Joan und warf der stumm neben ihr Sitzenden einen besorgten Blick zu. »Fräulein Bock hat natürlich zum Schluß gemerkt, daß du nicht da warst, und einen schrecklichen Aufstand gemacht. Und kurz bevor du kamst, habe ich gehört, wie Richard zu Rita sagte, wenn du in zehn Minuten nicht da wärest, müßten sie dich suchen. Was war denn nur los?«

»Nichts weiter«, antwortete Michael an Lissys Statt, während er eine große Scheibe Schinken auf seinen Teller legte, »gar nichts weiter. Sie will nur Robert ein bißchen unter die Arme greifen und sich unbeliebt machen, damit es schneller geht.«

»Ich verstehe kein Wort«, murmelte Joan, und Lissy sagte wütend:

»Den Blödsinn brauchst du auch nicht zu verstehen. Außerdem erkläre ich dir nachher alles.«

»Nachher erklärt sie dir alles«, echote Michael und biß seelenruhig in sein Brötchen, und Lissy rief empört:

»Natürlich tue ich das! Ich kann es nämlich erklären!«

»Was zu wünschen wäre«, ließ Richard sich in ernstem Ton über den Tisch vernehmen, und die arme Lissy wurde von neuem feuerrot und schwieg nun bis zum Ende der Mahlzeit.

Selbstverständlich war Michael trotz der zur Schau getragenen Gleichgültigkeit nicht weniger gespannt als Joan auf das, was Lissy zu berichten hatte, und während sie durch die Diele gingen, begann er angestrengt darüber nachzudenken, wie er die noch immer Schweigsame wieder versöhnen könne. Doch weit kam er in seinen Überlegungen nicht, denn jemand tippte Lissy auf die Schulter und sagte leise:

»Du möchtest doch einmal zur SMV kommen.«

Lissy drehte sich um, sah in Jacks freundlich lächelndes Gesicht und dachte: ›Er war immer anständig, immer kameradschaftlich und hilfsbereit. Warum habe ich ihm nur nicht gleich an dem Abend alles erzählt, als ich Robert an der Schaukel erwischte!‹ Als er aber nun aufmunternd hinzufügte: »Es wird schon alles schiefgehen«, wurde ihr mit einem Schlage leichter ums Herz.

Hatte sie nicht ohnehin zu Rita und Richard gehen wollen, weil sie sich keinen Rat mehr wußte? Sollte sie dem Zufall nicht dankbar sein, der sie heute diesen gräßlichen Robert zum zweiten Male ertappen ließ? Nun konnte sie doch gegen ihn vorgehen, ohne als Petze angesehen zu werden, und was das Wichtigste war, man würde ihm endlich das Handwerk legen, und keiner der Kleinen brauchte sich mehr vor ihm zu fürchten.

So klopfte sie also voller Zuversicht an die Tür des Zimmers, in dem Rita und Richard residierten, und stand gleich darauf den beiden gegenüber.

»Setz dich«, sagte Rita ungewöhnlich ernst, und auch Richard verzog keine Miene, als er sich nun der vermeintlichen Sünderin mit den Worten zuwandte:

»Ich hoffe, daß ich dich vorhin richtig verstanden habe und du tatsächlich eine Erklärung für dein unmögliches Benehmen heute abend abgeben kannst.«

Lissy nickte stumm, sagte leise: »Es ist aber eine lange Geschichte«, und begann, zunächst ein wenig stockend, doch allmählich immer mehr in Eifer geratend, alles zu erzählen, was sie wußte, und schloß mit blitzenden Augen: »Und das könnt ihr mir glauben, keine zehn Pferde hätten mich an ihm vorbeigekriegt da unten am Wasser, und da habe ich eben gewartet, und es ist noch später geworden, leider.«

Eine Weile herrschte Schweigen, und in jedem anderen Falle hätte wohl einer der beiden Lissy darauf aufmerksam gemacht, daß es streng verboten war, sich von der Klasse zu entfernen, doch daran dachte jetzt keiner von ihnen, so groß war der Schrecken über das, was sie gehört hatten.

»Das ist doch gar nicht möglich!« sagte Rita endlich, und Richard meinte kopfschüttelnd:

»Dummheiten werden ja immer gemacht, aber so etwas, daß einer die Kleinen auf diese Weise schikaniert, so etwas hätte ich auch niemals für möglich gehalten!«

»Das sagt Michael auch«, pflichtete Lissy ihm bei. »Er sagt, so viele Internate er auch kennengelernt hätte, jemand wie Robert wäre ihm nirgendwo begegnet!«

Richard nickte ihr freundlich zu. »Und wir können zufrieden sein, daß du ihn überrascht hast und wir Bescheid wissen. Aber nun lauf, diese Angelegenheit müssen wir erst einmal mit unserm Lieselottchen besprechen. Wenn wir dich brauchen, rufen wir dich schon.«

Erleichtert und glücklich lief Lissy wenige Sekunden später die Treppe hinauf und prallte, vor ihrem Zimmer angelangt, erschrocken zurück, denn aus dem Halbdunkel der Türnische trat jemand auf sie zu und fragte hastig: »Na, was ist denn nun eigentlich los gewesen?«

Es war Michael, dem es keine Ruhe gelassen und der hier gewartet hatte, um noch heute abend alles Wissenswerte zu erfahren.

»Was los war? Na, du wirst staunen, das heißt, ihr«, verbesserte sie sich, da Joan gerade in diesem Augenblick die Tür öffnete. »Also, paßt auf ...« Und als sie ihren im Flüsterton erstatteten Bericht beendet hatte, atmete Joan auf:

»Was für ein Glück, daß du ihn noch einmal erwischt hast! Nun wird bestimmt alles in Ordnung kommen!«

Am nächsten Morgen, gleich nach dem Frühstück, wurde Lissy wieder zu Rita und Richard gerufen, und kaum saß sie den beiden gegenüber, da erschien Robert und ließ sich, ohne sie auch nur eines Blickes zu würdigen, auf dem Stuhl neben ihr nieder.

Für den Bruchteil einer Sekunde sah sie ihn unter gesenkten Wimpern an, stellte fest, daß er ungewöhnlich blaß war, und plötzlich fühlte sie sich recht ungemütlich in ihrer Rolle als Anklägerin. Selbst der flüchtige Gedanke, daß sie ihn mit Rücksicht auf die Kleinen ja immer hätte anzeigen müssen, konnte kaum etwas daran ändern, und so atmete sie verstohlen auf, als Richard nun in weniger unfreundlichem Ton, als sie erwartet hatte, begann:

»Wir haben dich in einer sehr ernsten Angelegenheit rufen lassen und wollen versuchen, sie gemeinsam zu klären. Von Elisabeth Allen erfuhren wir, daß sie dich zweimal dabei überraschte, wie du einen von den kleineren Schülern in Angst und Schrecken gejagt hast. Was hast du dazu zu sagen, Robert?«

Einen Augenblick herrschte Totenstille, und dann antwortete Robert laut und deutlich: »Daß Elisabeth Allen lügt!«

»Lügen! Ich!«

Mit funkelnden Augen war Lissy aufgesprungen. »Ich habe ja schon manchen Quatsch gemacht, aber gelogen habe ich noch nie, noch niemals!«

»Das wissen wir ja«, sagte Rita begütigend und lächelte ihr freundlich zu. »Nun setz dich nur wieder.«

Zornbebend und hochrot vor Empörung gehorchte die so zu Unrecht Beschuldigte und strich sich eine Haarsträhne aus dem erhitzten Gesicht. Und mit diesem Ekel, diesem Biest hatte sie eben noch Mitleid gehabt!

»Ich möchte dir raten, diese Behauptung im Hinblick auf die beiden Zeugen, die draußen warten, zurückzunehmen«, hörte sie nun Richards Stimme von neuem und sah ihn, als Robert schwieg, gleich darauf langsam zur Tür gehen.

Ha, jetzt konnte dieses Ekel etwas erleben! Jetzt würden die beiden kleinen Burschen schon Licht in die Angelegenheit bringen!

Aber nun geschah etwas für die entsetzte Lissy ganz und gar Unbegreifliches. Alle beide behaupteten steif und fest, wenn auch mit niedergeschlagenen Augen, niemals irgendwelche Unannehmlichkeiten mit Robert gehabt zu haben.

»Das mit der Schaukel, das stimmt gar nicht. Das hat sie sich nur ausgedacht«, sagte der eine, und der andere:

»Und das mit dem Untertauchen auch. Robert ist überhaupt immer sehr nett zu uns.«

Unfähig, sich zu rühren, geschweige denn auch nur

ein einziges Wort zu sagen, starrte Lissy von einem zum anderen. Vielleicht träumte sie ja nur! Das konnte ja gar nicht wahr sein!

»So, er ist immer nett zu euch«, wiederholte Richard freundlich und faßte jedem der vor ihm stehenden Jungen unter das Kinn.

»Ja«, antworteten sie wie aus einem Munde und sahen ihm zu allem Überfluß fest in die Augen.

»Und bei welcher Gelegenheit?« fragte Rita schnell, nachdem sie die noch immer wie erstarrt dasitzende Lissy mit einem kurzen Blick gestreift hatte. »Ich meine, wann? Und was hat er denn so Nettes getan?«

»Mir hat er mal einen Ball aus dem Wasser gefischt.«

»Und mir geholfen, mein Kaninchen wieder einzufangen.«

»Hm«, machte Rita nachdenklich, und auch Richard sagte nichts weiter als: »So«, und der Anblick der beiden, die sich nun sekundenlang ansahen und kaum merklich die Schultern hoben, erfüllte Lissy mit noch größerem Entsetzen als alles Vorhergegangene. Nun glaubten sie ihr nicht mehr, das war klar! Und da sie keinen anderen Zeugen hatte als diese beiden Jungen, war es ja völlig sinnlos, sich noch länger zu wehren.

Als sie aber den Anflug eines triumphierenden Lächelns in Roberts Gesicht zu bemerken meinte, kam wieder Leben in sie, und sie rief völlig außer sich:

»Ich weiß, was ihr denkt, ihr denkt, ich habe gelogen! Aber es stimmt alles, es ist alles wahr, von Anfang bis Ende! Und ich kann es nicht begreifen, daß diese beiden da nicht die Wahrheit sagen!«

»Dieser Halunke, dieser ausgekochte!« sagte Michael mit finster zusammengezogenen Brauen, als die verzweifelte Lissy ihm und Joan alles erzählt hatte. »Da hat er diese beiden Idioten präpariert und ihnen wer weiß was angedroht, damit sie den Mund halten!«

Die Mädchen starrten ihn fassungslos an, und Lissy fragte leise: »Glaubst du das wirklich?«

»Ja, was dachtest du denn?« war die über so viel Naivität beinahe empörte Antwort. »Dachtest du etwa, die beiden Kleinen wären nicht ganz richtig im Oberstübchen und sie hätten alles vergessen? Das kannst du doch im Ernst nicht denken!«

»Ja, und was nun?«

Michael zuckte mit den Schultern und sagte langsam: »Tja, das einzige wäre, ich würde entweder Robert oder die beiden Kleinen verprügeln, so lange, bis sie sagen, was wirklich los war.«

»Das geht doch nicht«, wehrte Lissy ab, und auch Joan schüttelte den Kopf und sagte:

»Damit würdest du dich ja nur ins Unrecht setzen.«

»Wenn es rauskäme, sonst nicht«, gab Michael prompt zurück und fügte mit schwachem Grinsen hinzu: »Aber man weiß natürlich nicht, ob es überhaupt Zweck hätte, ob es hinhaut, wenn ich sie verhaue.«

Trotz ihrer trüben Stimmung mußten die Mädchen ein wenig lachen, und nach einer Weile begann Joan von neuem: »Und Robert ins Gewissen reden? Könnte man das?«

Michael starrte sie an, als habe er nicht richtig gehört. »Wie bitte?« fragte er spöttisch, während er mit dem Zeigefinger gegen seine Stirn tippte. »Bei dir piept's wohl, was? Da kannst du eher einem Ofen ins Gewissen reden. Nee, den Blödsinn schlag dir nur aus dem Kopf.«

»Aber vielleicht könnte man sich die Kleinen vornehmen?« meinte Lissy, durch Joans Vorschlag angeregt und zum ersten Male mit etwas Hoffnung.

»Das ist auch nichts«, entgegnete Michael düster. »Die haben viel zuviel Angst vor dem Burschen. Denn das kannst du mir glauben, wenn sie nicht solche Angst vor ihm hätten, hätten sie auch niemals so schwindeln können, zwei so kleine Idioten.«

Lissy nickte und seufzte gleichzeitig so schwer, daß Joan den Arm tröstend um ihre Schulter legte: »Vielleicht klärt sich ja doch noch alles auf.«

Lissy lächelte traurig. »Ich weiß, du meinst es gut. Übrigens hat Rita genau dasselbe gesagt, ganz zum Schluß. Man müßte nur Geduld haben, hat sie gesagt.«

»Na, siehst du«, sagte Joan, und Michael rief aufgeregt:

»Warum hast du uns denn das nicht gleich erzählt? Damit wollte sie dir ja nur zu verstehen geben, daß sie und Richard den Schwindel durchschaut haben, und wie ich die beiden kenne, werden sie schon nicht untätig sein und irgend etwas unternehmen. Vielleicht kommen sie ja auf denselben Gedanken wie wir und reden Robert ins Gewissen oder den Kleinen oder allen zusammen.«

Diese Worte verfehlten ihre Wirkung nicht, und in den nächsten Tagen wartete Lissy sehnsüchtig darauf, daß man sie zur SMV rief, um ihr zu eröffnen, daß alles in Ordnung wäre. Mehr als einmal sah sie Jack voll ängstlicher Spannung an, ob er nicht vielleicht etwas auszurichten hätte, und wenn sie in ihrem Zimmer über den Schulaufgaben hockte, lauschte sie mit klopfendem Herzen auf jeden sich nähernden Schritt und seufzte enttäuscht, wenn wieder niemand an ihre Tür klopfte.

Etwas Erfreuliches geschah also nicht. Statt dessen meinte Lissy zu bemerken, daß mehrere ihrer Mitschüler, unter ihnen übrigens auch die dicke Ruth und Kathleen, sie zuweilen mit einem verächtlichen Blick streiften, und sie gelangte zu der Überzeugung, daß Robert sie in Mißkredit brachte. Konnte man denn wissen, ob er die Geschichte nicht auf seine Art weitererzählte?

»Mach dir nichts draus«, tröstete Joan, aber die arme Lissy ließ sich so leicht nicht mehr trösten, und als Mademoiselle Dupont bei dem Wort ›Lügnerin‹, das in der neuen Lektion vorkam, sie ihrer Meinung nach rasch und scharf musterte, war es ganz und gar um ihre Fassung geschehen, und Joans Worte: »Das hast du dir doch nur eingebildet«, verhallten ungehört.

»Am liebsten möchte ich wieder nach Hause«, sagte sie, während ihr die Tränen in die Augen stiegen. »Oh, was würde ich darum geben, wenn ich jetzt zu Hause und bei Jorinde wäre!«

Ja, was sie niemals für möglich gehalten hatte, war eingetreten, sie wurde genau wie zu Beginn ihrer Internatszeit von Heimweh geplagt, und sie überlegte allen Ernstes, ob sie Lieselottchens großzügiges Angebot von damals nicht doch noch annehmen sollte.

Da aber geschah etwas, das ihre mißliche Lage mit einem Schlage änderte. Sie und Joan hatten gerade ihre Schularbeiten beendet, als Michael ihnen in höchster Aufregung auf der Treppe entgegengestürzt kam. »Die beiden kleinen Idioten sollen sich in einer Viertelstunde bei der SMV melden«, stieß er völlig außer Atem hervor. »Ich nehme an, Robert hat es auch gehört, er lungerte ganz in meiner Nähe herum, und zufällig weiß ich, daß die Kleinen draußen sind, und nicht ganz so zufällig habe ich ihn in Richtung Garten stolzieren sehen. Na, was folgert ihr daraus?«

»Nichts«, sagte Joan ein wenig zaghaft beim Anblick seiner wild funkelnden Augen, und auch Lissy schüttelte nur verständnislos den Kopf.

»Einheizen will er ihnen«, flüsterte er, »sie noch einmal ordentlich präparieren, damit sie nicht umfallen, sondern schön weiter schwindeln. Aber dieses Mal«, sein Blick bekam etwas noch Wilderes und zugleich Drohendes, »dieses Mal wird er ein paar Zeugen mehr haben, versteht ihr?«

Ja, jetzt verstanden sie, das bewiesen ihre strahlenden Gesichter zur Genüge. Doch ehe auch nur eine von ihnen zu Worte kommen konnte, fuhr er hastig fort: »Aber wir müssen uns beeilen. Warten tun die nicht auf uns. Also, paßt auf. Ich sage Rita und Richard Bescheid, und ihr seht schon zu, daß ihr ihn im Garten auftreibt. Meiner Ansicht nach hat er sich zum Ausgang geschlagen, vielleicht wollte er ja zu der Bank, wo wir damals das Geld zählten. Du weißt ja, Lissy.«

»Ich weiß. Als ich die zwanzig Mark aus Amerika bekam.«

»Gut, also bis gleich. Und seid vorsichtig!«

Er drehte sich um, rannte die Treppe hinunter, und während er an die Tür von Ritas und Richards Zimmer klopfte, liefen die beiden Mädchen schon den mit Büschen und Obstbäumen bestandenen Weg entlang, der wie ausgestorben in der Nachmittagssonne lag.

Kurz vor der Stelle, wo hinter dem Gebüsch die Bank stand, von der Michael gesprochen hatte, blieben sie stehen und lauschten. Aber nur ein Vogel sang irgendwo, und Lissy dachte: ›Vielleicht sind sie ja schon ganz woanders. Vielleicht haben die Kleinen das Biest ja gesehen und die Beine in die Hand genommen.‹ Doch ehe sie sich Joan zuwenden konnte, um sich mit ihr zu beraten, geschah etwas, das sie regungslos verharren ließ.

Das Knacken von Zweigen, heranjagende Schritte und keuchendes Atmen durchbrachen die Stille, und dann sagte jemand ganz in ihrer Nähe hinter dem Gebüsch:

»Hab ich euch endlich, ihr Feiglinge!«

Ein leiser Schrei antwortete ihm. »Aua, mein Arm!«

»Aua, mein Arm«, äffte Robert nach. »Hab dich nur nicht so. Das ist noch gar nichts gegen das, was ihr erlebt, wenn ihr jetzt den Mund nicht haltet, wenn ihr nicht dasselbe sagt wie das erste Mal. Und das ist überhaupt nichts gegen das, was ihr bis jetzt erlebt habt, verstanden?«

»Ja, ja, ja, laß mich los! Aua, aua, laß mich los!«

In diesem Augenblick wurde Lissy beiseite geschoben, und mit grenzenloser Erleichterung sah sie Richard an ihr vorübergehen und gleich darauf die Zweige der Büsche auseinanderbiegen.

Drei entsetzte Gesichter tauchten aus dem dunklen Grün hervor, die hochroten der beiden kleineren Jungen und das kreidebleiche Roberts.

»Na, lauft«, sagte Richard zu den Kleinen gewandt und zu Robert: »Haben Rita und ich es uns doch gleich gedacht, daß sich die Sache so und nicht anders verhält. Nun, wir sprechen uns noch, und ich hoffe, du bist dir darüber im klaren, daß dein Fall besonders schwerwiegend ist, weil du aufgrund deiner kräftemäßigen Überlegenheit in so gemeiner Weise Druck auf die Kleinen ausgeübt hast.«

Robert starrte ihn mit einem Ausdruck von Wut und Verzweiflung an, und dann sagte er leise, während ihm das Blut ins Gesicht stieg: »Die Kleinen! Es ist überall das gleiche, überall sind sie die Lieblinge, die lieben Kleinen. Alles dreht sich nur um sie, und die anderen können sehen, wo sie bleiben. Am besten in einer Ecke, damit sie nicht stören.«

»Aber, aber«, entgegnete Richard verblüfft und einigermaßen verwirrt durch diesen unerwarteten und ihm völlig unerklärlichen Ausbruch, »hier wird doch niemand vorgezogen.«

»Aber zu Hause«, sagte Robert schnell, biß sich auf die Lippen, und sein ohnehin gerötetes Gesicht wurde noch röter.

›Aha‹, dachte Michael, ›da liegt der Hase im Pfeffer!‹ Und die beiden Mädchen meinten im stillen schon mit einem Anflug von Mitleid, ›vielleicht sind seine Eltern nicht nett zu ihm, vielleicht fühlt er sich nicht wohl zu Hause‹, und etwas Ähnliches schienen auch Rita und Richard zu denken, denn nachdem sie sich durch einen kurzen Blick verständigt hatten, sagte Richard ruhig und freundlich wie immer: »Wir besprechen nachher alles in Ruhe, und es scheint mir, als gäbe es eine ganze Menge zu besprechen. Aber jetzt müssen wir uns beeilen. Wir dürfen auf keinen Fall zu spät zum Tee kommen.«

»Auf gar keinen Fall«, murmelte Michael stirnrunzelnd, »denn was mich betrifft, ich habe jetzt eine Stärkung dringend nötig!«

Ein Jahrmarkt im Dorf

Vorläufig erfuhr niemand etwas Näheres über den Verlauf der Unterredung, die Rita und Richard mit Robert geführt hatten und zu der, wie Michael meinte, auch die beiden Fräulein Schön hinzugezogen worden waren. »Ohne unsere Lieselottchen geht es in schwierigen Fällen eben doch nicht«, sagte er ausnahmsweise ganz ernsthaft, und es gab keinen, der ihm widersprochen hätte.

»Mir ist ein Stein vom Herzen gefallen«, seufzte

Lissy. »Nicht nur wegen mir, sondern, ob ihr's glaubt oder nicht, vor allen Dingen wegen Robert. Es ist doch ein zu ekliges Gefühl, zu denken, daß jemand ganz ohne Grund so böse ist. Und das sage ich euch«, fuhr sie nach einer kleinen Pause mit blitzenden Augen fort, »wenn irgend etwas bei ihm zu Hause nicht in Ordnung sein sollte, werden Lieselottchen und Rita und Richard schon dafür sorgen, daß alles in Ordnung kommt!«

Gegen Abend wurde Lissy noch einmal zur SMV gerufen und erhielt hier die Bestätigung für ihre Vermutungen. Es war tatsächlich so, daß Robert sich zweier kleinerer Geschwister wegen zurückgesetzt fühlen mußte. »Auf Einzelheiten kann ich jetzt leider nicht eingehen«, schloß Richard mit beinahe entschuldigendem Lächeln, »aber ich hoffe, du wirst versuchen, ihm nicht mehr böse zu sein, wenn er dir auch Kummer genug bereitet hat.«

»Ich bin nicht mehr böse«, versicherte Lissy schnell, »bestimmt nicht!«

»Das freut mich«, sagte Richard herzlich. »Wir, das heißt unser Lieselottchen, unsere verehrten Fräulein Schön, wollen sich nämlich nicht nur mit seinen Eltern in Verbindung setzen, sondern ihm dabei helfen, in unsere Gemeinschaft zu finden, und dazu müssen wir alle unser Teil beitragen.«

So hatte sich also tatsächlich alles zum Guten gewendet, und die glückliche Lissy jagte voller Ungeduld, ihren Freunden alles zu erzählen, ohne rechts und links zu sehen, durch die Diele und stieß am Fuße der Treppe mit niemand anderem zusammen als mit dem, der die Gemüter so heftig erregt hatte.

»Oh«, sagte sie verwirrt und sah in Roberts sich langsam dunkelrot färbendes Gesicht, »ich habe nicht aufgepaßt.«

»Das macht doch nichts«, entgegnete er verlegen und fügte hastig hinzu: »Ich möchte mich bei dir entschuldigen für ... für ... na, eben für alles.«

»Ach«, sagte sie mit abwehrender Handbewegung, »das ist doch nicht mehr nötig.« Aber er ließ sich nicht beirren.

»Das ist sogar sehr nötig, so unmöglich, wie ich mich benommen habe, aber es ist nämlich so ... es kommt nämlich daher ...«

»Ich weiß. Ich war eben bei Richard.«

»Ja dann ... also, es tut mir leid, ehrlich! Auch die Sache mit den Heften und dem komischen Bleistift ...«

»... und die mit den weißen Mäusen«, ergänzte Lissy lachend.

»Mit den weißen Mäusen?« Er sah sie verständnislos an, sagte dann: »Ach, das meinst du«, und schüttelte energisch den Kopf. »Du, das war ich nicht. Nein, wirklich nicht«, beteuerte er, als sie nachdenklich schwieg. »Du kannst es mir wirklich glauben!«

»Ich glaube dir ja«, sagte sie beruhigend und so überzeugend, daß er erleichtert aufatmete.

»Das wäre mir nämlich ziemlich eklig gewesen!«

Er machte ein so bekümmertes Gesicht, daß sie lachen mußte, und während sie die Treppe hinauflief, fragte sie sich verwundert, wie es denn möglich sein konnte, daß dieser Junge und der, den sie bis jetzt gekannt hatte, ein und derselbe sein sollten. Wie nicht anders zu erwarten, erging es Joan und Michael genauso, und als Lissy wenig später ihren Bericht mit den Worten schloß: »Er ist überhaupt nicht wiederzuerkennen«, sagte Michael mit großartiger Geste:

»Es geschehen noch Zeichen und Wunder!« und fuhr nachdenklich fort: »Diese Kathleen ist übrigens auch so ein Fall, da stimmt auch irgend etwas nicht, da könnt ihr

Gift drauf nehmen. Und wenn ihr mich fragt, ich würde sagen, es ist ihr gräßliches Aussehen, was ihr so zu schaffen macht.«

»Das kann natürlich sein«, entgegnete Lissy nicht weniger nachdenklich, und Joan meinte mitleidig:

»Da muß man sich ja aber auch todunglücklich fühlen.«

»Klar«, nickte Michael, »und deshalb ist es überhaupt nicht zu verstehen, warum sie nicht endlich Schluß macht mit der ewigen Nascherei und der dämlichen Pikkelsalbe, die ja letzten Endes zu nichts weiter gut ist als dazu, andere Leute zu erschrecken.«

Keiner von ihnen ahnte, daß Kathleens Unglück bald Grund zu nicht weniger großer Aufregung als die um Robert geben sollte, und so verschwendeten sie keinen Gedanken weiter an sie, zumal sie von anderen Dingen völlig in Anspruch genommen wurden.

Es begann damit, daß Röllchen Lissy und Joan, die auf einen Sprung vorbeigekommen waren, mit der äußerst freudigen Mitteilung überraschte, daß in den nächsten Tagen ein Jahrmarkt ins Dorf käme. »Sie haben vorhin die Plakate angeklebt mit einem Elefanten und ein paar Affen darauf«, sagte sie, während sie ihre große weiße Schürze vorband.

»Oh«, riefen die Mädchen entzückt, und ihre Augen leuchteten vor Freude, »das müssen wir den anderen gleich erzählen!«

»Ja, lauft nur«, war die freundliche Antwort. »Hab ich's mir doch gleich gedacht, daß das eine Abwechslung nach eurem Geschmack ist.«

Selbstverständlich löste diese Nachricht überall die gleiche Begeisterung aus. Sogar der ruhige Jack strahlte über das ganze Gesicht.

Eine ganze Woche lang sollte der Jahrmarkt im Dorf bleiben, und diejenigen, die das unwahrscheinliche Glück hatten, jetzt dort unten etwas erledigen zu müssen, wußten die wahrsten Wunderdinge zu berichten, denn die fahrenden Leute hatten schon Zelte und Buden aufgeschlagen.

»Die Karussells sind schon in Betrieb«, erzählte Jack, der die Erlaubnis erhalten hatte, einen neuen Spaten zu besorgen. »Sie stehen rund um ein riesiges Zelt, in dem heute abend die Eröffnungsvorstellung stattfinden soll. Eine Luftschaukel ist auch dabei und Buden noch und noch, und als ich mir alles ansah, kamen mir plötzlich zwei Affen auf Fahrrädern entgegen. Die hatten ein Tempo drauf, sage ich euch, und karierte Anzüge hatten sie an, und der Mann, der neben ihnen herlief, lachte und rief mir zu: ›Du müßtest sie erst einmal ihre Kunststücke machen sehen!‹ Und ganz hinten bei den Wohnwagen stand ein Elefant, ein wahrer Koloß.«

Lissy seufzte: »Da kann man ja direkt neidisch werden.«

»Das hast du doch gar nicht nötig«, lachte Joan. »Das bekommst du doch auch alles noch zu sehen.«

»Fragt sich nur wie«, schaltete Michael sich mit gerunzelten Brauen ein. »In Reih und Glied nämlich, unter Führung von Herrn Lynton.«

Jack sah ihn belustigt an. »Aber das geht doch nun einmal nicht anders. Wir können doch nicht anders als klassenweise mit unseren Lehrern auf so einen Markt gehen. Du mußt ja immer bedenken, daß die Schulleitung die Verantwortung für jeden einzelnen trägt.«

»Das habe ich längst bedacht«, gab Michael mitleidig lächelnd zurück, »und genausogut begriffen wie du.

Aber kann ich nicht trotzdem der Ansicht sein, daß die ganze Sache so nicht den richtigen Pfiff hat?«

»Ich weiß schon, was du meinst«, lachte Jack gutmütig, und Lissy nickte:

»Ich auch. Er meint, den richtigen Spaß macht es erst, wenn man überall herumbummeln kann und nur das tut, wozu man gerade Lust hat.«

»Ach, ihr seid undankbar«, sagte Joan vorwurfsvoll. »Und zuerst habt ihr euch genau wie alle anderen gefreut.«

»Das tun wir ja auch jetzt noch«, beruhigte Michael sie ein wenig gönnerhaft, »aber man könnte ja trotzdem nach einem Ausweg suchen.«

»Nach einem Ausweg?«

»Aus dieser Zwickmühle, wenn du es genau wissen willst. Man müßte sich etwas einfallen lassen, wie man so ganz nebenbei zu einem Marktbummel auf eigene Faust kommen könnte, ohne Ärger zu haben.«

»Ja, wie willst du das denn anstellen?« Lissy sah den Freund verwundert an. »Ohne Erlaubnis bekommst du doch immer Ärger.«

»Klar. Und was folgt daraus? Daß man sich die Erlaubnis beschaffen muß, und . . .«

». . . daraus folgt, daß man jemanden beschaffen muß, der die Erlaubnis beschafft«, kicherte Lissy.

»Genau«, entgegnete er seelenruhig. »Da hast du den Nagel auf den Kopf getroffen und nicht etwa einen guten Witz gemacht, wie du dir wahrscheinlich einbildest. Übrigens habe ich denjenigen schon gefunden«, fügte er lachend hinzu, »und wenn ihr nicht so denkfaul wärt, wüßtet ihr längst, wen ich meine.«

»Keine Ahnung«, murmelte Lissy, und auch Joan schüttelte verständnislos den Kopf. Nur Jack hatte plötzlich begriffen und sagte nun langsam:

»Ich soll wieder einkaufen gehen, ich weiß schon, mit einem großen Henkelkorb, den ich auf keinen Fall allein tragen kann. So hattest du dir das doch vorgestellt, nicht wahr?«

»Genau«, sagte Michael wieder. »Ist doch eine prima Idee, findet ihr nicht auch?«

»Schon«, meinte Jack zögernd, während die Augen der Mädchen zu glänzen begannen, »aber ob sich das noch einmal machen läßt?«

»Na, warum denn nicht«, sagte Michael schnell und, wie es schien, seiner Sache ganz sicher. »Du mußt es nur versuchen.«

»Ach ja, tu's doch!« drängte nun auch Lissy, und sogar Joan sah den noch immer Unschlüssigen bittend an.

»Also gut«, sagte er endlich, »aber ich muß natürlich eine günstige Gelegenheit abpassen und ganz diplomatisch vorgehen, sonst wird Röllchen mißtrauisch. Und macht euch nur nicht zu viel Hoffnung.«

»Ach wo«, sagte Lissy, und Joan versicherte: »Natürlich nicht«, während Michael hoheitsvoll abwinkte: »Wofür hältst du uns denn!«

Und dann warteten sie voller Ungeduld und selbstverständlich auch voller Hoffnung darauf, daß sie einen zufriedenstellenden Bescheid erhielten. Und sie hatten Glück. Schon am nächsten Tage, vor Beginn des Unterrichtes, nahm Jack Michael beiseite und machte den ihm auf dem Fuße folgenden Mädchen ein Zeichen.

»Alles in Ordnung«, flüsterte er. »Heute nachmittag geht's los.«

Er konnte mit dem Erfolg dieser Nachricht wahrhaftig zufrieden sein, denn die Gesichter der drei leuchteten vor Freude, und Michael sagte bewundernd: »Daß du das so schnell fertiggekriegt hast!«

»Ach, das war der reine Zufall«, wehrte Jack bescheiden ab. »Ich war vorhin noch einen Augenblick im Garten, und als ich auf dem Rückweg an der Küche vorbeikam, stand Röllchen in der Tür und fragte mich, ob wir denn schon auf dem Markt gewesen wären. Und als ich sagte, wir würden erst morgen gehen, nickte sie mir zu, seufzte dann aber ganz erbärmlich und meinte, sie gönne uns ja die Freude, aber sie selber würde drei Kreuze machen, wenn der ganze Rummel erst vorüber wäre und Rita oder Richard, die ja immer die Klassen begleiten müßten, ihr wieder einmal einen Weg abnehmen könnten. Und da habe ich eben eingehakt. Und heute nachmittag soll ich den Bestellzettel abholen und . . .«

». . . den Korb, den du auf keinen Fall allein tragen kannst«, ergänzte Michael, während er ein Auge zukniff und dem Freund einen leichten Rippenstoß versetzte.

In dem sonst so stillen Ort herrschte ungewöhnliches Leben und Treiben, und Jack, der zunächst den großen Henkelkorb bei Frau Falz abgeliefert hatte, sagte in bestimmtem Ton: »Also, lange dürfen wir uns auf dem Markt nicht aufhalten, denn das Einkaufen wird heute eine ganze Weile dauern, bei Frau Falz war es nämlich auch ganz schön voll, und wer weiß, was da erst gegen Abend los sein wird. Und schließlich müssen wir ja vorm Dunkelwerden zurück sein.«

Auf dem Markt drängten sich die Menschen, und ihr Lachen und Schwatzen wurde durch das Geschrei der Marktleute, die ihre Waren und Attraktionen anpriesen, und von der Musik der verschiedenen Karussells übertönt.

Die Kinder blieben einmal vor dieser, einmal vor jener Bude stehen, und während Michael beim Duft gebratener Würstchen in Versuchung geriet, einen Griff in sein Portemonnaie zu tun, erging es Lissy nicht anders vor der Ringbude, wo man seine Geschicklichkeit unter Beweis stellen konnte, indem man sich bemühte, bunte Holzringe über einen in beträchtlicher Entfernung aufgestellten Gegenstand zu werfen. In diesem Fall war es ein kleiner feuerroter Wecker, den Lissy gar zu gerne gewonnen hätte.

Nachdem aber einer wie der andere sein Vermögen überprüft hatte, verzichteten sie beide, wenn auch schweren Herzens, zugunsten einer Karussellfahrt und eines Schälchens voll Eis bei Frau Falz.

»Na, hoffentlich bekommen wir wenigstens morgen eine Extrazuwendung, wenn wir mit Herrn Lynton den Markt bevölkern«, murmelte Michael mit zusammengezogenen Brauen, und Jack sagte beruhigend:

»Soviel ich weiß, sogar eine ziemlich anständige.«

Sie gingen weiter und spähten durch einen Spalt des riesigen Zeltes, in dem gerade eine Vorstellung stattfand, konnten aber keinen Blick auf die Darbietungen erhaschen, da ihnen die Zuschauer die Sicht versperrten. Sie bewunderten den mächtigen Elefanten, der geduldig ein paar Kinder auf seinem Rücken reiten ließ, endlich aber machten sie alle vier eine Karussellfahrt, und als sie wieder festen Boden unter den Füßen hatten, sagte Lissy aufatmend:

»Das ist doch das Allerschönste, und wenn es nach mir ginge, würde so eine Runde ewig dauern.«

»Dann mußt du dir eben noch einmal eine spendieren«, meinte Michael gelassen, aber Jack drängte zum Aufbruch und sagte nach einem besorgten Blick auf seine Uhr:

»Auf gar keinen Fall. Es ist schon viel zu spät, und wer weiß, wie lange es bei Frau Falz dauert, länger als sonst bestimmt.«

Diese Befürchtung bewahrheitete sich, und es schien,

als habe auch die alte Frau einen derartigen Ansturm nicht erwartet, denn sie wirkte beinahe ein wenig kopflos, wie sie da zwischen Regalen und Tresen hin und her hastete.

Selbstverständlich war sie unter diesen Umständen nicht dazu gekommen, die für das Internat bestimmten Sachen zusammenzupacken. »Es ging leider nicht«, sagte sie achselzuckend und mit entschuldigendem Lächeln, »und jetzt müßt ihr auch noch ein bißchen Geduld haben, Kinderchen.«

»Ein bißchen ist gut«, brummte Michael. »Wie ich die Sache sehe, dauert das hier noch stundenlang. Und an Eis ist natürlich auch nicht zu denken«, fuhr er mit einem Blick auf die wenigen, voll besetzten Tische fort, wo ein kleines Mädchen mit straff geflochtenen, flachsblonden Zöpfen, eine Enkelin von Frau Falz, servierte. »Hätte ich mir nur vorhin ein paar Würstchen gegönnt, ich Idiot. Aber wer konnte das denn auch ahnen.«

»Die Würstchen bekommst du morgen ja auch noch«, sagte Joan tröstend, aber Michaels finstere Miene hellte sich erst in dem Augenblick auf, in dem eine ältere Bäuerin eine Creme gegen Pickel verlangte. ›Wozu denn das?‹ dachte er, und die Vorstellung, die Frau könne ihr dickes rotbäckiges Gesicht genau wie Kathleen abends mit der grünen Salbe bestreichen, reizte ihn so zum Lachen, daß er sich auf die Lippen biß, um nicht laut herauszuprusten.

»Sie ist nämlich für meine Tochter«, fügte die Frau erklärend hinzu, »sie soll ja so gut sein, die Salbe.«

»Ein wahres Wundermittel ist sie«, hörte Michael sich, er wußte selbst nicht, wie er dazu kam, mit klarer, deutlicher Stimme zu antworten. »Ich kenne zum Beispiel jemanden, der wird von Tag zu Tag schöner davon. Wirklich, man kann sie nur wärmstens empfehlen.«

»Wärmstens empfehlen, sieh an«, entgegnete die Frau erfreut. »Dann ist sie ja gerade das richtige für meine Mary. Der geht es genauso wie dem Fräuleinchen dahinten, dem ich bis eben gegenüber gesessen habe. Genauso schlimm sieht sie aus. Und wenn die Salbe wirklich so gut ist, sollte das Fräuleinchen sie doch auch einmal probieren.«

Da die Frau ihre äußerst kräftige Stimme nicht im mindesten dämpfte, wanderten die teils belustigten, teils mitleidigen Blicke aller Umstehenden in die angegebene Richtung zu der an einem Tischchen in der Ecke Sitzenden. Die vier Kinder erschraken.

Kathleen war es, die dort mit glühendem Gesicht und niedergeschlagenen Augen vor einem Eis hockte!

›Verdammt‹, dachte Michael, ›das tut mir leid! Hätte ich das gewußt, hätte ich den Mund gehalten!‹ Und auch die drei anderen waren von Mitgefühl mit der armen Kathleen erfüllt. Denn, mochten sie zu ihr stehen, wie sie wollten, mit Vorbedacht hätte keiner von ihnen sie in eine so schreckliche Lage gebracht. So standen sie denn samt und sonders, ohne sich zu rühren, wagten nicht, auch nur ein einziges Mal noch zu dem Tischchen hinüberzusehen, und warteten sehnsüchtig darauf, daß sie endlich an der Reihe wären.

Als sie wieder auf die Straße traten, sank der Abend schon herab, und wie hätten sie sich sonst wohl darüber gefreut, den Markt, wenn auch nur von weitem, im Lichterglanz erstrahlen zu sehen.

So aber stiegen sie schweigend und bedrückt den Hügel hinauf, und selbst als sie auf halber Höhe eine kurze Pause einlegten und in der Ferne vor dem dunklen Himmel die Fahnen im Scheinwerferlicht wehen sahen, blieben sie stumm, und Lissy dachte:

›Das wird sie uns niemals verzeihen!‹

Sie kamen gerade noch zum Abendessen zurecht, und Michaels Lebensgeister begannen beim Anblick der leiblichen Genüsse eben wieder zu erwachen, da wurde er in seinen Überlegungen, ob er nun zuerst Schinken oder Wurst nehmen sollte, durch die erschrockene Feststellung der beiden neben ihm sitzenden Mädchen, Kathleen wäre nicht da, gestört.

»Ach, das hat doch nichts weiter zu bedeuten«, sagte er beruhigend zu Joan und, während er, da er sich inzwischen für Schinken entschieden hatte, eine große Scheibe auf seinen Teller legte, in demselben Tonfall zu Lissy: »Sie wird bestimmt gleich kommen. Außerdem kannst du ja immer noch Rita nach ihr fragen.«

»Rita ist doch auch nicht da«, gab Lissy aufgeregt flüsternd zurück, was ihn aus irgendeinem unerfindlichen Grunde dazu veranlaßte, befriedigt zu nicken und die Behauptung aufzustellen:

»Na also, dann ist ja alles in Ordnung.«

»In Ordnung? Wieso?« entgegnete Lissy ungeduldig und fügte, als er nicht gleich antwortete, um einige Grade ungeduldiger und beinahe ein wenig verächtlich hinzu: »Ach, mit dir ist ja nicht zu reden. Du denkst ja nur ans Essen!«

»Wozu mich dieser schließlich auch für meine Wenigkeit gedeckte Tisch und mein armer, hungriger Magen wohl berechtigen«, meinte er mit Würde. »Oder verlangst du etwa von mir, daß ich noch weiter darbe? Der Tag war in dieser Hinsicht wahrhaftig schon schwer genug. Keine Würstchen, kein Eis . . .«

»Hör auf«, sagte Lissy schnell, »seitdem das mit Kathleen war, kann ich an Eis nicht einmal mehr denken!«

Michael schüttelte mißbilligend den Kopf. »Dein Mitleid in Ehren, aber so weit darf es denn doch nicht gehen. Wo kämen wir denn da hin! Da müßten wir ja alle längst die reinsten Gerippe sein! Übrigens, wenn du Rita nach Kathleen fragen willst, da kommt sie gerade.«

Aber Lissy mußte sich noch ein wenig gedulden, denn ehe Rita ihren Platz den Kindern schräg gegenüber einnahm, sprach sie eine ganze Weile mit Lieselottchen, wobei die beiden alten Damen abwechselnd nickten und den Kopf schüttelten.

Lissy ließ die drei nicht aus den Augen und fragte sich verwundert, was es denn da so Wichtiges gäbe, daß es jetzt während des Essens besprochen werden mußte. Und gleich darauf erschrak sie bei dem Gedanken, dieses Gespräch könne in irgendeinem Zusammenhang mit Kathleen stehen. Sollte sie noch gar nicht zurückgekommen sein? Ach, sie hatte ja gleich ein so ungutes Gefühl, als sie den leeren Platz gesehen hatte!

Diese Befürchtung aber erwies sich als unbegründet, wie die ungeduldig Wartende einige Augenblicke später erfuhr. Doch die Tatsache, daß Kathleen mit Kopfschmerzen zu Bett lag, konnte schließlich auch nicht ihre Sorge vollends zerstreuen. ›Sie mag sich bestimmt gar nicht mehr vor uns blicken lassen‹, dachte sie beunruhigt und wurde ganz blaß vor Schreck, als Rita sagte:

»Kathleen sah furchtbar elend aus, und wenn es ihr nicht bald besser geht, will Lieselottchen den Arzt holen.«

Hatte die Ärmste sich die Geschichte so zu Herzen genommen, daß sie krank davon geworden war?

Auch Joan machte ein bekümmertes Gesicht, und Michael bemühte sich vergeblich, die beiden Mädchen zu trösten. »Wetten, daß sie morgen alles vergessen hat?« sagte er in aufmunterndem Ton, als sie die Treppe zu ihren Zimmern hinaufstiegen, und fügte nach einem raschen Blick in ihre zweifelnden Mienen hinzu: »Oder spätestens übermorgen, darauf könnt ihr euch verlassen.«

»Das kann ich mir gar nicht vorstellen«, sagte Lissy leise, und Joan meinte seufzend: »Ich mir auch nicht.«

Selbstverständlich konnten die beiden Mädchen vor lauter Aufregung lange nicht einschlafen, und es war beinahe schon Mitternacht, als ihnen endlich die Augen zufielen.

Plötzlich aber wurde Lissy wach und richtete sich kerzengerade auf. Sie hätte schwören mögen, daß irgendein Geräusch sie geweckt hatte, und so lauschte sie mit angehaltenem Atem und ohne sich zu rühren. Aber es blieb totenstill.

›So kann ich mich doch nicht getäuscht haben‹, dachte sie und starrte auf den Streifen fahlen Mondlichts, der quer über der Wand lag. ›Oder doch? Manchmal träumt man ja auch so deutlich.‹

Aber im nächsten Augenblick wußte sie, daß sie nicht geträumt hatte. Ein dumpfes Geräusch ließ sie zusammenfahren, die schwere Eingangstür war ins Schloß gefallen. Jemand hatte das Haus verlassen! Jemand? Kathleen war es, Kathleen, die die Nacht abgewartet hatte, um sich heimlich davonzuschleichen! Aber wohin? Zum Bahnhof? Fuhr denn jetzt überhaupt noch ein Zug?

Mit beiden Beinen war Lissy aus dem Bett, warf einen Blick aus dem Fenster und sah gerade noch eine dunkle Gestalt zwischen den Obstbäumen verschwinden.

›Ich muß hinterher‹, dachte sie, griff nach ihren Sachen, überlegte eine Sekunde, ob sie Joan wecken sollte, verwarf den Gedanken aber, weil es zu viel Zeit gekostet hätte, und schloß gleich darauf so leise wie möglich die Tür hinter sich. Einen Augenblick später spürte sie den kühlen Nachtwind auf ihrem erhitzten Gesicht, und dann lief sie den Weg entlang, auf dem sie Kathleen hatte verschwinden sehen.

Zu jeder anderen Zeit hätten ihr das dichte dunkle Gebüsch zu beiden Seiten und die im Schein des Mondes so seltsam verändert wirkenden knorrigen Stämme der Obstbäume Furcht eingeflößt, jetzt aber dachte sie an nichts anderes als daran, Kathleen einzuholen.

Als sie das Ende des Gartens erreicht hatte, blieb sie tief aufatmend stehen und strich sich eine Haarsträhne aus der Stirn. Der Mond stand hoch am sternklaren Himmel und tauchte alles ringsumher in sein milchiges Licht. Doch auch hier konnte sie nichts von der Gesuchten entdecken, denn der von einer Hecke gesäumte Weg führte in mehreren Windungen den Hügel hinunter und war nur an einigen wenigen Stellen zu überblicken.

Lissy lief weiter und kam endlich durch das Dorf, und nun hallten ihre Schritte auf dem Kopfsteinpflaster. Der am anderen Ende des Ortes etwas außerhalb gelegene Bahnhof wirkte dunkel und verlassen, und jetzt erinnerte sie sich, daß Michael einmal gesagt hatte, der letzte Zug führe kurz vor Mitternacht und der nächste erst wieder in den frühen Morgenstunden. Wegfahren konnte sie also noch nicht. Aber wo mochte sie sein?

Lissy sah sich suchend um, spähte durch die blinden Scheiben des alten Gebäudes in den kleinen Warteraum, wo an der einen Wand zwei schmale Holzbänke standen, und drückte vorsichtig die Klinke der Tür herunter, die natürlich verschlossen war.

Sie drehte sich um, zögerte sekundenlang und überlegte, was sie als nächstes tun könne. Vielleicht sollte sie hier einfach auf den ersten Zug warten, dann mußte sie ja auf jeden Fall Erfolg haben.

Diese Mühe aber brauchte sie nicht auf sich zu nehmen. Denn plötzlich hörte sie leichte Schritte und sah in einiger Entfernung jemanden in Richtung des Ortes davonlaufen. Das war sie, das war Kathleen!

›Wo mag sie denn nur hinwollen?‹ dachte Lissy, während sie schon die Verfolgung aufnahm und sich bemühte, die ein ganzes Stück vor ihr Herlaufende nicht aus den Augen zu verlieren. ›Zurück ins Internat? Das Vernünftigste wäre es ja, das Allerbeste wäre es!‹ Ja, sie wollte sicher zurück. Warum auch sollte sie sonst so rennen?

Aber am Anfang des Dorfes verlangsamte Kathleen ihre Schritte und blieb sogar hin und wieder stehen. Hatte sie es sich anders überlegt? Lissy seufzte. Jetzt, wo die unerträgliche Spannung ein wenig nachzulassen begann, merkte sie erst, wie müde und erschöpft sie war und wie sehr der Gedanke sie erleichtert hatte, die ganze Aufregung werde nun bald ein Ende haben. Für eine Sekunde schloß sie die Augen und war mit einem Schlage hellwach, als sie sie wieder öffnete, so sehr fuhr ihr der Schrecken in die Glieder.

Von der Verfolgten war keine Spur mehr zu entdekken, es schien, als habe der Erdboden sie verschluckt. Von neuem begann Lissy zu laufen, gelangte einen Augenblick später an einen schmalen Weg, der zur Festwiese hinunterführte, und atmete erleichtert auf, denn da hinten sah sie Kathleen gerade noch im Schatten einiger Buden verschwinden!

›Wenn ich sie jetzt nur erwische!‹ dachte sie, als auch sie nun den großen Platz erreicht hatte, und gleich darauf sollte ihr Wunsch in Erfüllung gehen. Doch es geschah auf so seltsame Weise, daß sie bei dem Anblick, der sich ihr ganz plötzlich und überraschend bot, wie angewurzelt stehenblieb.

In dem Kinderkarussell, das wenige Schritte von den

Buden entfernt stand, saß Kathleen auf dem Bänkchen im Innern eines im Mondlicht schimmernden Schwanes, den Kopf auf seinen Hals gelegt!

Es dauerte eine ganze Weile, ehe Lissy sich so weit gefaßt hatte, daß sie es wagte, sich dem Karussell so vorsichtig wie möglich zu nähern. ›Vielleicht ist sie schon eingeschlafen‹, dachte sie voller Mitleid, ›verwunderlich wäre es wahrhaftig nicht.‹ Denn wenn sie selber schon müde und erschöpft war, wie sehr mußte es Kathleen erst sein nach all dem Kummer und der Aufregung des heutigen Tages. Trotz allem aber mußte sie mit ihr sprechen und versuchen, sie zur Rückkehr ins Internat zu bewegen.

Leise rief sie ihren Namen, einmal und noch einmal, und als Kathleen sich nicht rührte, faßte sie die Schlafende behutsam an der Schulter und sagte dicht an ihrem Ohr: »Ich bin's, Lissy. Wach auf.«

Kathleen fuhr hoch und starrte die vor ihr Stehende an, als wäre sie ein Gespenst. »Du?« sagte sie endlich. »Wie kommst du denn hierher?«

»Ach«, machte Lissy unbestimmt und bat dann mit einem kleinen Lächeln: »Rutsch du mal ein bißchen, ja? Ich bin nämlich auch todmüde.«

»Kunststück«, murmelte Kathleen, während sie zur Seite rückte, »wenn du nachts unbedingt durch die Gegend geistern mußt. Du hast mir nachspioniert, nicht wahr?« fügte sie mit finster zusammengezogenen Brauen hinzu.

»Nachspioniert?« wiederholte Lissy gedehnt. »Das ist eigentlich nicht das richtige Wort. Ich habe gehört, wie die Tür ins Schloß fiel, und dann habe ich dich in den Garten laufen sehen, und dann . . .«

». . . hast du mir nachspioniert«, beharrte Kathleen, »wahrscheinlich um mich zu verpetzen.«

»Verpetzen?« Entgeistert starrte Lissy in das vom Mond beschienene Gesicht mit den vom Weinen geschwollenen Augenlidern. »Verpetzen wollte ich dich bestimmt nicht! Ich wollte dir nur erklären, wie das bei Frau Falz gekommen ist.«

»Erklären!« sagte Kathleen höhnisch. »Als ob es für so eine Gemeinheit eine Erklärung gäbe!«

»Doch, doch«, versicherte Lissy schnell, »Michael hat es doch gar nicht böse gemeint.«

»Michael!« entgegnete Kathleen mit vor Empörung zitternder Stimme. »Den Namen kann ich nicht mehr hören, verstehst du!«

»Aber er hat dich wirklich nicht kränken wollen, bestimmt nicht! Er wollte doch nur die Bäuerin ein bißchen auf den Arm nehmen wegen der blöden Salbe. Und daß das Zeug nichts taugt, das mußt du doch zugeben. Dafür wäre mir mein Geld wahrhaftig zu schade. Da würde ich lieber etwas anderes versuchen.«

»Etwas anderes?« fragte Kathleen unsicher.

»Etwas anderes«, bestätigte Lissy in bestimmtem Ton, während sie fieberhaft überlegte, was sie nun sagen sollte. Noch einmal vom allzu vielen Naschen abraten? Damit würde sie sicher nur auf Widerstand stoßen und die Sache noch schlimmer machen, als sie ohnehin schon war. Nein, das war ganz ausgeschlossen, zumal Kathleen jetzt leise und enttäuscht sagte:

»Ach, ich weiß schon, ich soll nicht so viel Süßigkeiten essen, das meinst du doch?«

»Ich meine, daß du zum Arzt gehen solltest«, antwortete Lissy, einer plötzlichen glücklichen Eingebung folgend. »Der wird dir schon irgend etwas Vernünftiges verschreiben, auf alle Fälle etwas Besseres als diese dämliche Salbe. Vielleicht läßt er dich ja auch eine Kur machen mit Apfelsinen, und das hilft bestimmt.«

»Glaubst du wirklich?«

»Klar! Und weißt du, was du noch tun solltest? Du solltest mit Rita sprechen und sie bitten, sich nach einem guten Hautarzt zu erkundigen, und wenn du es möchtest, wird sie auch mit dir zusammen zu ihm fahren.«

»Rita?« sagte Kathleen verwirrt. »Aber ich gehe doch nicht mehr zurück ins Internat. Ich warte hier doch nur auf den ersten Zug.«

»Ach so«, erwiderte Lissy langsam, und jeder, der es nicht besser wußte, hätte annehmen müssen, daß es völlig neu für sie war. »Schade«, fügte sie nach einer Weile bedauernd hinzu.

»Was ist schade?«

»Daß wir dich dann nach der Kur nicht mehr bewundern können. Paß nur auf, wie hübsch du aussehen wirst mit deinen schönen braunen Haaren und den grünen Augen.«

»Ach«, wehrte Kathleen verlegen ab, aber Lissy ließ sich nicht beirren: »Sehr hübsch sogar«, sagte sie eifrig und fuhr in eindringlichem Ton fort: »Und dann mußt du noch an etwas anderes denken, nämlich daran, was deine Eltern dazu sagen, wenn du hier einfach die Flinte ins Korn wirfst. Sicher hat dein Vater dich nicht nur so zum Spaß in ein Internat geschickt, sondern aus irgendeinem triftigen Grund.«

»Ich habe keinen Vater mehr«, sagte Kathleen leise.

»Oh, das wußte ich nicht«, murmelte Lissy erschrokken.

»Das konntest du ja auch nicht wissen«, beruhigte Kathleen sie, räusperte sich und fügte nach einem Augenblick nachdenklichen Schweigens stockend hinzu: »Für Mutter wäre es natürlich schlecht, wenn ich nicht hier bliebe. Sie kommt ja immer erst abends nach Hause.«

»Dann bleib doch hier«, sagte Lissy schnell. »Ehe du deiner Mutter Kummer machst, kannst du es ja noch einmal versuchen. Und wenn es dann doch nicht gehen sollte und du immer noch weg möchtest, würde ich dir raten, nicht heimlich fortzulaufen, sondern dich lieber an Rita und Richard zu wenden. Mir ist es da vor den Ferien nämlich auch so ähnlich ergangen, und da . . .«

». . . dir?« unterbrach Kathleen sie ungläubig.

»Ja, mir«, sagte Lissy und lachte leise. »Das kannst du dir gar nicht vorstellen, nicht wahr? Aber ich hatte so entsetzliches Heimweh, daß ich die verrücktesten Sachen angestellt habe, nur um wieder nach Hause zu kommen.«

»Was für Sachen denn?«

»Ach, alles mögliche. Das kann ich jetzt alles gar nicht erzählen, da würden wir morgen früh noch hier sitzen. Höchstens, wenn du mitkämst, der Weg ins Internat ist ja ganz schön lang.«

Mit klopfendem Herzen wartete Lissy auf die Antwort. Wie würde sie ausfallen? Ach, hoffentlich so, wie sie es sich wünschte! Doch es blieb still, so lange, daß sie meinte, noch irgend etwas sagen zu müssen und leise hinzufügte: »Es hat uns allen sehr leid getan, daß das bei Frau Falz passiert ist! Wirklich, du kannst es mir glauben!«

Einen Augenblick noch mußte sie sich gedulden, einen Augenblick, der ihr wie eine Ewigkeit erschien. Dann aber erhob Kathleen sich langsam und sagte: »Also gut, ich komme mit!«

Und Lissy seufzte grenzenlos erleichtert: »Du glaubst gar nicht, wie ich mich darüber freue!«

Der Himmel hatte sich inzwischen zugezogen, der Mond verschwand immer wieder hinter schnell dahinziehenden Wolken, und der über den Hügel streichende Wind war merklich kühler geworden. Doch die beiden Mädchen merkten kaum etwas davon, denn wie sie es versprochen hatte, erzählte Lissy der atemlos zuhörenden Kathleen von ihrer ersten Zeit im Internat, dem schrecklichen Heimweh und ihren verzweifelten Versuchen, sich unbeliebt zu machen, um von der Schule gewiesen zu werden. Und als sie zu guter Letzt von dem großzügigen Angebot Lieselottchens berichtete, meinte Kathleen staunend: »Das war aber sehr ordentlich!«

»Das war es«, sagte Lissy eifrig, »und so sind sie immer. Mit allem, was dich bedrückt, kannst du zu ihnen kommen, und deshalb fühlt man sich hier auch wie zu Hause. Paß nur auf, das wirst du auch noch merken.«

Sie waren nicht mehr weit von ihrem Ziel entfernt, erkannten schon die Wipfel der Obstbäume vor sich und liefen ein paar Minuten später in nachdenkliches Schweigen versunken den Gartenweg entlang. Plötzlich aber faßte Kathleen Lissys Arm und sagte hastig:

»Du, wir können ja gar nicht rein. Wir haben ja gar keinen Schlüssel!«

Doch dieser Gedanke schien Lissy nicht sonderlich zu beunruhigen, denn sie antwortete ohne das geringste Anzeichen von Aufregung: »Dann werfen wir eben Steinchen.«

»Steinchen?«

»An die Fensterscheibe von meinem Zimmer. Joan wird es schon hören.«

Zunächst jedoch schien es, als wäre die Handvoll kleiner Steinchen, die wieder und wieder gegen das Glas prasselte, niemals imstande, die dort oben friedlich Schlafende zu wecken.

»Wären wir nur in unserem Schwan geblieben und hätten es uns da gemütlich gemacht«, jammerte Kathleen, die die Hoffnung schon aufgegeben hatte, und eben in diesem Augenblick stellte der ersehnte Erfolg sich ein. Das Fenster wurde geöffnet, und Joan rief leise und auch ein wenig angstvoll, da gerade eine große Wolke über den Mond zog und sie niemanden erkennen konnte:

»Wer ist denn da?«

»Wir sind's«, rief Lissy zurück, »Lissy und Kathleen.«

»Ihr? Wie kommt ihr denn nachts in den Garten?«

»Das erklären wir dir nachher. Mach uns nur erst mal auf, ja?«

»Ja, ja, gleich, ich komme sofort.«

Und schon wenige Sekunden später wurde die große Eingangstür aufgeschlossen, Lissy machte Joan ein Zeichen zu schweigen, wortlos schlichen sie die Treppe hinauf, und nachdem Kathleen mit einem hastig geflüsterten »Ich falle gleich um vor Müdigkeit, seid nicht böse« in ihrem Zimmer verschwunden war, streckte Lissy sich gleich darauf mit einem tiefen Seufzer in ihrem Bett aus, und die auf der Kante hockende Joan drängte:

»Und nun sag, was war los?«

»Ach, das ist eine lange Geschichte«, murmelte Lissy schlaftrunken. »Ausführlich kann ich das jetzt wirklich nicht alles erzählen, nur so in Bausch und Bogen.«

»Und da hast du mich nicht geweckt!« rief Joan vorwurfsvoll, als sie alles gehört hatte.

»Ich dachte, es würde zu lange dauern. Und daß der Gedanke gar nicht so abwegig war, haben wir ja eben gesehen, als ich eine ganze Wagenladung Kieselsteine gegen das Fenster werfen mußte, ehe du aufwachtest.«

Joan lachte und sagte ein wenig verlegen: »Na ja, ich habe schon einen ziemlich festen Schlaf.«

»Hm«, machte Lissy nur noch, und nachdem Joan ihr einen prüfenden Blick zugeworfen hatte, kroch auch sie wieder unter die Decke und dachte, während ihr die Augen von neuem zufielen: ›Das war aber anständig von ihr, daß sie sich so um Kathleen gekümmert hat!‹

Selbstverständlich war jeder, der von Kathleens Flucht und Lissys tatkräftigem Eingreifen erfuhr, der gleichen Meinung, und nach und nach erfuhren alle davon, zuerst allerdings, wie nicht anders zu erwarten, Michael und Jennifer, und zwar schon am nächsten Morgen vor dem Frühstück.

»Alle Achtung!« sagte Michael, nachdem Lissy und Kathleen ihren gemeinsamen Bericht beendet hatten. Jennifer aber, die mit großen Augen abwechselnd von einem zum anderen sah, sagte zunächst gar nichts, woraufhin Michael sich bemüßigt fühlte, ihr die Frage zu stellen: »Na, dir hat's wohl die Sprache verschlagen, was?«

Eine Antwort jedoch wartete er nicht ab, sondern schlug statt dessen Lissy so kräftig auf die Schulter, daß sie zusammenzuckte, und meinte anerkennend: »Das hast du prima gemacht, wirklich! Das hätte ich auch nicht besser machen können!«

»Ich finde es auch prima«, nickte Jennifer, »aber, wenn ich ehrlich sein soll, ich hätte mich gefürchtet.«

»Wovor?« fragte Lissy verwundert, und als Jennifer sagte: »So allein durch den dunklen Garten«, schüttelte Michael den Kopf und sagte mit erhobener Stimme:

»Fürchtet sich im Dunkeln, läßt aber weiße Mäuse in ihrem Ärmel rumkrabbeln, ohne mit der Wimper zu zucken. Ich sage ja, die menschliche Seele ist . . .«

»Hör auf, hör auf«, riefen sie alle und hielten sich lachend die Ohren zu, doch daß sie Erfolg mit ihrem Protest hatten, verdankten sie nur dem Gong, der gerade in diesem Augenblick zum Frühstück rief.

Die nächste, die von den Ereignissen in Kenntnis gesetzt wurde, war Rita. Noch am Nachmittag befolgte Kathleen Lissys Rat und vertraute sich ihr an, wobei sie natürlich alles erzählte, was sich ereignet hatte.

Die Unterredung dauerte eine ganze Weile, und Lissy und Joan, die beide voller Ungeduld auf Kathleen warteten, sahen immer öfter zur Uhr, trösteten sich aber mit dem Gedanken, daß ein so langes Gespräch nur ein gutes Zeichen sein könne.

Und daß es tatsächlich ein gutes Zeichen war, erwies sich, als Kathleen endlich mit strahlendem Gesicht erschien und ganz außer Atem sagte: »Es ist alles in Ordnung! Stellt euch vor, Rita hat sich gleich telefonisch mit einem Arzt in Verbindung gesetzt und einen Termin ausgemacht, an dem wir zu ihm kommen können. Du hast nämlich recht gehabt, Lissy, sie kommt mit, und sie hat gesagt, er wird mir bestimmt helfen!«

»Na siehst du«, sagten Lissy und Joan wie aus einem Munde, und Kathleen fuhr eifrig fort:

»Sie war überhaupt furchtbar nett zu mir und Richard auch, der nachher noch dazukam und dem sie gleich alles erzählte, und zum Schluß hat er gesagt, wenn ich wieder einmal die Absicht hätte, auszurücken, sollte ich es lieber vorher am Schwarzen Brett bekanntgeben.«

»Na, die Absicht hast du ja nicht mehr, nicht wahr?« meinte Lissy ernsthaft, und Kathleen schüttelte den Kopf:

»Ach wo, und hätte ich gewußt, wie prima hier alle sind, wäre ich niemals auf den Gedanken gekommen, so einen Quatsch zu machen. Übrigens haben sie dich sehr gelobt und . . .«

». . . spar dir's, ja«, unterbrach Lissy sie verlegen, »es ist mir direkt schon peinlich, wenn ihr so tut, als hätte ich eine Heldentat vollbracht.«

»Wenn's nicht noch schlimmer wird, kannst du von Glück sagen«, grinste Michael, als Lissy ihm in komischer Verzweiflung ihr Leid klagte, und man hätte meinen können, er ahne etwas von dem Treffen, das in Kürze stattfinden sollte, und zwar ausgerechnet an dem Tage, an dem die dicke Ruth ins Internat zurückkehrte.

Sie erschien gerade vor der Teestunde, und der Zufall wollte es, daß Michael ihr auf der Treppe begegnete. »Na, da bist du ja wieder«, sagte er mit honigsüßem Lächeln und setzte seine scheinheiligste Miene auf, als er langsam fortfuhr: »Und gut ist es, daß du wieder da bist. Heute nach dem Tee ist nämlich ein Treffen, und was wäre so eine wichtige Veranstaltung ohne dich!«

Ruth warf ihm einen mißtrauischen Blick zu, runzelte die Brauen, und es sah ganz so aus, als suche sie nach einer möglichst geistreichen Entgegnung, brachte aber schließlich nur ein verächtliches ›Pah‹ zustande.

»Nichts ›pah‹«, widersprach er in entschiedenem Ton. »Auf so was wie dich können wir gar nicht verzichten. Stell dir vor, es stünden einmal die Freßsucht und ihre üblen Folgen auf der Tagesordnung. Wer sollte denn da sonst als Beispiel dienen? Da bist du doch . . .«

». . . du hast es nötig!« fuhr sie hochrot vor Wut auf ihn los. »Du mit deiner Freundin Lissy, die nachts allein im Dorf unterwegs ist!«

»Wie bitte?« fragte er verständnislos, denn nun war ausnahmsweise er es, der nicht sofort begriff. Als sie aber triumphierend erklärte: »Ich habe sie nämlich gesehen an dem Abend, an dem ich abgeholt wurde und wir eine ganze Weile stehenbleiben mußten, weil irgend etwas mit dem Wagen nicht in Ordnung war«, fingen seine

Augen an zu glitzern. Sie hatte ja keine Ahnung, was an diesem Abend geschehen war, und er würde sich hüten, sie eines Besseren zu belehren. Sollte sie ruhig jedem von Lissys vermeintlichem Vergehen erzählen.

So wiegte er also nur bedauernd den Kopf und starrte mit finster zusammengezogenen Brauen vor sich hin, um den Eindruck zu erwecken, als habe ihn diese Nachricht völlig zu Boden geschmettert. Und das schien ihm tatsächlich gelungen zu sein, denn die dicke Ruth sagte nun um noch einige Grade triumphierender:

»Habe ich es nicht gleich gewußt, daß das eine ganz Freche ist. Na, wenn's nach mir ging, würde sie jetzt von der Schule fliegen!«

Du wirst es schon schaffen

»Nanu, was ist dir denn begegnet?« fragte Lissy verwundert, als sie und Joan sich neben Michael an den zum Tee gedeckten Tisch setzten.

»Die Frage ist nicht richtig gestellt«, antwortete er in gedämpftem Ton, »es ist mir nämlich nicht etwas, sondern jemand begegnet, und zwar die dicke Ruth.«

»Und dann grinst du wie ein Honigkuchenpferd?«

»Du meinst, dann hat man meistens nichts zu lachen?«

»So ungefähr«, kicherte sie und stieß Joan heimlich an. Michael aber blieb im Gegensatz zu den beiden Mädchen ganz ernst.

»Da hast du recht«, nickte er, »nur dieses Mal«, und nun fing es in seinen Augen doch wieder an zu glitzern, »dieses Mal hat sie sich etwas geleistet, worüber ihr euch totlachen werdet! Also, paßt auf«, begann er hastig und schloß mit den Worten: »Wetten, daß sie nun überall erzählt, wie unmöglich du dich benimmst und daß du von Rechts wegen an die frische Luft gesetzt werden müßtest!«

Lissy lachte, aber Joan sagte empört: »Was daran so komisch sein soll, begreife ich nicht, ich finde es richtig gemein.«

»Ach, das mußt du nicht so tragisch nehmen«, meinte Lissy begütigend, »außerdem wäre sie vielleicht niemals auf den Gedanken gekommen, etwas davon zu sagen, daß sie mich gesehen hat, wenn Michael sie nicht mit der Anspielung auf ihre Freßsucht so auf die Palme gebracht hätte.«

Kurz nach dem Tee rief der Gong zum Treffen der Schülermitverwaltung.

Nach den üblichen einleitenden Worten horchten alle auf, denn Rita sagte: »Es handelt sich um einen Plan, der euch sicher allen Freude bereiten wird.«

Es ging tatsächlich um etwas Erfreuliches, und zwar darum, daß man einen Teil des an der Südseite des Gartens angrenzenden Landes den Klassen zur Anlage von Blumengärten überlassen wollte, wobei der schönste Entwurf prämiiert werden sollte.

»Wir haben es uns so vorgestellt, daß alle Kinder, die Lust dazu haben, zunächst einmal eine Zeichnung machen, und wir dann gemeinsam entscheiden, welche Idee die beste ist«, erklärte Richard, und Rita meinte: »Der Phantasie sind keine Grenzen gesetzt, und der erste Preis besteht aus ...«

»... einem Spaten«, flüsterte Michael Lissy zu, was ihr aber nur ein schwaches Lächeln entlockte, denn zu gespannt war sie auf das, was Rita zu sagen hatte.

»... aus einer Fahrt der betreffenden Klasse zur Gartenbauausstellung, die im nächsten Monat in London stattfindet.«

Der Jubel, der diesen Worten folgte, war unbeschreiblich, und es dauerte eine ganze Weile, bis die Gemüter sich endlich so weit beruhigt hatten, daß Rita von neuem beginnen konnte.

»Im Zusammenhang mit diesem Plan hat sich nun aber folgendes ergeben. Jack White, der Klassensprecher ist, hat uns gebeten, die ohnehin in absehbarer Zeit fällige Neuwahl vorzuverlegen, damit er mehr Ruhe für die sich nun häufende Gartenarbeit hat, und da wir nichts gegen seinen Vorschlag einzuwenden haben, möchten wir seine Klasse bitten, die Wahl gleich vorzunehmen.«

›Schade‹, dachte Lissy, ›schade, daß Jack nicht mehr Klassensprecher sein will.‹ War er nicht wie geschaffen für dieses Amt gewesen? Gab es überhaupt jemanden, der ihn würdig vertreten konnte? Lissy runzelte die Stirn und überlegte angestrengt. Michael vielleicht? Beredsam war er, das mußte ihm der Neid lassen! Und auf alle Fälle jederzeit bereit, die Interessen der Klasse zu vertreten. Aber leider standen ihm die Lehrer so skeptisch gegenüber, daß er wohl aus diesem Grunde nicht in Frage kam. Und Joan? Sie war im Gegensatz zu Michael überall gern gesehen und ruhig und besonnen, aber war sie auch energisch genug? Würde sie sich durchsetzen können? Lissy ließ in Gedanken sämtliche Mitschüler Revue passieren, aber keiner von ihnen schien ihr geeignet zu sein, an Jacks Stelle zu treten.

»Nimm doch einfach die dicke Ruth«, riet Michael grinsend, dem es anscheinend wie seltsamerweise auch Joan keinerlei Schwierigkeiten bereitet hatte, sich für jemanden zu entscheiden. Denn beide hielten schon den Streifen Papier mit dem betreffenden Namen sorgfältig gefaltet in der Hand.

Lissy schluckte die Entgegnung, die ihr auf der Zunge lag, herunter und fragte hastig: »Wen hast du denn gewählt?« Woraufhin er sie mit einem Glitzern in den Augen musterte und ihr mit der Gegenfrage antwortete: »Ist das eine geheime Wahl, oder ist es keine?«

»Idiot!« murmelte sie und entschloß sich, da man jetzt die Zettel einzusammeln begann, kurzerhand dafür, Joan zu wählen. Denn abgesehen von der fehlenden Energie schien sie ihr letzten Endes doch die Geeignetste zu sein, Jacks Nachfolge anzutreten.

Das Ergebnis der Wahl sollte sofort bekanntgegeben werden, und als Richard sich wenig später zu diesem Zweck erhob, hätte man eine Stecknadel zu Boden fallen hören können. ›Na, Joan ist es bestimmt nicht geworden, auf sie sind bestimmt die wenigsten gekommen‹, dachte Lissy, und dann dachte sie gar nichts mehr, sondern starrte Richard fassungslos an. Hatte er eben ihren Namen genannt? Das war doch gar nicht möglich! Ganz und gar unmöglich war es!

Aber sie hatte sich nicht getäuscht, denn jetzt hörte sie ihn sagen: »Vierzehn Stimmen entfallen auf Elisabeth Allen, die beiden restlichen wurden für Joan Baker und Linda Thompson abgegeben.«

»Das war Ruths Geschoß, die wollte ihrer Freundin etwas Gutes tun«, flüsterte Michael, ohne daß Lissy auch nur eine Miene verzog. Noch immer nahm sie nichts von dem wahr, was um sie her vorging, noch immer konnte sie das Geschehene nicht fassen.

Als sie aber einige Sekunden danach auf dem Podium stand, begriff sie endlich und sah mit strahlendem Gesicht in die Runde.

»Wir freuen uns, daß die Wahl auf dich gefallen ist«, sagte Richard in herzlichem Ton, »denn gerade in der allerletzten Zeit hast du bewiesen, daß du kameradschaftlich und verantwortungsbewußt handeln kannst.«

Und dann war das Treffen zu Ende und alles im Aufbruch begriffen, und Lissy, die voller Begeisterung von Joan und Michael empfangen wurde, sagte glücklich: »Ich kann es noch gar nicht fassen!«

»Das ist auch nicht zu fassen«, ließ sich jemand dicht hinter ihr in so verächtlichem Tonfall vernehmen, daß alle ringsum stehenblieben und Lissy erstaunt herumfuhr. »Nicht zu fassen ist es«, wiederholte die dicke Ruth trotz des warnenden Räusperns ihrer Freundin Linda, »eine Klassensprecherin, die sich nachts draußen herumtreibt! Ja, ja, du brauchst gar nicht so gucken. Ich habe dich damals gesehen vom Wagen aus. Und ich werde es mir sehr überlegen, ob ich es nicht doch lieber melde!«

»Haltung bewahren«, flüsterte Michael Lissy ins Ohr, »jetzt, wo du allen ein leuchtendes Beispiel sein sollst, mußt du dich immer tadellos benehmen und darfst vor allen Dingen auf keinen Fall wütend werden!«

›Ach, das ist gar nicht so einfach‹, dachte sie seufzend, und Joan, die ihre Gedanken erraten zu haben schien, legte den Arm um die Schulter ihrer Freundin und sagte leise: »Du wirst es schon schaffen, das weiß ich ganz genau!«

Lissy als Klassensprecherin

So eine Pute

»Arabella ist doch ein zu verrückter Name«, sagte Lissy nachdenklich. »Findest du nicht auch?«

Frau Allen blickte belustigt auf ihre Tochter, die schon seit geraumer Zeit am Fenster stand und über die schneebedeckte Landschaft in die Ferne sah. »Er ist ein wenig ungewöhnlich«, meinte sie lächelnd, »aber etwas Verrücktes kann ich beim besten Willen nicht daran finden.«

Doch Lissy ließ sich nicht beirren. »Ich möchte jedenfalls nicht so heißen«, entgegnete sie stirnrunzelnd, »da käme ich mir richtig albern vor.«

»Elisabeth!« Weil ihre Mutter sie mit dem Taufnamen ansprach und weil ihre Stimme so unwillig klang, guckte Lissy rasch zu ihr hinüber. Ob sie sehr ärgerlich war?

Ja, die Mutter wirkte ganz gegen ihre Gewohnheit ernst, als sie nun sagte: »Ich hoffe, du läßt es deinen Besuch nicht fühlen, daß er nicht Joan, sondern Arabella heißt, und nimmst ihn genauso freundlich auf, wie du deine Freundin aufgenommen hättest.«

Lissy wurde feuerrot vor Verlegenheit und nickte stumm. Die Mutter hatte sie wieder einmal durchschaut. Ach, wie enttäuscht war Lissy gewesen, als sie die Nachricht erhielt, daß Joan an einer Mandelentzündung erkrankt war und nicht in den Weihnachtsferien kommen könnte! Statt dessen aber war mit einem anderen Gast zu rechnen. Mit dieser Arabella nämlich, von der sie weiter nichts wußte, als daß sie die Tochter eines Bekannten ihres Vaters war und daß sie ab Jahresanfang das gleiche Internat wie sie selber besuchen sollte, weil ihre Eltern eine längere Auslandsreise antreten wollten. Lissy seufzte verstohlen. Warum nur hatte der Vater dieses fremde Mädchen gleich einladen müssen! Selbstverständlich hatte er es nur gut gemeint, aber Lissy hielt ganz und gar nichts davon, den unerwünschten Besuch als Ersatz für Joan zu betrachten.

Nachdenklich sah sie über die weißen Felder und Wiesen bis hin zu den sanft ansteigenden Hügeln, deren Umrisse in dem Dunst der frühen Dämmerung zu verschwinden schienen. Da leuchteten in der Ferne die Scheinwerfer eines Wagens auf, der sich schnell näherte. So rannte sie vom Fenster weg in die Diele, rief ihrer Mutter zu: »Sie kommen!« und öffnete in der nächsten Sekunde die Eingangstür, um den Gast vor dem Hause zu erwarten.

Frau Allen sah ihr lächelnd nach. Doch in der Annahme, sie würde mit Arabella Freundschaft schließen, sollte sich Frau Allen getäuscht haben. Die beiden waren zu verschieden, das zeigte sich schon in den allerersten Minuten.

›So etwas Affiges!‹ dachte Lissy, als ein großes Mädchen aus dem Wagen stieg und die Wartende mit einem schläfrig wirkenden Blick unter halbgeschlossenen Lidern musterte. Auch Frau Allen, die sich inzwischen zur Begrüßung eingefunden hatte, kamen leise Zweifel an einer möglichen Freundschaft zwischen dem Neuankömmling und ihrer so einfach und bescheiden erzogenen Tochter. Es war übrigens weniger Arabellas Äußeres – sie trug, für ein Mädchen in ihrem Alter ziemlich auffällig, ein Pelzmäntelchen und auf dem duftigen, hochblonden Haar ein Pelzbarett – als vielmehr ihre überhebliche Art, die Lissys Mutter bedenklich stimmte.

Denn nachdem sie Lissy herablassend zugenickt und vor Frau Allen einen unverhältnismäßig tiefen Knicks gemacht hatte, wandte sie sich mit einer kurzen Kopfbewegung an den Chauffeur, der schon um den Wagen herumging. »Die Koffer!«

»Du liebe Zeit«, staunte Lissy. Trotz ihres Ärgers mußte sie über die Unmenge von Gepäckstücken lachen. »Was hast du denn da alles drin?«

»Kleider natürlich«, gab Arabella in mitleidigem Ton zurück, »und Pullover und Röcke und . . .«

»Aber davon kannst du ja überhaupt nichts gebrauchen«, unterbrach Lissy sie kopfschüttelnd, während sie den Gast die Treppe hinauf in ihr Zimmer führte. »Wir tragen nämlich eine Schuluniform. Wußtest du das denn nicht?«

»Schuluniform!« wiederholte Arabella mit verächtlichem Lächeln. »Du glaubst doch nicht im Ernst, daß ich so einen Plunder anziehe und meine schicken Sachen im Schrank hängenlasse! Und außerdem habe ich gar keine Lust, genauso herumzulaufen wie alle anderen.«

Lissy schwieg verblüfft. Auch sie hatte sich zu Beginn ihrer Internatszeit gegen die Schulkleidung gewehrt, aber aus ganz anderen Gründen. Niemals hätte es ihr etwas ausgemacht, daß auch ihre Mitschüler sie trugen. »Ach, daran gewöhnt man sich«, sagte sie nun und fügte lachend hinzu: »Und schließlich siehst du ja doch ganz anders aus als die anderen. Dein Gesicht nimmt dir ja keiner weg.«

Wahrhaftig, sie gab sich alle erdenkliche Mühe, nett und freundlich zu sein, doch leicht machte es ihr Arabella mit ihrer hochfahrenden Art wirklich nicht. Auch jetzt ging sie nicht auf den Spaß ein und entgegnete statt dessen: »Das hätte auch gerade noch gefehlt!«

Sie waren unterdessen in Lissys hübschem Zimmer angelangt, und Lissy ergriff mit Freude die Gelegenheit, das Thema zu wechseln. »Du schläfst da auf der Couch«, sagte sie schnell. »Sie ist ziemlich breit und bequem, und Mutter meinte, es wäre so gemütlicher, als wenn wir dich im Gästezimmer einquartiert hätten.« Sie wartete einen Augenblick vergeblich auf Antwort, wurde aber nur mit einem hoheitsvollen Kopfnicken bedacht, als sie genauso freundlich hinzusetzte: »Und nun willst du dir sicher die Hände waschen.«

»Und die Haare bürsten«, ergänzte Arabella, die schon einen prüfenden Blick in den Spiegel über dem Waschbecken warf. »Die ganze Frisur ist in Unordnung!«

Lissy ließ sich in einem bunt geblümten Sessel nieder, denn sie vermutete nicht zu Unrecht, daß nun eine längere Prozedur folgen würde. ›Wie kann man nur so eitel sein‹, dachte sie, während sich Arabella, ganz in ihr Spiegelbild versunken, hingebungsvoll das Haar bürstete.

»Jeden zweiten Tag wasche ich es«, erklärte sie gönnerhaft, »mit einem Spezialshampoo und mit Eigelb natürlich.«

»Natürlich«, sagte Lissy und dachte: ›Und Mutter wartet sicher mit dem Tee auf uns.‹

»Und abends wickle ich es auf, auf Lockenwickler natürlich.«

»Natürlich«, sagte Lissy wieder und nickte ernsthaft, obwohl sie der plötzliche Gedanke daran, was Michael wohl zu dieser Neuerscheinung sagen würde, unwiderstehlich zum Lachen reizte.

»Zuerst war es beim Schlafen ein bißchen unbequem, weil die Dinger so drücken«, sagte Arabella jetzt, »aber daran gewöhnt man sich natürlich.«

Endlich hörte Lissy den Gong, der aus der Diele zum Tee rief. »Komm«, sagte sie hastig und sprang auf, »es ist Teezeit.«

»Na und?« murmelte Arabella, ohne sich auch nur im geringsten stören zu lassen.

»Mutter wartet auf uns.«

Dieses Mal sagte Arabella nicht wieder ›Na und‹, doch daran, wie sie mit maulend vorgeschobener Unterlippe die Haarbürste beiseite legte, konnte man erkennen, wie wenig sie davon hielt, mit der ihr so wichtig erscheinenden Tätigkeit aufzuhören.

»Du bist doch nun auch schön genug«, tröstete sie Lissy nach einem verstohlenen Blick auf Arabellas mißmutiges Gesicht.

»Schön genug kann man nie sein«, war die prompte Entgegnung. »Nimm mal an, du wolltest zum Film.«

»Zum Film«, wiederholte Lissy langsam. Dann brach sie in schallendes Gelächter aus.

»Oder zum Fernsehen.«

»Zum Fernsehen! Ha, ha, ha!«

»Was du daran so komisch findest, begreife ich nicht«, sagte Arabella wütend. »Die brauchen ja schließlich immer Nachwuchs.«

»Nachwuchs!« Lissy rang förmlich nach Luft. »Das interessiert mich doch nicht, was die brauchen!«

»Nicht?« Arabellas Augen wurden rund vor Staunen. »Dann interessierst du dich wohl gar nicht für Kino oder so?«

»Nicht besonders, nein.«

»Und dann habt ihr vielleicht noch nicht einmal einen Fernseher?«

»Doch, doch, den haben wir«, sagte Frau Allen lächelnd, die schon am gedeckten Teetisch saß, und nickte den beiden Mädchen zu, »aber er ist selten in Betrieb bei uns.«

»Och«, machte Arabella enttäuscht und zog verächtlich die Mundwinkel herab, als Frau Allen hinzufügte: »Elisabeth ist lieber draußen bei den Pferden, bei ihrem Pony Jorinde. Sie reitet nämlich für ihr Leben gern, oder sie liest, das allerdings erst, seitdem sie das Internat besucht.«

Lissy schluckte erst schnell einen Bissen Schokoladentorte herunter, dann nickte sie. »Mutter hat recht. Früher wäre ich überhaupt nicht auf den Gedanken gekommen, auch nur eine einzige Zeile zu lesen, so für mich, meine ich.«

»Die meisten Bücher sind ja auch langweilig«, erwiderte Arabella von oben herab. Lissy zuckte daraufhin nur die Achseln, sie verspürte absolut keine Lust, sich den Genuß der herrlichen Torte durch eine Auseinandersetzung mit dieser Pute, wie sie Arabella bei sich nannte, verderben zu lassen. Und sie war deshalb sehr froh, als die Mutter in ihrer ruhigen Art antwortete:

»Nun, das ist Ansichtssache. Aber manchmal ändert man seine Ansicht mit der Zeit, und . . .«, jetzt nickte sie dem Gast freundlich zu, ». . . vielleicht wird aus dir noch einmal eine richtige Leseratte.«

›Eher eine Film- und Fernsehratte‹, dachte Lissy und unterdrückte nur mit Mühe ein Kichern, während Arabella heftig protestierte: »Niemals!«

Nach dem Tee fingen sie an, die Koffer auszupacken. Bei dieser Tätigkeit schien Arabella in ihrem Element zu sein. Sie verlor beim Betrachten ihrer reichhaltigen Garderobe ihren schläfrigen Blick, und ihre Augen blitzten, als sie einmal das eine, einmal das andere Kleidungsstück vor ihrer Gastgeberin ausbreitete, ja sogar hin und wieder eins überzog, um sich vor dem Spiegel mit Worten wie: »Das ist süß, nicht?« oder: »Schick, was?« zu drehen und zu wenden. Nur eines bereitete ihr Kummer, nämlich daß sie die ganze Pracht in einem großen Schrank auf dem Boden unterbringen mußte. Aber was hätte sie gegen Frau Allens Argument, sie habe leider nirgendwo anders Platz für so viel Kleider, einwenden sollen? Dagegen jedoch wies sie den ebenso vernünftigen wie gutgemeinten Ratschlag, die Koffer samt Inhalt nach Hause zurückzuschicken, voller Empörung zurück. »Wegen so einer dämlichen Schuluniform, die ich ja doch niemals trage? Das kommt überhaupt nicht in Frage!« Und als sie ihre Arbeit beendet hatte und die Schranktür für heute endgültig schloß, wiederholte sie wütend: »Überhaupt nicht in Frage kommt es, wegen so einer Schuluniform, so einer dämlichen!«

Lissy aber, die ihr getreulich geholfen hatte und wie ein Packesel hinter ihr hergezogen war, warf ihr einen schrägen Blick unter gesenkten Wimpern zu und dachte zum soundsovielten Male: ›So eine Pute!‹

Bella – Bello

Die folgenden Tage sollten nicht viel besser werden als der erste. Alles, was Lissy interessierte, langweilte Arabella, und obwohl es im umgekehrten Fall genauso war, spürte Arabella kaum etwas von diesem so unerquicklichen Zustand. Einmal nämlich war sie es gewohnt, nur an sich selbst zu denken, und zum anderen gab Lissy sich die größte Mühe, höflich zu bleiben und ihre eigenen Wünsche zurückzustellen.

So hockte sie denn gemeinsam mit dem Besuch vor

dem Fernsehgerät oder schaute zu, wie sie vor dem Spiegel in ihrem Zimmer neue Haarfrisuren ausprobierte. Hätte Frau Allen nicht hin und wieder ein Machtwort gesprochen und dafür gesorgt, daß die Mädchen hinausgingen, so wäre Lissy wohl kaum an die frische Luft gekommen.

Da Seen und Teiche bei dem nun schon längere Zeit anhaltenden Frost zugefroren waren, stimmte Lissy in den meisten Fällen für Schlittschuhlaufen, was sie genauso leidenschaftlich gern tat wie Reiten und Schwimmen. Ausnahmsweise hatte auch Arabella nichts gegen diesen Sport einzuwenden, und jedem, der sich über ihre Bereitwilligkeit gewundert haben sollte, ersparte sie durch ihren Anblick weiteres Kopfzerbrechen.

Sie erschien in einem weiten, kurzen Samtröckchen mit breitem Pelzbesatz, dazu passendem Jäckchen, Pelzmütze und einem Paar funkelnagelneuer Schlittschuhstiefel über der Schulter. Lissy dachte: ›Also daher weht der Wind. Sie wollte sich nur wieder einmal zeigen!‹ Und Herr Allen sagte schmunzelnd: »Da hätten wir also eine richtige Eisprinzessin und selbstverständlich einen Prinzen dazu«, nickte er lachend und klopfte seiner Tochter auf die Schulter.

Lissy sah an sich herunter und kicherte. »Ein bißchen schäbig, der Prinz, aber zum Hinfallen ist die alte Skihose gut genug.«

»Hinfallen!« wiederholte Arabella geringschätzig. »Das passiert doch nur Anfängern!«

»Nun, das kann anderen auch passieren«, mischte sich Frau Allen lächelnd ein.

»Wir haben nämlich keine gegossene Eisbahn, mußt du wissen.«

Aber dieser Hinweis entlockte Arabella nur ein mitleidiges Achselzucken. Schließlich brauchte man ja nur ein bißchen aufzupassen, um nicht über jeden Huckel zu stolpern und sich vor den übrigen zu blamieren.

Wenn sie jedoch geglaubt hatte, ein größeres Publikum in Erstaunen versetzen zu können, so sah sie sich in ihren Erwartungen getäuscht. Nur ein paar Jungen aus dem Dorf tummelten sich auf dem Teich und sperrten zwar bei ihrem Erscheinen Mund und Nase auf, fingen dann aber an, sich unter lautem Gelächter in die Seite zu stoßen.

›Albernes Volk!‹ dachte Arabella empört. ›Denen werde ich's zeigen!‹

Sie drehte eine Pirouette, lief in elegantem Bogen weiter und rief, während sie zu den Jungen hinüberschielte: »Übrigens, das hatte ich ganz vergessen, Lissy. Du kannst mich ruhig Bella nennen, einfach Bella!«

Sprach's, übersah eine der vielen Unebenheiten und lag im nächsten Augenblick der Länge nach auf dem Eis.

Lautes Geschrei, Johlen und der vielstimmige Ruf: »Bella – Bello!« gellte der Ärmsten in den Ohren, als sie mit Lissys Hilfe wieder auf die Beine kam. Die Pelzmütze war ihr über die Augen gerutscht. »Und so etwas nennt sich Eisbahn!« murmelte sie und fügte, nachdem sie sich wieder freie Sicht verschafft hatte, mit erhobener Stimme und einem durchdringenden Blick in Richtung der Jungen hinzu: »Aber gerade das Richtige für solche Idioten!«

Selbstverständlich war sie fortan nicht mehr zu bewegen, zur Stätte ihrer Niederlage zurückzukehren, und so fuhr Herr Allen die Mädchen einige Male zu einem der weiter entfernt liegenden Seen, wo man sicher sein konnte, niemandem aus dem Dorfe zu begegnen.

Lissy war dem Vater sehr dankbar, daß er einen Teil seiner knapp bemessenen Zeit für sie opferte, denn nach dem Vorfall auf dem Teich hatte sie geglaubt, daß es nun mit dem Schlittschuhlaufen für immer vorbei sei. »Und das wäre schlimm gewesen«, gestand sie ihrer Mutter mit einem tiefen Seufzer. »Ich bin schon ganz krank von dem ewigen Stubenhocken.«

Ja, die sonst so lebhafte Lissy war merklich stiller geworden, und manchmal wünschte sie, die Ferien wären vorüber und sie könnte wieder mit ihren Freunden im Internat zusammen sein.

Natürlich sollte dieser Wunsch einmal in Erfüllung gehen, auch wenn die Zeit nur langsam zu vergehen schien. Und als der Tag der Abreise nahte, half Lissy mit einem Gefühl grenzenloser Erleichterung Arabella beim Ausräumen des Schrankes auf dem Boden. Übermütig lief sie treppauf, treppab und malte sich aus, was Michael wohl zu der überwältigenden Menge von Gepäckstükken und zu deren Besitzerin sagen würde. Sehr glimpflich würde er nicht mit ihr umgehen, das stand fest, und schon aus diesem Grunde hätte Arabella besser daran getan, Frau Allens Rat zu befolgen. Auch Lissy hatte noch einmal vergeblich versucht, sie umzustimmen. »Wenn du wenigstens nur die Hälfte mitnehmen würdest«, hatte sie endlich gemeint. »Mal ganz abgesehen von der Schuluniform, die du ja letzten Endes doch tragen mußt . . .«

»Ich muß gar nichts«, unterbrach Arabella sie hochmütig.

». . . ist es sowieso viel zuviel, was du da mitschleppen willst«, vollendete Lissy ruhig.

»Das ist doch schließlich meine Sache, nicht wahr?« gab Arabella zurück.

Sie hatte vor Wut ganz schmale Augen und ließ ihre wohlmeinende Ratgeberin einfach stehen.

Sonst war am Abreisetag immer strahlender Sonnenschein gewesen, heute aber war der Himmel grau, und Herr Allen mahnte nach einem prüfenden Blick in die Höhe zur Eile, da ein mögliches Schneetreiben sie nur allzuleicht am pünktlichen Erscheinen auf dem Bahnhof hätte hindern können.

»Nur das nicht!« rief Lissy entsetzt, sprang schon von ihrem Platz am Frühstückstisch auf, umarmte ihre Mutter zum Abschied und saß wenige Sekunden später in dem vor der Haustür haltenden Wagen.

Herr und Frau Allen lachten, Arabella aber schob verächtlich die Unterlippe vor. Sie machte einen tiefen Knicks vor Frau Allen und stolzierte, während sie mit der einen Hand eine Locke in die Stirn zog und mit der anderen die Pelzmütze zurechtrückte, gemessenen Schrittes hinaus.

»Beeil dich doch!« rief Lissy ihr aufgeregt entgegen. »Beeil dich doch ein bißchen!«

Ja, der ungeduldig Wartenden konnte jetzt nichts schnell genug mehr gehen, und wer angenommen hatte, daß dieser Zustand beendet sein würde, sobald der Wagen sich in Bewegung gesetzt hatte, sollte sich getäuscht haben. Unzählige Male fragte sie den Vater, wie weit es denn noch wäre und ob sie es wohl noch schaffen würden, und gab sich erst zufrieden, als sie endlich vor dem großen Bahnhofsgebäude hielten.

Da haben sich zwei gefunden

Wenige Augenblicke später hatte Lissy trotz der vielen Reisenden, die ihr den Weg versperrten, das Ende des Bahnsteiges erreicht und wurde von Herrn Lynton, ihrem Klassenlehrer, und der Französischlehrerin Mademoiselle Dupont herzlich begrüßt. Schnell schüttelte sie noch die Hände einiger Klassenkameraden und eilte dann auf ein Mädchen und einen Jungen zu, die etwas abseits nebeneinander standen.

»Hallo, Joan, hallo, Michael«, sagte sie freudestrahlend und außer Atem. »Ich finde es wunderbar, daß wir wieder zusammen sind!«

»Ich auch!« nickte Joan, die genauso wie ihre Freundin strahlte. Michael grinste und meinte mit einem Blick auf die sich ihnen langsam mit hoch erhobenem Kopf nähernde Arabella:

»Falls diese Gestalt da das Mädchen ist, das du in den Ferien zu Besuch hattest, würde ich mich noch nicht einmal wundern, wenn du es jetzt wunderbar fändest, mit des Teufels Großmutter zusammen zu sein. Die ist bestimmt nur halb so schlimm, auf alle Fälle aber nur halb so albern.«

Lissy nickte stumm, und etwas anderes blieb ihr auch nicht übrig, da Arabella schon vor ihnen stand und zuerst Joan und dann Michael aus halbgeschlossenen Augen musterte. ›Nur nicht lachen!‹ dachte Lissy verzweifelt und hörte sich gleich darauf zu ihrem eigenen Erstaunen ganz ruhig sagen: »Das ist Arabella, die jetzt in unsere Klasse kommt, und das«, jetzt wandte sie sich an Arabella, »sind Joan und Michael, von denen ich dir so viel erzählt habe.«

»Guten Tag«, sagte Joan freundlich, und Michael ließ sich in düsterem Ton vernehmen:

»Hoffentlich hat sie dir nicht verraten, daß ich gern kleine Kinder fresse, am liebsten solche mit goldenen Haaren.« Lissy und Joan kicherten, Arabella aber verzog keine Miene, als sie geringschätzig antwortete: »Sie hat mir nur verraten, daß ihr hier alle eine Schuluniform tragt.«

»Na und?« gab Michael mit zusammengezogenen

Brauen zurück. »Paßt dir daran irgend etwas nicht?«

»Sie ist doch sehr praktisch«, sagte Joan eifrig.

»Praktisch! Als ob das so wichtig wäre! Aber daß einer wie der andere aussehen mag!«

Einen Augenblick lang herrschte verdutztes Schweigen, dann aber mußte sogar Joan ein bißchen lachen, während Michael mit breitem Grinsen meinte: »Wenn jemand so schön ist wie du, braucht er sich darüber doch keine Sorgen zu machen. Dich wird man immer, auch unter Tausenden, herausfinden.«

Arabella, nicht ganz sicher, wie sie diese Worte aufzufassen hatte, warf ihm einen kurzen, mißtrauischen Blick zu, und Lissy, die unerfreuliche Auseinandersetzungen vermeiden wollte, wechselte schnell das Thema. »Wo sind eigentlich Kathleen und Jennifer?« fragte sie hastig und sah sich suchend nach allen Seiten um.

»Die hat der Durst so sehr geplagt, daß sie sich unbedingt eine Brause kaufen mußten«, erklärte Michael bereitwillig, und Joan rief: »Da kommen sie ja schon!«

Ja, da schlenderten sie heran und fingen an zu laufen, als sie Lissy sahen. »Prima, daß du da bist!« sagte Kathleen herzlich, und Jennifer nickte ernsthaft. »Was sollten wir wohl ohne unsere Vertrauensschülerin machen!«

»Eine andere wählen«, entgegnete Lissy freundlich und erntete für diesen Ausspruch lachenden Protest.

Arabella hatte die beiden Neuankömmlinge wie üblich aus halb geschlossenen Augen gemustert und wartete nun mit hochmütiger Miene darauf, daß man Notiz von ihr nahm. Sie hätte besser daran getan, nicht so sehr darauf zu warten, denn nun fühlte sich Michael verpflichtet, die Vorstellung zu übernehmen. Er deutete mit großartiger Handbewegung auf sie und sagte mit erhobener Stimme: »Das ist Arabella, unsere neue Mitschülerin, die wir hiermit herzlich willkommen heißen.

Übrigens braucht ihr euch über den Zustand ihrer Augen keine Sorgen zu machen und etwa für eine Brille zu sammeln. Wenn sie uns alle miteinander verwechselt, liegt es nämlich nicht daran, daß sie so kurzsichtig ist, sondern daran, daß es ihr leider unmöglich ist, einen vom anderen zu unterscheiden, weil wir eine Schuluniform tragen, die alle gleich macht, und ...«

»Hör auf!« bat Lissy, und auch Joan versuchte, dem Redefluß Einhalt zu gebieten, indem sie ihren Freund möglichst unauffällig in die Seite stieß. Jennifer und Kathleen aber kicherten, und Kathleen fragte:

»Das sieht ja beinahe so aus, als hättest du etwas gegen unsere Schulkleidung?«

»Das kann man wohl sagen«, seufzte Michael mit betrübter Miene. »Das ist leider, leider die bittere Wahrheit, und ich fürchte, daß sie noch eine Menge Ärger bekommt, falls sie darauf bestehen sollte, ihre eigenen Sachen zu tragen, anstatt wie wir in Sack und Asche zu gehen.«

»Pah!« machte die allmählich feuerrot gewordene Arabella. »Pah!« machte sie noch einmal und fügte mit niederschmetterndem Blick in die Runde hinzu: »Ihr benehmt euch ja wie die Hottentotten!«

»Aber das ist doch alles nur Spaß!« sagte Joan begütigend. Auch die drei anderen Mädchen bemühten sich, die gekränkte Arabella wieder zu versöhnen. Kathleen aber fand endlich die richtigen Worte, als sie nachdenklich meinte: »Wenn deine Sachen alle so schick sind wie dieser Pelzmantel, dann ist es auch gar nicht so einfach, sich davon zu trennen.«

Bei diesem Lob hatte sich Arabellas Miene schon um einiges aufgehellt, sie tat es aber noch mehr, als jetzt hinter ihrem Rücken jemand voller Begeisterung rief:

»Todschick ist der Mantel! Und er steht dir!«

›Ja, nicht wahr?‹ hätte Arabella am liebsten gesagt, als sie sich nun umwandte und das Mädchen ansah, das sie so bewunderte. Es war ein kleines blasses Persönchen mit aschblonden Haaren und wasserblauen Augen, es wirkte recht unscheinbar.

»Ich heiße Rosemarie«, sagte es jetzt. »Und du bist Arabella, nicht wahr?«

Die Antwort bestand aus einem huldvollen Kopfnikken und einem nicht weniger huldvollen Lächeln.

»Das ist ein schöner Name!«

»Ja, nicht wahr?« sagte Arabella nun doch und fügte nach einer kleinen Pause hinzu: »Du interessierst dich für Mode, ja?«

»Und wie!« sagte Rosemarie eifrig. Daraufhin machte Arabella ihr das großzügige Angebot, ihre Kleider zu besichtigen.

»Natürlich erst, wenn mein Gepäck da ist.«

»Natürlich«, nickte Rosemarie mit glänzenden Augen, und Michael flüsterte Lissy zu: »Da haben sich zwei gefunden!«

»Und das ist ein wahrer Segen!« flüsterte Lissy zurück. »Die Ferien waren kein Vergnügen, das kannst du mir glauben!«

Michael grinste verständnisvoll und behauptete, daß er solch einen Besuch sofort vor die Tür gesetzt hätte. Dagegen meinte Joan mitfühlend:

»Du Ärmste! Ich kann schon verstehen, daß du froh bist, wenn einer sie dir abnimmt.«

»Und das wird gründlich besorgt«, kicherte Jennifer. »Hört nur!«

»Du kannst mich Bella nennen«, flötete Arabella gerade, »einfach Bella!«

»Das gibt's ja gar nicht!« staunte Lissy lachend, denn es war geradezu unwahrscheinlich, wie oft nun die eifrige Rosemarie den Namen in einem Satz unterzubringen wußte.

»Oh, Bella«, rief sie, »das finde ich prima, daß ich dich Bella nennen soll. Und weißt du, ich finde Bella noch hübscher als Arabella, wirklich, das finde ich, Bella!«

»Die ist ja total übergeschnappt!« murmelte Michael. Seine Worte wurden von dem in diesem Augenblick einfahrenden Zug übertönt.

Nun kam Bewegung in die teilweise schon ungeduldig Wartenden, und Mademoiselle Dupont und Herr Lynton hatten wie immer Mühe, den Ansturm ihrer Schüler auf die reservierten Abteile in Grenzen zu halten.

»Ihr euch ja noch drückt tot!« rief Mademoiselle Dupont, und Herr Lynton mahnte: »Nehmt doch Vernunft an, Kinder!«

»Sonst benimmt sich die Rasselbande ganz ordentlich«, sagte er mit beinahe entschuldigendem Lächeln zu Herrn Allen, »wenn es aber gilt, einen Fensterplatz zu ergattern, sind sie nicht mehr zu bändigen.«

»Nehmen wir es als Zeichen dafür, daß alle gesund und munter sind«, entgegnete Herr Allen lachend und klopfte seiner Tochter zum Abschied auf die Schulter. »Also bis zum nächsten Mal, mein Kind. Laß es dir gutgehen inzwischen und vergiß nicht zu schreiben.«

»Aber Vater!« sagte Lissy entrüstet, doch dann sah sie in seine freundlich zwinkernden Augen. Er machte Spaß, natürlich! Denn solange sie das Internat besuchte, hatte sie es noch nie versäumt, den wöchentlichen Bericht an ihre Eltern zu schicken. Ja, Lissy hing sehr an ihren Eltern, und erst in diesem Augenblick kam es ihr so richtig zu Bewußtsein, wie sehr Arabella das sonst so gemütliche Beisammensein gestört hatte, Arabella, die sich jetzt in ihrer affektierten Art mit einem tiefen Knicks von Herrn Allen verabschiedete.

›Der Teufel soll sie holen!‹ dachte Lissy und gleich darauf: ›Das nächste Mal kann sie von mir aus auf den Mond fahren oder noch besser zu dieser Rosemarie, die bestimmt glücklich ist, wenn sie so einen Besuch bekommt.‹ Das waren keine freundlichen Gedanken, aber wer hätte sie Lissy verargen wollen? Doch als der Zug sich endlich in Bewegung gesetzt hatte, waren sie bald vergessen, obwohl Arabella und Rosemarie ihr schräg gegenüber Platz genommen hatten.

»Na, langweilig wird's bestimmt nicht«, raunte Michael ihr mit einer Kopfbewegung in Richtung der beiden ins Ohr. »Die werden schon für Abwechslung sorgen.«

Lissy nickte ernsthaft und seufzte erleichtert. »Es ist wirklich ein Glück, daß sich diese komische Rosemarie noch eingefunden hat, denn aus unserer Klasse hätte sich unter Garantie keiner um Arabella gekümmert. So viel Albernheit kann niemand von uns vertragen. Und was wäre dann gewesen? Dann hätte ich sie auf dem Halse gehabt!«

»Wenn sich nicht die beiden anderen Neuen zufällig geopfert hätten«, grinste Michael, »was ich übrigens nicht glaube.«

»Die beiden anderen?« fragte Lissy verblüfft. »Haben wir denn noch mehr Neue?«

»Zwei Jungen, ja«, sagte Joan, die neben ihr saß. »Aber wir wissen auch weiter nichts von ihnen, als daß sie Julius und Martin heißen und ...«

»... daß sie sich auf keinen Fall um Arabella kümmern würden«, ergänzte Michael und warf einen Blick hinaus auf den Gang, wo in diesem Augenblick zwei Jungen aufgetaucht waren, die Arabella mit unmißverständlichem Gesichtsausdruck betrachteten und sich dabei heimlich in die Seite stießen.

»Da wäre nichts zu hoffen, was?« sagte Michael leise, und Lissy lachte:

»Was müßten denn das auch für Jungen sein, die sich mit so einer, so einer . . .«

». . . Pute«, half Michael freundlich.

». . . die sich mit so einer Pute abgeben würden«, vollendete Lissy, während sie die neuen Mitschüler verstohlen musterte.

»Der Blonde ist Martin«, erklärte Joan, und Michael fügte mit todernster Miene hinzu: »Woraus du messerscharf folgern kannst, daß es sich bei dem anderen um Julius handeln muß.«

Lissy ließ den Blick von dem hellhäutigen Martin zu dem dunkelhaarigen Julius gleiten, dessen lebhafte grüne Augen vor Vergnügen zu funkeln schienen. Jetzt tippte er leicht mit dem Zeigefinger gegen seine Stirn, zerstreute auf diese Weise den letzten Zweifel hinsichtlich seiner Meinung über Arabella und war gleich darauf in Begleitung seines Kameraden verschwunden. Arabella aber, völlig ahnungslos, daß man eben ein so wenig freundliches Urteil über sie gefällt hatte, fuhr fort, der mit geöffnetem Munde lauschenden Rosemarie eines ihrer Kleider nach dem anderen in allen Einzelheiten zu beschreiben . . .

Irren ist menschlich

Auch heute hatten sich die beiden alten Vorsteherinnen, Fräulein Elisabeth und Fräulein Charlotte Schön, zum Empfang ihrer Zöglinge auf der Freitreppe eingefunden, und während einer nach dem anderen aus dem Bus kletterte, meinte Michael mit einem Blick auf die in schwarze Mäntel gehüllten Gestalten:

»Es sieht beinahe so aus, als wären sie inzwischen ein bißchen schief geworden, findest du nicht auch? Da kann man also sagen, schief, aber schön, oder schön, aber schief.«

Lissy preßte ihr Taschentuch vor den Mund und versuchte, den unwiderstehlichen Lachreiz zu unterdrükken, doch ohne den geringsten Erfolg.

»Haltung bewahren!« flüsterte Michael nun zu allem Überfluß auch noch. »Du kannst dich doch nicht so gehenlassen, du als Vertrauensschülerin!«

Haltung bewahren, das war leichter gesagt als getan, und Lissy bemühte sich so lange darum, bis sie mit tränenden Augen vor den alten Damen stand. »Willkommen, mein Kind«, sagte die eine herzlich, und die andere fügte besorgt hinzu: »Du hast doch hoffentlich keinen Kummer?«

»Nein, Husten«, kam die prompte, wenn auch etwas gepreßt klingende Antwort, der in der nächsten Sekunde ein ungewöhnlich starker Hustenanfall folgte. Je länger der Anfall dauerte, desto besorgter wurden die Mienen der beiden Vorsteherinnen.

Endlich meinte Fräulein Elisabeth:

»Unter diesen Umständen wärest du besser noch ein paar Tage zu Hause geblieben, um dich auszukurieren.« Ihre Schwester unterstützte sie mit den Worten: »Auch Pflichtgefühl kann man übertreiben!«

»Ach«, entgegnete Lissy, während sie sich die Tränen abwischte, »ach, das ist, das ist . . .«

». . . gar nicht so schlimm«, ergänzte Michael in aller Seelenruhe und kam so der stotternden Lissy zu Hilfe, »sie hat sich nämlich nur verschluckt.«

Selbstverständlich hörten das die alten Damen mit Erleichterung, und gleich darauf war die nicht weniger erleichterte Lissy mit einem freundlichen Kopfnicken entlassen und lief neben ihrer Freundin Joan die Treppe zu ihrem gemeinsamen Zimmer hinauf.

Im Gegensatz zu sonst, wo die Sonne den Raum zu ihrem Empfang erhellt hatte, lag er jetzt im fahlen Licht des Winternachmittages, und die nun kahlen Zweige des Birnbaumes waren mit Schnee bedeckt.

»Eigentlich ist es jetzt noch hübscher hier als im Sommer«, meinte Lissy, schrak zusammen und schloß die Augen, denn Joan hatte das Licht angeknipst und zog die zartgelben Vorhänge zu.

»Für eine Vertrauensschülerin bist du ein bißchen zu romantisch«, sagte sie jetzt lachend. »Anstatt unser Zimmer zu bestaunen, solltest du lieber daran denken, daß wir nicht zu spät zum Tee kommen dürfen. Wirklich, du als Vertrauensschülerin . . .«

»Hör auf!« unterbrach Lissy und preßte in komischer Verzweiflung die Hände gegen die Ohren, fügte aber gleich darauf ernsthaft hinzu: »Ich bin bald so weit, daß ich das Wort Vertrauensschülerin nicht mehr hören kann. Was sagte meine Mutter, wenn ich einmal wegen Arabella aus der Haut fahren wollte? ›Du als Vertrauensschülerin mußt dich immer vorbildlich benehmen.‹ Und Michael, was sagt der? ›Haltung bewahren!‹ sagt er. ›Du als Vertrauensschülerin darfst dich niemals gehenlassen.‹ Und jetzt fängst du auch noch damit an. Man hat ja beinahe das Gefühl, als dürfte man gar kein richtiger Mensch mehr sein.«

»Unfug«, widersprach Joan in ungewöhnlich bestimmtem Ton und begann mit Sorgfalt ihr Haar zu bürsten, »es ist einfach so, daß du immer mit gutem Beispiel vorangehen sollst. Denn wenn du unpünktlich und liederlich wärst oder dich bei jeder Gelegenheit mit jedem zanktest, hätte ja niemand mehr Vertrauen zu dir, keiner würde dich um Rat fragen . . .«

»Ach, wer soll mich denn um Rat fragen«, sagte Lissy wegwerfend, »höchstens«, und nun mußte sie schon wieder lachen, »höchstens Arabella, wenn sie nicht weiß, wo sie ihre vielen Kleider unterbringen soll.«

Es blieb ihr keine Zeit mehr, noch weiter über ihr Amt nachzudenken, denn der Gong rief zum Tee, und Joan meinte erfreut, während sie schon die Tür öffnete: »Fein, daß wir noch fertig geworden sind und nachher nicht noch einmal mit dem Auspacken anfangen müssen.«

»Ich höre immer Auspacken«, sagte Michael, der gerade an ihrem Zimmer vorüberlaufen wollte, nun seinen Schritt verlangsamte und die beiden Mädchen freundlich grinsend ansah. »Mit solchen Kleinigkeiten gebe ich mich gerade so lange ab wie unbedingt nötig, mit anderen Worten . . .«

». . . kippst du den ganzen Koffer in den Schrank«, nickte Lissy lachend und fügte in gedämpftem Ton hinzu: »Das laß nur unsere Vertrauensschülerin nicht hören. Du weißt ja, daß sie auch für Ordnung zu sorgen hat und . . .«

». . . was denn noch?« sagte jemand dicht hinter ihr, »was muß denn dieses Wundertier noch alles tun?«

»Wieso Wundertier?« fragte Lissy zurück und sah in die, wie es ihr schien, sie spöttisch musternden Augen des Neuen, von dem Joan gesagt hatte, er hieße Julius.

»Weil man die reinsten Wunderdinge von dem Wundertier hört«, antwortete Julius ruhig und fuhr ebenso ruhig fort: »Ich halte übrigens gar nichts von Vertrauensschülern, Schulsprechern oder sonstigen Respektspersonen, weil ich nämlich gar nichts davon halte, wenn andere ihre Nase in meine Angelegenheiten stecken.«

»Hier steckt niemand seine Nase in irgend etwas!« belehrte Michael ihn in seinem hoheitsvollsten Ton, wobei er nur bedauerte, daß er nicht auf diesen lächerlichen Neuling heruntersehen konnte, da Julius und er gleich groß waren. »Und falls du auf die Sache mit Kathleen anspielst, von der du ja sicher gehört hast, so sind hier alle der Meinung, daß es ganz richtig war, daß sich jemand um sie gekümmert und ihr geholfen hat. Da kannst du fragen, wen du willst, am besten Kathleen selber.«

»Ja, ja«, sagte Julius beschwichtigend und ein wenig belustigt, aber Michael war noch nicht fertig.

»Außerdem gibt es hier keine Respektspersonen, wie du sie dir vorstellst. Weder unsere beiden Vorsteherinnen, das Lieselottchen, wie wir sie nennen, sind welche, noch die beiden Schulsprecher Rita und Richard, und vor allen Dingen unsere Vertrauensschülerin nicht, die du hier«, er wies mit großartiger Gebärde auf Lissy, »vor dir siehst.«

»Du?« sagte Julius verblüfft. »Du bist das Wundertier?«

»Ich bin das Wundertier«, bestätigte Lissy kühl, mußte aber gleich darauf wie alle anderen herzlich lachen, denn Julius erklärte mit entwaffnender Offenheit:

»Und weißt du, was ich gedacht habe, wer es ist? Die Blonde mit der Pavianmähne, das Mädchen, das im Zug so vor der Kleinen angab.«

Arabella meinte er! War es denn möglich?

»Du warst wohl noch nie in einem Internat?« fragte Michael mit nachsichtigem Lächeln, das noch um einige Grade nachsichtiger wurde, als Julius den Kopf schüttelte. »Sonst wüßtest du nämlich, daß so eine affige Pute niemals zur Vertrauensschülerin gewählt werden würde.«

Es schien, als wollte Julius etwas erwidern, doch da

meinte Lissy mit nachdenklich gerunzelten Brauen: »Daß du aber gerade auf die gekommen bist!«

»Das war ganz einfach«, lachte er. »Als ich hörte, daß das Wundertier, von dem jeder erzählte, blonde Haare hat, mußte ich sofort an diese, wie heißt sie doch? Ach ja, an diese Arabella denken.«

›Denken ist Glückssache‹, wollte Michael sagen, als er aber in das fröhliche, unbekümmerte Gesicht des Neuen sah, besann er sich und entgegnete, wenn auch in gönnerhaftem Ton: »Irren ist menschlich!«

Eine Nachtigall im Januar

Wenige Augenblicke später saßen sie alle an der langen Tafel im Eßsaal, und Lissy hatte zum erstenmal an diesem Tage Zeit, all die wohlbekannten Gesichter ringsum in Ruhe zu betrachten. In einiger Entfernung entdeckte sie die dicke Ruth, die eben für den Bruchteil einer Sekunde von dem großen Stück Torte auf ihrem Teller abließ und ihr rotbäckiges Gesicht einigen Jungen in ihrer Nähe zuwandte, deren fröhliches Gelächter darauf schließen ließ, daß einer von ihnen etwas Komisches gesagt hatte. Es waren Julius, Jack und Robert, die da nebeneinandersaßen und sich anscheinend köstlich amüsierten. Michael fragte leise:

»Was ist denn mit dir los? Hast du etwa an diesem reich gedeckten Tisch nur Platz genommen, um Löcher in die Luft zu starren?«

Lissy, deren Blicke inzwischen zu Rita, der Schulsprecherin, weitergewandert waren, die ihr gerade freundlich zunickte, nickte zurück, und Michael glaubte, daß sie ihm auf diese Weise antwortete.

»Wie?« fragte er ein wenig verblüfft und fügte mit besorgter Miene hinzu: »Das sieht ja beinahe so aus, als fühltest du dich nicht gut. Vielleicht ist mit deinem Magen etwas nicht in Ordnung? Ein Wunder wäre es ja nicht, nachdem du Arabella die Ferien über genossen hast.«

»Was redest du denn wieder für einen Blödsinn?« sagte Lissy lachend.

»Blödsinn, ich? Wenn ich mir Gedanken um deinen Gesundheitszustand mache, rede ich Blödsinn? Oder hast du nicht selber eben zugegeben, daß du lieber Löcher in die Luft starrst, anstatt etwas zu essen?«

Das kleine Mißverständnis war schnell aufgeklärt, und während Lissy und Joan sich köstlich amüsierten, verzog Michael noch immer keine Miene. »Trotzdem würde ich an deiner Stelle allmählich zugreifen«, sagte er mit Nachdruck. »Glaub nur nicht, daß die anderen dir etwas übriglassen. Die scheinen ja total ausgehungert zu sein und benehmen sich heute wie die Heuschrecken. Die Brötchen sind übrigens ganz frisch, und Röllchens Kirschtorte ist ein wahres Wunderwerk!«

»Eigentlich komisch«, sagte Lissy, »was sie kocht oder backt, schmeckt immer prima.«

»So komisch ist das gar nicht«, widersprach Joan ernsthaft. »Sie weiß eben, daß wir uns freuen, wenn sie uns etwas Gutes vorsetzt, und deshalb gelingt ihr alles.«

»Ja, ja, das stimmt«, nickte Lissy, und Michael meinte gleichmütig: »Habe ich nicht immer gesagt, daß sie eine Seele von Mensch ist?«

»Ach du«, kicherte Lissy, »du denkst ja nur an die Baisers, die sie uns manchmal zugesteckt hat.«

»Als ob das eine Schande wäre«, entgegnete er. »Du und Joan, ihr habt sie ja auch nicht verschmäht, oder?«

»Wir lassen uns aber auch öfter in der Küche blicken.«

Lissy kicherte noch immer und warf ihrem Freund einen verschmitzten Blick zu. »Und du?«

»Ich, ich«, begann er stockend, verspürte jedoch plötzlich keine Lust mehr, nach einer Erklärung zu suchen, und entschloß sich kurzerhand, mit einer Gegenfrage zu antworten: »Wolltet ihr nicht noch guten Tag sagen, ehe das Treffen anfängt?« sagte er schnell, während er auf seine Uhr sah.

Lissy meinte seufzend: »Und ich hatte schon gehofft, daß es ausnahmsweise erst einmal morgen sein würde. Ich bin nämlich zum Umfallen müde. Ob mich die Reise so angestrengt hat?«

»Dich hat etwas ganz anderes angestrengt, nämlich die gute Arabella«, belehrte Michael sie, ohne zu zögern. »Aber laß nur, jetzt wird sich das Blättchen wenden, jetzt wird sie mal diejenige sein, die sich ärgert, und weißt du auch, wann das anfängt?«

»Das hat schon angefangen«, entgegnete Lissy und lachte. »Hast du nicht gesehen, wie bitterböse sie ist, weil sie nun doch die Schuluniform tragen muß?«

»Also schön«, räumte er ungeduldig ein, »dann fängt es eben nicht an, dann geht es eben weiter, und zwar gleich, nämlich beim Treffen, wo sie erfahren wird, daß sie ihre Reichtümer abliefern muß. Wetten, daß sie das noch viel scheußlicher findet als die Schuluniform?«

Die Teestunde war nun bald beendet, und ehe die beiden Mädchen den Weg zur Küche einschlugen, gab Michael ihnen den Rat, lieber wie im Sommer außen herum zu gehen. »Schnappt ruhig noch ein bißchen frische Luft. Dann werdet ihr unter Garantie wieder munter.«

Die Obstbäume waren nun mit Schnee bedeckt, und die knorrigen Stämme wirkten noch dunkler in dem fahlen Weiß und im Licht des Mondes, der blaßgelb am Himmel stand.

»Schön, nicht wahr?« sagte Lissy, aber Joan meinte:

»Ich finde es im Sommer schöner, viel schöner sogar. Ich mag es so gern, wenn die Sonne durch das Laub scheint und die Vögel singen, und . . .«

». . . du auf unserer Schaukel sitzen kannst«, ergänzte Lissy lachend, pflichtete dann aber der Freundin ernsthaft bei: »Das mag ich natürlich auch sehr gern. Und ich arbeite auch sehr gern in unserem Gärtchen und freue mich, wenn alles wächst. Weißt du übrigens, daß Jack Rosen züchten will?«

»Dann wird unser Garten bestimmt der schönste«, entgegnete Joan eifrig, während sie nun beide den schmalen Weg am Hause entlang zur Küche liefen.

Sie wurden dort genauso herzlich wie immer empfangen, doch wirkte das gute Röllchen ziemlich aufgeregt.

»Ihr habt eine Neue in der Klasse, nicht wahr?« begann sie in beinahe drohendem Ton. »Eine Hopfenstange mit blonder Perücke?«

»Arabella, ja«, bestätigte Lissy.

»Arabella!« wiederholte Röllchen verächtlich. »Den Namen hab ich mein Lebtag noch nicht gehört, und solange ich hier im Internat bin, hat noch keiner so geheißen. Und noch keiner hat sich so benommen wie diese Arabella.« Sie holte tief Luft. »Also, was soll ich euch sagen, erscheint sie doch eben bei mir, kurz bevor ihr kamt, und will Eier von mir haben. Für die Haarpflege, wie sie sagte. Jeden zweiten Tag müßte sie zwei Eigelb zum Haarewaschen haben, damit das Haar Glanz und Farbe behält.«

Das gute Röllchen versuchte vergeblich, Arabellas hochnäsige Art nachzumachen, mit dem Ergebnis, daß die Mädchen in Gelächter ausbrachen. »Ihr werdet gleich nicht mehr lachen«, wurden sie in düsterem Ton belehrt. »Alles gut und schön, sagte ich nämlich, aber von meinen Vorräten dürfe ich nichts hergeben, und wenn der Kaiser von China käme. Und im übrigen hielte ich es für richtiger, Lebensmittel zum Essen zu gebrauchen.«

»Ja und dann?« fragte Lissy in die Pause hinein, die diesen Worten folgte.

»Dann sah sie mich von oben bis unten an, sagte: ›Man sieht's!‹ und stolzierte zur Tür hinaus!«

Sprachlos starrten die Mädchen die Köchin an. Aber endlich ließen sie ihrer Empörung freien Lauf: »Ist das eine Frechheit!« rief Lissy mit blitzenden Augen, und Joan entrüstete sich: »Wie kann man nur so unverschämt sein!«

Röllchen gab zwar durch lebhaftes Kopfnicken zu erkennen, daß man Arabellas Benehmen wahrhaftig nicht anders als unverschämt bezeichnen konnte, als aber Lissy meinte, dagegen müsse etwas unternommen werden – »Wozu bin ich denn Vertrauensschülerin!« –, wehrte sie, nun schon um vieles ruhiger, ab. »Häng es man noch nicht an die große Glocke, Kindchen. Heute ist der erste Tag im Internat, das schlägt manchem aufs Gemüt. Und bei dem einen äußert es sich so und bei dem anderen so. Wir wollen erst einmal abwarten, vielleicht ist sie gar nicht so schlimm, wenn sie sich erst eingelebt hat.«

»Die lebt sich niemals ein!« widersprach Lissy energisch und begann von Arabellas Besuch in ihrem Elternhaus zu berichten. »Nur, daß sie sich Erwachsenen gegenüber so aufführen würde, hätte ich doch nicht gedacht«, schloß sie mit nachdenklich gerunzelter Stirn.

»Na siehst du«, sagte Röllchen und zwinkerte ihr freundlich zu. »Ich habe schon recht, wenn ich sage, du sollst erst mal abwarten.«

»Aber jetzt dürfen wir nicht mehr abwarten«, sagte Joan, während sie auf ihre Uhr sah. »Es wird allerhöchste Zeit, daß wir gehen, sonst kommen wir zu spät zum Treffen.«

»Und das dürfen wir auf keinen Fall!« rief Lissy und sprang auf. Mit dem üblichen Versprechen, bald einmal wiederzukommen, schlossen die Kinder eine Sekunde später die Tür hinter sich – und blieben wie angewurzelt stehen. Im Garten schlug eine Nachtigall!

»Eine Nachtigall!« sagte Lissy leise und sah ihre Freundin mit großen Augen an. »Eine Nachtigall im Januar! So etwas gibt es doch gar nicht, oder?«

Joan schüttelte den Kopf. »Eigentlich nicht. Aber das da«, sie deutete in die Richtung der Bäume, »das da ist eine!«

»Ein Mensch kann es wohl nicht sein? Ich meine, einer, der Tiere gut nachmachen kann?«

»Auf gar keinen Fall! Hör doch nur! Das ist eine echte!«

Lockend und schmelzend klangen die süßen Töne durch den winterlichen Abend. Lissy drehte sich um, riß die Küchentür auf und schrie:

»Kommen Sie, kommen Sie schnell! Eine Nachtigall! Eine Nachtigall im Januar!«

»Na, na, ich denke, ihr habt's so eilig? Und nun vertrödelt ihr die Zeit, um die alte Frau Braun auf den Arm zu nehmen?«

Das gute Röllchen betrachtete Lissy und Joan mit freundlichem Augenzwinkern und ging gemächlich auf die beiden zu. Lissy rief in höchster Aufregung:

»Nein, nein, es stimmt wirklich! Kommen Sie nur! Hören Sie nur!«

»Ich komme ja schon«, schmunzelte Röllchen, und gleich darauf: »Aber ich höre nichts!«

Wahrhaftig, totenstill war es jetzt. Lissy wollte gerade ›schade‹ sagen, da schrie ein Käuzchen, wieder und wieder, bis der Ruf schwächer wurde und endlich in einiger Entfernung verklang.

»Diese Art von Nachtigall höre ich jeden Abend«,

stellte Röllchen mit Gleichmut fest. »Deshalb hättet ihr mich nun wirklich nicht von meinen Kochtöpfen wegzuholen brauchen, ganz abgesehen davon, daß ihr vielleicht zu spät zum Treffen kommt.«

Das Treffen! Das hatten sie ja ganz vergessen! Nein, jetzt blieb ihnen wirklich keine Zeit mehr, zu beteuern, daß es nicht das Käuzchen gewesen war, das sie gehört hatten. Und was sollte es auch letzten Endes für einen Sinn haben? Diese Geschichte würde ihnen ja doch kein Mensch glauben!

Ein Feigling ist er nicht

Sie hatten Glück. Als sie ins Haus stürmten, waren sämtliche Vertrauensschüler noch vor der Aula versammelt und warteten auf das Erscheinen der beiden Schulsprecher.

»Sie sind noch bei Lieselottchen«, erklärte ein etwas größeres Mädchen leise und sah die vom Laufen noch atemlose Lissy ein wenig belustigt an. »Etwas Besseres konnte dir jetzt gar nicht passieren, was?«

»Natürlich nicht«, lachte Lissy, seufzte erleichtert und strich sich eine Haarsträhne aus dem geröteten Gesicht. Um keinen Preis der Welt hätte sie sich als Klassensprecherin bei einem Treffen ohne triftigen Grund verspäten mögen. Um keinen Preis der Welt hätte sie es gewagt, vor allen Schülern die Nachtigall als Entschuldigungsgrund zu nennen. Ach, sie hörte es schon, das brausende Gelächter, das sie mit einer solchen Behauptung entfesselt hätte.

Wenig später begrüßten Rita und Richard die Neuen mit herzlichen Worten und machten sie anschließend mit den im Internat herrschenden Regeln bekannt. Sie erklärten ihnen auch, daß jeder sein Taschengeld in eine gemeinsame Kasse abliefern sollte. Diese Bestimmung wurde auch dieses Mal von manchen mit sehr gemischten Gefühlen aufgenommen. Arabella zum Beispiel, die neben Joan und Michael auf Lissys ehemaligem Platz saß, rümpfte hochmütig die Nase und flüsterte Rosemarie, ihrer Nachbarin zur Linken, zu: »So etwas gibt es ja gar nicht! Wie stellen die sich das denn überhaupt vor. Wie soll man denn mit dem, was sie einem lassen, auskommen! Weißt du, wie ich das finde? Gemein finde ich das!«

Rosemarie nickte eifrig, und Arabella fuhr voller Empörung fort: »Die paar Mark in der Woche, da lachen ja die Hühner. Das gebe ich an einem Tage aus, wenn du's genau wissen willst!«

Es schien so, als wollte Rosemarie es genau wissen, denn wieder nickte sie, und sie nickte noch, als Rita, durch den scharfen Flüsterton aufmerksam geworden, mitten im Satz abbrach und, wenn auch nicht unfreundlich, so doch sehr bestimmt, sagte:

»Für Privatunterhaltungen habt ihr nachher noch genug Zeit, nicht wahr? Falls ihr aber etwas zum Thema vorzubringen habt, möchte ich euch bitten, euch hier zu Wort zu melden. Nun, wie ist es«, fragte sie die feuerrot gewordene Rosemarie und die unverändert hochmütig wirkende Arabella, »habt ihr irgend etwas zu sagen? Zur Ablieferung des Taschengeldes vielleicht?«

»Nein«, antwortete Arabella, ohne mit der Wimper zu zucken, und Rosemarie echote, nicht ganz so sicher: »Nein, nein, gar nichts, überhaupt nichts.«

»Das haben wir nämlich alles schon erlebt«, meinte Richard nun freundlich, »von den Neuen hat schon oft einer Einwände gegen diese Einrichtung gehabt.«

›O ja, das gibt es!‹ dachte Lissy und sah verstohlen von

ihrem Platz auf dem Podium zu Robert hinüber. Übrigens schien auch der blonde Martin neben ihm nicht sehr begeistert zu sein. ›Wie die Katze, wenn's blitzt, so sieht er aus‹, dachte sie verwundert, denn dieser Junge hatte wirklich nicht den Eindruck auf sie gemacht, als lege er Wert darauf, Geld für sich zur Verfügung zu haben.

Auch die nun folgenden Ankündigungen, daß nur gemeinsam im Dorf eingekauft werden dürfe, schien ihm ganz und gar nicht zu behagen, denn sein Gesicht wurde zusehends länger. Doch unter Lissys prüfendem Blick schien er sich zu bemühen, seine Enttäuschung zu verbergen, räusperte sich leicht und schlug die Augen nieder. Arabella aber mußte auch dieses Mal ihrem Herzen Luft machen und ihrer Nachbarin hinter der vorgehaltenen Hand zuflüstern: »Die sind ja wohl total übergeschnappt!«

Nur Julius ließ sich anscheinend weder durch die eine noch durch die andere Bestimmung aus der Ruhe bringen. Gleichmütig betrachtete er die Schulsprecher und Vertrauensschüler, wobei ihn der Anblick Lissys aus irgendeinem ihr unerklärlichen Grund zum Lachen reizte.

›Was hat er nur?‹ dachte Lissy verwirrt, als er sie zum soundsovielten Male mit belustigtem Glitzern in seinen grünen Augen ansah. ›Ist irgend etwas an mir nicht in Ordnung?‹ Verstohlen strich sie ihren Pullover und ihr Haar glatt und wischte sich sogar mit dem Taschentuch übers Gesicht. Wahrhaftig, hätte sie einen schwarzen Fleck auf der Nase gehabt, er hätte sie nicht anders mustern können, dieser komische Neue!

Lissy seufzte erleichtert, als Julius endlich seine Aufmerksamkeit Richard zuwandte, der nun von den Rechten sprach, die die Schüler neben ihren Pflichten hatten. »Es ist nämlich absolut nicht so, daß hier nur verlangt und verboten wird«, meinte er lachend. »Ihr könnt auch etwas von uns verlangen. Ihr könnt zum Beispiel Klage führen, wenn ihr glaubt, daß euch in irgendeiner Weise unrecht geschehen ist, und ihr könnt euch jederzeit an einen von uns, an Rita oder mich, selbstverständlich auch an eure Klassensprecher wenden, wenn ihr einmal Rat und Hilfe braucht. Und wir werden dann alles in unserer Macht Stehende für euch tun.«

Lissy stellte mit Entrüstung fest, daß Julius nur mit Mühe ein Gähnen unterdrückte. Das hätte er sich nun wirklich sparen können! Zumindest in diesem Augenblick! Ob Richard auch dieser Ansicht war, konnte sie natürlich nicht sagen, fest stand nur, daß er den noch immer gegen den Gähnreiz Ankämpfenden plötzlich fragte:

»Langweilst du dich? Interessierst du dich nicht für das, was wir hier besprechen?«

»Nicht so sehr«, entgegnete Julius ruhig und höflich. »Ich halte nicht so sehr viel davon, mit seinen Wehwehchen zu anderen zu gehen. Ich für mein Teil werde lieber alleine damit fertig.«

Alle Blicke waren auf den Neuen gerichtet und drückten je nach Temperament Staunen, Belustigung oder Empörung aus. Lissy aber starrte ihn völlig fassungslos an. Wie war es denn möglich, daß jemand ein so freundliches Angebot in dieser Weise ablehnte!

»Wehwehchen«, wiederholte Richard langsam und ein wenig amüsiert, »von Wehwehchen war selbstverständlich nicht die Rede. Damit behelligt man ja auch niemanden. Aber es könnte doch sein, daß du einmal in wirkliche Schwierigkeiten gerätst«, fuhr er ernst fort. »Wäre es dann nicht ganz gut, wenn du dich an jemanden wenden könntest? Und sei es nur, um dich auszusprechen.«

»Ich weiß nicht«, sagte Julius zögernd und fügte nachdenklich hinzu: »Dann müßte es schon ganz schlimm kommen.«

»Was wir nicht hoffen wollen«, erwiderte Richard, und Rita meinte ebenso freundlich: »Im Augenblick ist die Hauptsache, daß ihr wißt, wir sind immer für euch da. Und das ist im Grunde ein sehr beruhigendes Gefühl, finde ich.«

›Anständig sind sie!‹ dachte Lissy. ›Und was für eine Engelsgeduld sie haben! Du liebe Zeit, wenn ich es fertigbrächte, so geduldig zu sein, wäre ich eine prima Vertrauensschülerin.‹

Nachdem sich dieses Mal auf die Frage, ob einer von ihnen Geld für eine besondere Anschaffung brauchte, niemand gemeldet hatte, wurde das Treffen für beendet erklärt, und unter Lachen und Schwatzen drängten alle dem Ausgang zu.

»Ein verrücktes Huhn, dieser Julius«, sagte Michael, nachdem Joan und er in der Diele wieder mit Lissy zusammengetroffen waren. »Es ist ja schön und gut, wenn er andere nicht mit seinen Angelegenheiten belästigen will, aber manchmal muß es eben sein. Wenn ich zum Beispiel an die Geschichte mit Robert denke oder mit Kathleen. Damit wären die beiden doch nie alleine fertig geworden! Aber ich finde ihn eigentlich ganz sympathisch, den Neuen. Und wißt ihr, warum? Weil er so offen seine Meinung sagt. Ein Feigling ist er jedenfalls nicht.«

»Bestimmt nicht!« pflichtete Joan eifrig bei, und Lissy, deren Empörung sich inzwischen gelegt hatte, gab, wenn auch ein wenig zögernd, zu:

»Na ja, da habt ihr schon recht . . .«

». . . aber?« fragte Joan lachend. »Jetzt kommt doch sicher ein Aber?«

»Nein, nein«, antwortete Lissy schnell. »Nur, weißt du, ich habe mich vorhin furchtbar über ihn geärgert. Ich habe mir nämlich gar nicht überlegt, daß es im Grunde sehr mutig war, so gerade heraus zu sagen, was er denkt. Das tut schließlich nicht jeder!«

Ein Klassenzimmer ist kein Bahnhof

Die nächsten Tage vergingen wie im Fluge. Lissy fühlte sich wieder ganz wie zu Hause, und es schien, als lebten sich auch die Neuen verhältnismäßig schnell ein. Nur Arabella konnte dem Leben im Internat auch nicht das geringste abgewinnen, einem Leben, das mit nichts anderem als mit unangenehmen Dingen ausgefüllt war. Das begann schon jeden Morgen damit, daß sie die verhaßte Schuluniform anziehen mußte, und jeden Morgen beklagte sie sich bei Rosemarie, mit der sie das Zimmer teilte: »Ist es nicht eine Schande, daß man sich so häßlich machen muß?« Und Rosemarie tat, was sie seit Beginn ihrer Bekanntschaft getan hatte, sie gab ihrer Zustimmung durch lebhaftes Kopfnicken Ausdruck. Sie wurde deswegen von Michael nur noch der »Nickesel« genannt.

»Das ist überhaupt ein gräßliches Gespann!« stöhnte er und schüttelte sich. »Man weiß nur nicht, wer schlimmer ist, diese hochnäsige Pute mit ihren dämlichen Klappaugen oder Rosemarie, dieser Nickesel.«

Lissy und Joan lachten, und Julius, der sich eben zu ihnen gesellte, meinte trocken: »Beruhige dich, sie sind beide gleich schlimm. Das ist jedenfalls das Ergebnis, zu dem ich nach ein paar schlaflosen Nächten gekommen bin.«

»Schlaflose Nächte mache ich mir nur um Mademoiselle Dupont«, entgegnete Michael mit Würde. »Wegen der unregelmäßigen Verben nämlich«, ergänzte er düster, und Joan, die seit eh und je in Französisch mit Schwierigkeiten zu kämpfen hatte, verging das Lachen mit einem Schlage. Zwar hatte Lissy sie gestern abend noch einmal abgehört, aber die arme Joan war jetzt felsenfest davon überzeugt, daß sie nichts, aber auch gar nichts mehr wußte.

»Kopf hoch!« sagte Julius, der ihre Ängste schon kannte, aufmunternd, und Joan brachte tatsächlich ein zaghaftes Lächeln zustande.

›Er ist wirklich nett‹, dachte Lissy, die sich genau wie ihre Freunde von Tag zu Tag besser mit dem Neuen verstand. Nur eines gab es, was sie an ihm störte, und das waren die belustigten Blicke, die er ihr ab und zu noch zuwarf.

Auch gegen den immer gleichmäßig freundlichen Martin hatte keiner von ihnen etwas einzuwenden, und Lissy schämte sich manchmal ihres Verdachtes, er könne in Gelddingen unbescheiden sein. Er war einer derjenigen, die keine Ansprüche stellten.

»So viel Genügsamkeit ist ja beinahe unheimlich«, hatte Michael eines Tages grinsend behauptet, woraufhin Martin ihn verwundert mit seinen großen blauen Augen ansah und langsam entgegnete:

»Man hat hier doch alles, was man braucht.«

Jetzt aber verstummte einer nach dem anderen, denn das baldige Erscheinen Mademoiselle Duponts wurde wie immer durch das laute Klappern ihrer Absätze auf dem Flur angekündigt.

Wenige Sekunden später betrat sie das Klassenzimmer, warf einen durchdringenden Blick über die Reihen und begann sofort mit dem Abfragen der unregelmäßigen Verben. Das Gefühl, daß sie heute auf alle Fälle aufgerufen würde, sollte Joan nicht getäuscht haben. Ganz wider Erwarten aber stockte sie nicht ein einziges Mal, was Mademoiselle Dupont am Ende zu der Bemerkung veranlaßte:

»Nun, du siehst, es geht auch so.«

Diese Worte hätten der fleißigen Joan die Freude an ihrem Erfolg verderben können, aber sie war viel zu erleichtert und glücklich, um sie richtig zu begreifen. Außerdem dachte sie auch viel zu sehr darüber nach, ob die strenge Lehrerin wohl eine Zwei in ihr rotes Büchlein eingetragen hatte.

Ja, Joan merkte sogar kaum, daß Julius und Robert das Klassenzimmer verließen, um eine Karte von Frankreich zu holen.

In die Wirklichkeit kehrte sie erst zurück, das heißt, sie schrak wie alle anderen zusammen, als hinter der Klassentür ein scharfer, langgezogener Pfiff und das Stampfen und Prusten einer Lokomotive ertönte, und das, nachdem Mademoiselle Dupont gesagt hatte:

»Und wir inzwischen fahren fort.«

Der Lärm draußen wurde schwächer und schwächer, das bis dahin mühsam unterdrückte Gelächter aber lauter und lauter. »Ruhe!« befahl Mademoiselle Dupont zornbebend. »Ich mir bitte aus Ruhe! Wir wollen arbeiten und nicht spielen Eisenbahn!«

»Toll gemacht war das!« flüsterte Michael trotz dieser Ermahnung. »Ganz toll und ganz echt! Tatsache, ich kam mir genauso vor wie auf einem Bahnhof!«

Selbstverständlich war es nur ein Zufall, daß Mademoiselle diesen Vergleich heranzog und die nun mit der Karte zurückkehrenden Jungen anfuhr: »Ich soll mir wohl vorkommen wie auf einem Bahnhof?«

»Das hat keiner von Ihnen verlangt«, entgegnete Julius ruhig.

»Aber ich verlange!« japste Mademoiselle Dupont in das von neuem aufbrandende Gelächter hinein. »Ich verlange Ruhe und ordentliches Benehmen! Und nun du hängst Karte auf! Wir sehen uns heute einmal die Loire an, den größten Strom von Frankreich, wovon handelt unsere Lektion«, Mademoiselle Dupont tippte mit dem Zeigestock auf die Karte. »Hier entspringt er, in den Cevennen und . . . Was treibst du da eigentlich?« unterbrach sie sich stirnrunzelnd, als sie ganz plötzlich merkte, daß Julius sich noch immer hinter dem Kartenständer aufhielt. »Willst du nicht kommen wieder vor?«

»Sofort«, antwortete er höflich. »Ich habe eben nur einen kleinen Riß in der Karte entdeckt, gerade bei St-Nazaire, wo die Loire mündet.«

»In dem Atlantischen Ozean. Gut, gut«, ergänzte Mademoiselle Dupont zufrieden, während sie den Zeigestock gen Norden auf St-Nazaire und den Riß zu bewegte. »Und größte Strom von Frankreich . . .«

»Ich könnte ihn flicken«, erbot sich Julius, der in diesem Augenblick wieder zum Vorschein kam. »Ich meine, ich könnte ihn mit Klebestreifen überkleben.«

Mademoiselle Dupont sah ihn eine Sekunde lang verständnislos an, ehe sie mit dem Anflug eines Lächelns sagte: »Ah ja, du sprichst von der Karte.«

»Und glücklicherweise nicht von der Loire. So viel Klebestreifen wir nämlich nicht hätten vorrätig«, vollendete Michael in gedämpftem Ton, und Lissy murmelte mit hochrotem Kopf: »Hör auf mit dem Blödsinn. Ich habe nämlich gar keine Lust, unangenehm aufzufallen und mit Übersetzen dranzukommen. Ich bin leider nicht gut vorbereitet.«

Doch dieser Wunsch sollte nicht in Erfüllung gehen. Entweder war Mademoiselle Dupont die Unruhe in ihrer Bankreihe nicht entgangen, oder es war nur ein unglückseliger Zufall, die arme Lissy wurde aufgerufen, nachdem Julius das Klassenzimmer ein zweites Mal verlassen hatte, um den Klebestreifen zu holen. Langsam und stockend reihte sie einen Satz an den anderen, und Mademoiselle Dupont, die gerade von dieser Schülerin andere Leistungen gewohnt war, zog erstaunt die Brauen in die Höhe, schwieg jedoch so lange, bis sie Michael beim Vorsagen ertappte.

»Die Nachtigall«, zischelte er hinter der vorgehaltenen Hand, »die Nachtigall sang in den Gärten.«

»Die Nachtigall«, wiederholte Lissy, wurde jedoch durch Mademoiselle Dupont, die sich in scharfem Ton an Michael wandte, am Weitersprechen gehindert.

»Elisabeth hat nicht nötig deine Hilfe. Wenn sie versäumt hat zu lernen, soll sie es lieber sagen offen und sich entschuldigen.«

Niemand merkte, daß während dieser Worte die Tür einen Spaltbreit geöffnet und gleich darauf wieder geschlossen wurde, und als die hochrot gewordene Lissy nun von neuem begann: »Die Nachtigall sang in den Gärten . . .«, stockte sie schon wieder, wenn auch dieses Mal aus einem anderen Grund.

Da draußen nämlich, hinter der Tür, erscholl der Gesang einer Nachtigall, so süß und schmelzend, daß alle den Atem anhielten und lauschten, selbst die gestrenge Mademoiselle Dupont. »Nun, wir wollen einmal sehen, wer so wundervoll singen kann«, sagte sie endlich lächelnd, und während sie auf die Tür zuging, dachte Lissy:

›Das ist Julius! Und damals im Garten war er es auch!‹ Und nun wußte sie auch, warum er sie immer so belustigt angesehen hatte: weil es ihm gelungen war, Joan und sie mit so großem Erfolg anzuführen.

Inzwischen hatte Mademoiselle Dupont die Tür geöffnet und auf den Flur hinausgesehen, wo sie jedoch niemanden entdecken konnte. »Bleibt uns also nichts übrig, als zu denken, es spukt, oder es handelt sich um spaßige Vogel, ich meine Spaßvogel!«

Die Klasse brach in fröhliches Gelächter aus, und Michael murmelte anerkennend: »So viel Humor habe ich unserer Französin gar nicht zugetraut.«

Er hätte ihr ruhig noch ein wenig mehr zutrauen dürfen, denn als Julius nun zurückkehrte, fragte sie ihn, noch immer lächelnd: »Ist dir vielleicht irgendwo ein Sänger begegnet? Ein gefiederter?«

»Ein gefiederter Sänger?« Man hätte meinen können, Julius zweifle am Verstand seiner Lehrerin, so echt schien seine Verblüffung über diese Frage.

»Oder ein Schüler, der singen kann wie ein solcher?«

»Auch nicht«, sagte Julius ruhig. »Nein, so einer ist mir auch nicht begegnet.« Und als er zum Kartenständer ging, um den Riß zu flicken, beteuerte er noch einmal:

»Ich habe wirklich keine Ahnung!«

»Das ist ein toller Bursche, was?« sagte Michael bewundernd nach dieser denkwürdigen Stunde. »Wie er das hingekriegt hat! Erst die Lokomotive und dann die Nachtigall, eins so echt wie das andere! Tatsache, auf die Nachtigall wäre ich immer reingefallen, wenn ich das draußen irgendwo erlebt hätte!«

»Auch im Januar?« fragte Lissy schnell.

»Ich glaube, ja«, antwortete er nach kurzer Überlegung und fügte grinsend hinzu: »Dann hätte ich eben gedacht, daß es sich um ein Naturwunder handelt.«

»Siehst du«, sagte Lissy triumphierend zu Joan, »anderen wäre es genauso gegangen!«

»Genauso gegangen? Was meinst du damit?« fragte er erstaunt.

Lissy warf ihrer Freundin einen raschen Blick zu, und als Joan unmerklich nickte, gab sie das bis dahin so ängstlich gehütete Geheimnis preis und schloß endlich mit vor Aufregung gerötetem Gesicht: »Und als wir Röllchen riefen, um ihr die Nachtigall vorzuführen, da schrie nur ein Käuzchen, und Röllchen hat uns ausgelacht!«

»Ha, ha«, machte Michael, ohne eine Miene zu verziehen, schwieg einen Augenblick und sagte dann mit anklagender Stimme: »Daß ihr mir das verschwiegen habt! Daß ihr so wenig Vertrauen zu mir hattet! Nein, das hätte ich nie für möglich gehalten!«

»Das war doch nur, weil wir uns so geschämt haben«, erklärte Lissy schnell, und Joan pflichtete ihr eifrig bei: »Wir sind uns nämlich sehr dumm vorgekommen.«

»Und das brauchtet ihr gar nicht«, gab Michael hoheitsvoll zurück, »auf so eine Nachtigall wie Julius kann schließlich jeder hereinfallen!«

Lissy hat eine Idee

Allmählich wurden die Tage länger, und es gab niemanden, der nicht voller Freude an die immer näher rükkende schöne Jahreszeit dachte.

»Und was ist das Beste am Frühling und am Sommer?« fragte Michael und sah triumphierend in die Runde.

»Der Gesang der Nachtigall«, antwortete Lissy prompt, während sie den neben ihr stehenden Julius mit einem kurzen Blick streifte.

»Baden«, sagte Julius, ohne eine Miene zu verziehen.

»Gartenarbeit«, entschied Jack, wie nicht anders zu erwarten, und Joan meinte versonnen: »Schaukeln.«

»Das Eis von Frau Falz«, verbesserte Michael mitleidig lächelnd, und dagegen konnte niemand etwas einwenden, weder diejenigen, die diese Köstlichkeit schon kannten, noch diejenigen, die sie erst kennenlernen sollten.

Den seltsamen Laden aber, in dem es alles zu kaufen gab, hatten sich die Neuen selbstverständlich längst angesehen. Schon das Glockenspiel, das beim Öffnen der Tür erklang, weckte jedesmal wieder Entzücken.

»Wenn ich Geld hätte, würde ich die Hängematte kaufen, die bei Frau Falz unter der Decke hängt«, hatte Julius beim ersten Einkaufsbummel gesagt, und Michael meinte später zu Lissy und Joan:

»Ob er vielleicht auf diese komische Hängematte spart? Geld ausgeben für Naschen oder so tut er jedenfalls nie.«

Tatsächlich war Julius einer der wenigen, die ihr Taschengeld nicht vorwiegend in Süßigkeiten umsetzten, aber das geschah aus dem einfachen Grunde, daß er sich aus Naschwerk nicht das geringste machte. Dagegen wurde Martin mit der Zeit einer von Frau Falz' eifrigsten Kunden, und von ihm sagte Michael:

»Wie er so viel süßes Zeug in sich hineinstopfen kann, ist mir schleierhaft. Wißt ihr, wie er mir vorkommt? Wie Kathleen in ihrer schlimmsten Zeit.«

»Na, das ist aber doch ein bißchen übertrieben«, lachte Joan, und Lissy sagte stirnrunzelnd: »Und dabei sieht er gar nicht so aus, als ob er jemals auch nur ein einziges Stück Schokolade äße.«

»Das muß man ja nicht jedem gleich ansehen«, entgegnete Michael mit gönnerhaftem Lächeln. »Es gibt zum Beispiel viele, die können essen und essen und nehmen auch nicht ein Gramm zu.«

»Ach, das meine ich gar nicht«, sagte Lissy, »ich meine

gar nicht, daß er unbedingt dick sein müßte. Ich finde nur, daß es irgendwie gar nicht zu ihm paßt, das Naschen. Ich finde, er ist einfach nicht der Typ dafür.«

»War Kathleen etwa der Typ?« fragte Michael und nickte befriedigt, als Lissy verneinte: »Na, siehst du. Das kann man also auch nicht so sagen, der Typ dafür. Da kann man sich ganz gewaltig irren.«

»Vielleicht hat Lissy aber doch recht«, wandte Joan nachdenklich ein, »vielleicht kauft er den ganzen Kram nicht für sich, sondern für seine kleinen Geschwister und ißt selber nie etwas davon.«

»Also schön, soll sie recht haben«, räumte Michael großmütig ein, fügte jedoch gleich darauf hinzu: »Wenn sie aber jetzt noch behaupten will, daß unsere Schöne, unsere Bella, kein Typ fürs Naschen ist, und von mir Zustimmung verlangt, sehe ich mich leider gezwungen, diese zu verweigern, und wenn sie mich auf Knien darum bittet.«

Die Mädchen lachten, vor allem über den schläfrigen Blick, mit dem er nun eine nach der anderen von oben herab betrachtete. »Sie muß übrigens unheimlich viel Geld auf die Seite bringen«, begann er nach einer Weile von neuem, »denn dafür, was sie sich alles leistet, reicht das bißchen Taschengeld doch nie und nimmer. Und wenn ihr mich fragt, so würde ich sagen, hier bietet sich der Klassensprecherin eine schöne Aufgabe, nämlich die, sich einmal um die Sache zu kümmern.«

»Das habe ich ja schon längst getan«, verteidigte Lissy sich und wurde rot. »Aber wenn sie mir erzählt, daß sie dauernd Pakete und Päckchen von ihrer Tante bekommt, kann ich schließlich auch nichts machen, oder?«

»Natürlich nicht«, sagte Joan, und Michael grinste: »Na, wenn du ihr das so unbesehen abnimmst, kannst du dich ja beruhigt schlafen legen. Tatsache, da hast du einen beneidenswert schönen Posten.«

Doch schon in der allernächsten Zeit sollte es sich zeigen, daß das Amt einer Vertrauensschülerin keineswegs immer beneidenswert war, sondern manchmal so aufregend, daß sich niemand an diese Stelle wünschen konnte.

Es begann damit, daß die dicke Ruth zu Lissy gelaufen kam und sich darüber beklagte, daß jemand ihre Bonbons gestohlen hatte. »Eine ganze Dose voll Sahnebonbons«, sagte sie mit vor Zorn blitzenden Augen und hochrotem Gesicht. »Ich hatte sie in meinem Schrank verwahrt, die hat mir bestimmt einer geklaut. Vielleicht kümmerst du dich einmal darum. Schließlich bist du ja Klassensprecherin.«

»Natürlich werde ich mich darum kümmern«, sagte Lissy schnell, obwohl sie nicht die geringste Ahnung hatte, was sie in dieser Angelegenheit tun sollte. Sie konnte doch nicht die Zimmer ihrer Mitschüler durchsuchen! Und wenn es sich wirklich um Diebstahl handelte, mußte der Dieb ja nicht unbedingt in ihrer Klasse zu suchen sein. Wahrhaftig, die arme Lissy war recht ratlos, und deshalb fügte sie sanft hinzu: »Ich möchte dich nur bitten, vorher überall noch einmal gründlich nachzusehen, denn . . .«

»Du glaubst doch nicht etwa, daß ich das nicht schon zigmal getan habe«, unterbrach Ruth sie wütend. »Auf den Kopf gestellt habe ich alles! Nein, die Dose ist futsch! Unter Garantie gestohlen, falls ich sie nicht aus Versehen geschluckt haben sollte.« Dieser höhnische Zusatz brachte Lissy so aus der Fassung, daß sie an sich halten mußte, um nicht zu sagen, was sie dachte, nämlich: ›Das wäre dir auch noch zuzutrauen, verfressen wie du bist!‹

Dafür aber nahm sie ihrer Freundin Joan gegenüber, der sie wenig später davon berichtete, kein Blatt vor den Mund.

»Eine Art hat dieses Mädchen!« sagte sie erbost. »Vielleicht kümmerst du dich einmal darum. Schließlich bist du ja Klassensprecherin! Ist das eine Art? Hätte sie nicht bitte sagen können? Und überhaupt, was soll ich denn nun machen? Ich habe wirklich nicht den leisesten Schimmer, wie ich nun rauskriegen soll, wer diese dämliche Bonbondose hat!«

»Ich würde mit Rita sprechen«, entgegnete Joan, ohne zu zögern. »Denn falls die Dose vielleicht doch gestohlen worden ist, fände ich es besser, wenn Rita Bescheid weiß. Allein wirst du damit bestimmt nicht fertig.«

Doch ehe Lissy sich zu diesem Vorschlag äußern konnte, gesellte sich Michael zu ihnen, sah mit seinem berüchtigten Grinsen von einer zur anderen und sagte langsam: »Euren belämmerten Gesichtern nach zu urteilen, palavert ihr über den schweren Verlust, der die dicke Ruth betroffen hat, und unsere Vertrauensschülerin zerbricht sich jetzt den Kopf, wie sie den Dieb ausfindig machen soll, stimmt's?«

»Ja, aber woher weißt du das denn?« fragte Lissy verwirrt.

»Von dem armen Opfer selbst, von wem denn sonst? Einen Wirbel macht die Dicke um die paar lächerlichen Bonbons, das ist schon nicht mehr feierlich. Wenn die anderen sich auch so benommen hätten, das hätte ein Geschrei gegeben, da hätte man ja . . .«

»Die anderen?« unterbrach Joan ihn mit großen Augen. »Was meinst du denn damit?«

»Ach, es ist doch schon ein paarmal etwas vorgekommen«, sagte er mit wegwerfender Handbewegung, worauf ihn die Mädchen sprachlos anstarrten.

»Schon ein paarmal?« wiederholte Joan endlich entsetzt.

Lissy fragte aufgeregt: »Wem denn? Was denn?«

Michael runzelte nachdenklich die Brauen. »Da muß ich erst einmal überlegen. Also, wenn ich mich nicht irre, war es Jennifer, die eine Tafel Schokolade nicht wiederfinden konnte. Sie hatte sie nachmittags bei Frau Falz gekauft, in ihre Nachttischschublade gelegt, und am Abend war die Schublade leer. Dasselbe passierte Kathleen mit einer Tüte Konfekt, und Jack fehlte vor ein paar Tagen eine Mark, und was micht betrifft, vermisse ich seit gestern fünfzig Pfennig.«

Geld wurde also auch gestohlen! Niemals hätte eines der Mädchen so etwas für möglich gehalten! Doch bevor sie ihre Empörung in Worte fassen konnten, fuhr Michael schon fort: »Das ist alles nur durch Ruths Geschrei herausgekommen. Von den anderen hätte so schnell niemand etwas erfahren, weil sich jeder sagt, erst einmal abwarten, ob es wieder passiert. Jack zum Beispiel meinte, solange er nicht hundertprozentig sicher sei, daß er das Geld nicht doch verloren hätte, was er natürlich nicht glaubt, würde er die Sache nie an die große Glocke hängen. Übrigens hat Martin Jennifer und Kathleen eine Tafel Schokolade angeboten, als er hörte, was ihnen zugestoßen war. Als Trostpflaster, wie er sagte. Wie findet ihr das?«

»Anständig!« nickte Joan eifrig, und Lissy murmelte: »Sehr sogar!« Doch sie wirkte so geistesabwesend, daß Michael sie lachend in die Seite stieß.

»Weißt du, wie du aussiehst? Als wärest du dem Dieb schon auf der Spur.«

»Noch nicht«, entgegnete sie langsam, »aber vielleicht bin ich es bald. Ich habe da nämlich eine Idee!«

Selbstverständlich hätten sowohl Joan als auch Michael gar zu gerne gewußt, was Lissy für eine Idee hatte. Doch sie hatten keine Gelegenheit mehr, sie zu fragen, denn Arabella nahte, wie immer in Begleitung Rosemaries, und blieb gleich darauf vor ihnen stehen.

»Unerhört, nicht wahr?« begann sie mit ihrem schläfrigsten Blick. »Unerhört, daß hier nun auch noch gestohlen wird!«

»Wieso auch noch?« entgegnete Michael langsam, und Lissy und Joan kannten ihn lange genug, um zu wissen, daß der seltsame Unterton in seiner Stimme nichts Gutes zu bedeuten hatte. Nicht so Arabella, die, ohne sich stören zu lassen, fortfuhr:

»Weil es wunderbar zu diesem lächerlichen Institut mit seinen lächerlichen Bestimmungen paßt. Paßt es nicht wunderbar, daß einem der eine Teil seines Geldes von der Schule weggenommen und der andere geklaut wird? Ich finde, es paßt wie das Pünktchen auf dem i.«

»Und ich finde, du solltest dich hüten, so von unserer Schule zu sprechen!« sagte Michael leise, und man brauchte ihn nun nicht näher zu kennen, um zu begreifen, wie drohend der Ausdruck in seinen Augen geworden war. »Und außerdem ist sowieso alles Blödsinn, was du da redest«, fuhr er fort, während Arabella mit einem kaum hörbaren ›Pah‹ zurückwich. »Gestohlen werden kann nämlich überall, dafür kannst du schließlich niemanden verantwortlich machen. Mal ganz abgesehen davon, daß es ja noch gar nicht heraus ist, ob es sich wirklich um Diebstahl handelt.«

»Aber es heißt doch, ich meine, es wird doch erzählt . . .« verteidigte sich Arabella, und ihre Freundin Rosemarie nickte dazu mit dem Kopf.

»Pah«, sagte jetzt auch Michael, im Gegensatz zu Arabella jedoch so laut und so deutlich, daß sie vor Schreck zusammenfuhr.

»Pah!« sagte er noch einmal. »Das hast du von der dicken Ruth, die hinter ihren Bonbons herweint und sie vielleicht irgendwo noch wiederfindet.«

»Und die anderen?« wagte Arabella einzuwenden.

»Die anderen haben bis heute den Mund gehalten und wußten, warum«, war die prompte Entgegnung. »Weil man nämlich nicht so schnell einen so scheußlichen Verdacht äußert.«

»Hm«, machte Arabella und hielt es für geraten, nicht weiter zu widersprechen, sondern besser den Rückzug anzutreten. Das war ja ein ganz Rabiater, dieser Michael! Nein, mit dem wollte sie nichts zu tun haben!

»Na, der hast du es ja ganz schön gegeben«, sagte Lissy lachend, während sie der sich rasch Entfernenden nachsah, »die wird dir wohl von jetzt an nach Möglichkeit aus dem Wege gehen!«

»Hoffentlich!« murmelte er und wollte sich gerade danach erkundigen, was für eine Idee es war, von der Lissy vorhin gesprochen hatte, da hörten sie den Gong und mußten zu Bett gehen. Wenn das nicht ausgesprochenes Pech war! Michael jedoch machte niemanden anderen als Arabella dafür verantwortlich, und noch während er sich in seinem Zimmer die Hände flüchtig wusch, dachte er erbost: ›So eine Pute, so eine dämliche!‹

Joan dagegen hatte an diesem Abend noch genügend Gelegenheit, mit ihrer Freundin zu sprechen, und es war nicht das erste Mal, daß sich die beiden Mädchen noch flüsternd im Dunkeln unterhielten.

»Das ist eine eklige Geschichte, was?« begann Lissy und sah, wie sie es so gerne tat, in die Zweige des Birnbaumes.

»Eine sehr eklige«, bestätigte Joan langsam, »und eigentlich kann ich es mir gar nicht vorstellen, daß bei uns jemand stiehlt.«

»Ich mir auch nicht«, sagte Lissy, während sie eine flockige Wolke betrachtete, hinter der der Mond nun für einen Augenblick verschwand. »Nein, ich wüßte wirklich keinen, dem ich so etwas zutrauen würde. Aus unserer Klasse jedenfalls nicht!«

»Das werden die anderen von ihren Klassen auch behaupten!«

»Und das kann man schließlich auch niemandem verdenken«, meinte Lissy ruhig und fuhr lebhaft fort: »Aber darum geht es ja gar nicht. Ob wir es uns vorstellen können oder nicht, darauf kommt es ja gar nicht an, denn«, nun dämpfte sie ihre Stimme so, daß Joan Mühe hatte, sie zu verstehen, »gestohlen wird, davon bin ich überzeugt! Glaub doch nur nicht, daß es so viele komische Zufälle gibt! Daß vier Mann Süßigkeiten und Geld verlieren oder verlegen. Glaub doch nur nicht, daß die dicke Ruth zum Beispiel ihre Bonbons jemals wiederfindet. Die hat sie doch nicht irgendwo verbummelt, die hat sie gehütet wie ihren Augapfel, darauf kannst du dich verlassen! Und glaub nur nicht, daß Michael den Blödsinn ernst meinte, den er Arabella vorhin aufgetischt hat. So etwas . . .«

»Arabella kann es doch wohl nicht sein?« unterbrach Joan hastig.

»Arabella?« Lissy lachte, obwohl ihr wahrhaftig nicht zum Lachen zumute war. »Ach wo, die macht zwar fleißig Schmu beim Geldabliefern, was sich ja auch nicht gehört, aber stehlen! Nein, das tut sie auf keinen Fall! Schon deshalb nicht, weil sie es gar nicht nötig hat.«

»Da hast du recht, natürlich«, räumte Joan bereitwillig ein. »Ihre Eltern sind sehr reich, nicht wahr?«

»Ziemlich«, murmelte Lissy, nun schon einigermaßen schläfrig, doch als Joan sich jetzt halb aufrichtete und schnell sagte:

»Ach, das hatte ich ja ganz vergessen. Du sagtest doch, du hättest eine Idee, wie du den Dieb ausfindig machen könntest. War das nur Spaß, oder weißt du wirklich etwas?« antwortete sie nun wieder hellwach:

»Ich glaube, ich weiß wirklich etwas. Hundertprozentig sicher ist es leider nicht, aber wenn man ein bißchen Glück hat, könnte es klappen.« Sie hielt einen Augenblick inne, und Joan drängte aufgeregt:

»Ja und? Was ist es denn?«

»Also, paß auf. Es wird doch auch Geld gestohlen, nicht? Und da habe ich mir gedacht, ich kennzeichne einfach ein Geldstück und lasse es irgendwo ganz bequem zum Mitnehmen liegen. Und dann passe ich auf, ob ich es bei irgendeinem entdecke, der . . .«

». . . ja der Dieb sein muß!« ergänzte Joan eifrig, fügte jedoch gleich darauf zögernd hinzu: »Aber das müßte schon ein ganz verrückter Zufall sein, wenn du das Geldstück wirklich wiedersehen würdest.«

»Ja, das ist es eben«, sagte Lissy seufzend, »das ist eben der Haken bei der Sache. Aber versuchen kann man es ja einmal, finde ich.«

Da der Mond gerade wieder von einer der rasch dahinziehenden Wolken verdeckt wurde, entging ihr das zustimmende Nicken ihrer Freundin, und so wiederholte sie ihre Frage mit dem Zusatz: »Oder hältst du nicht soviel davon?«

»Doch, doch, schon«, meinte Joan langsam, »aber wenn ich ganz ehrlich sein soll, ich würde noch mehr davon halten, wenn du mit Rita und Richard über die ganze Geschichte sprächest. So alleine würde ich das an deiner Stelle lieber nicht machen.«

»Und warum nicht?« entgegnete Lissy erstaunt. »Schließlich bin ich doch Vertrauensschülerin.«

»Eben«, sagte Joan trocken. »Gerade weil du Vertrauensschülerin bist und weil es sich um eine so ernste Angelegenheit handelt, müßtest du den Schulsprechern Bescheid sagen. Das wird sonst nur Ärger geben.«

»Ach wo«, lachte Lissy leise, »das glaube ich nicht. Im Gegenteil, sie werden mir dankbar dafür sein, wenn ich den Dieb erwische.«

»Ja, wenn«, wandte Joan zweifelnd ein, woraufhin Lissy noch immer lachend erwiderte:

»Warte es doch erst einmal ab. Vielleicht habe ich ja Glück.«

Es schien so, als sollte sie recht behalten. Doch was anfänglich wie ein ganz besonders glücklicher Zufall aussah, erwies sich später als Ursache so vielen Kummers, daß sie es bitter bereute, den Rat ihrer Freundin nicht befolgt zu haben.

Es begann damit, daß sie schon am nächsten Morgen ihr Vorhaben verwirklichte, indem sie ein kleines Kreuz in ein Geldstück ritzte und es gut sichtbar auf ihrem Nachttisch liegen ließ, wo es in der Sonne blitzte und glänzte. Nach dem Unterricht lag es noch an der gleichen Stelle, wie sie mit einem leisen Gefühl der Enttäuschung feststellte. Wenn nun schon gestohlen wurde, warum nicht ihr Geld und warum nicht so schnell wie möglich? Ja, Lissy konnte es kaum erwarten, daß der Dieb in die Falle ging. Aber sie mußte sich noch etwas gedulden. Erst am nächsten Abend war das Geldstück verschwunden. Obwohl sie nichts anderes gewünscht und erwartet hatte, starrte Lissy ungläubig auf die leere Nachttischplatte, und es schien ihr so unfaßlich, daß sich tatsächlich jemand in ihr Zimmer geschlichen hatte, um zu stehlen, daß sie überall zu suchen begann. Vielleicht war es ja hinuntergefallen? Oder Joan hatte es aus Versehen irgendwo anders hingelegt? Aber ihre Bemühungen blieben ohne Erfolg, und sie gab die Suche endlich auf. Als Lissy ihren Freunden von dem Vorfall erzählte, sagte Michael, der übrigens begeistert von ihrer Idee war:

»Sei doch froh! Nun hat doch der erste Teil geklappt.«

Lissy lächelte schwach in Gedanken daran, daß jetzt der zweite, weitaus schwierigere Teil des Unternehmens folgen sollte, von dem sie sich plötzlich nicht mehr vorstellen konnte, daß es gelingen würde. Aber auch hier verlief alles nach Wunsch, wenn man es in diesem Fall überhaupt so ausdrücken durfte, denn sie entdeckte ihr Geldstück am nächsten Tag bei Julius.

Das hätte ich nie von dir gedacht

»Wappen oder Zahl«, hatte Julius gesagt, als man sich beim Kartenspielen nicht darüber einigen konnte, wer geben sollte, und hatte ein Geldstück auf den Tisch geworfen.

Da lag es auf der blanken Platte, und Lissy starrte darauf, starrte, ohne Julius' weitere Worte zu hören, auf das kleine eingeritzte Kreuz und konnte nichts anderes denken als: ›Das ist doch unmöglich! Julius ist doch kein Dieb!‹

Bei niemandem anderen, abgesehen von ihren Freunden, zu denen neben Joan und Michael auch Kathleen, Jennifer und Jack gehörten, hätte ihr diese Entdeckung so zu schaffen gemacht wie gerade bei Julius, den sie alle so gerne mochten. Völlig verstört, stumm und blaß saß sie da, außerstande, auch nur einen einzigen klaren Gedanken fassen zu können.

»Ist dir nicht gut?« fragte Joan besorgt.

Doch sie schüttelte den Kopf und versuchte ein Lächeln zustande zu bringen. Jetzt konnte sie Joan ja unmöglich etwas sagen, zumal Julius sie aufmerksam betrachtete und endlich freundlich meinte:

»Tatsache, du siehst so aus, als könnte dir ein bißchen frische Luft nicht schaden.«

»Folge seinem weisen Rat, der auch der meine ist, und laß dich hinausgeleiten«, ließ sich Michael nun mit Würde vernehmen.

Nun mußte Lissy wirklich ein bißchen lachen. »Wenn ihr mich unbedingt los sein wollt«, sagte sie, lehnte Michaels Begleitung dankend ab und ließ gleich darauf die schwere Eingangstür hinter sich ins Schloß fallen.

Wahrhaftig, die anderen hatten recht gehabt, in der Kälte des herabsinkenden Abends wurde ihr allmählich besser zumute. Langsam schlenderte sie den schmalen Weg am Hause entlang, blieb am Ende des Gebäudes stehen, sah über das von Jack im Herbst gegrabene Stück Gartenland und dachte: ›Nachher werde ich erst einmal mit Joan in aller Ruhe über die Sache sprechen. So spät brauchen wir ja heute nicht heraufzugehen.‹ Sie strich sich die Haare aus der Stirn, drehte sich um und stieß beinahe mit Julius zusammen, der gerade noch im letzten Augenblick in seinem raschen Lauf innehalten konnte und außer Atem sagte:

»Ach, hier bist du. Wir meinten, daß einer mal nach dir sehen müßte.« Zu jeder anderen Zeit hätte sie auf so viel Fürsorge mit ein paar freundlichen Worten geantwortet. Nun aber schwieg sie sekundenlang und sagte dann, ohne daß sie es eigentlich wollte: »Woher hattest du das Geldstück vorhin?«

»Das Geldstück?« wiederholte er verständnislos. »Welches Geldstück?«

»Das mit dem eingeritzten Kreuz.«

»Mit dem eingeritzten Kreuz?« Julius sah Lissy mit einer Mischung aus Belustigung und Besorgnis an. »Ganz so gut geht es dir doch wohl noch nicht, wie? Verstehen tue ich jedenfalls keinen Ton von dem Zeug, was du da redest.«

»Das ist kein Zeug«, entgegnete Lissy langsam, »das ist bitterer Ernst.«

Julius wollte lachen, aber ein seltsames, unerklärliches Gefühl hielt ihn davon zurück, und so sagte er nur: »Also beruhige dich, ich weiß nichts von einem Kreuz.«

»Und du weißt auch nicht, woher du das Geldstück hast?«

»Keine Ahnung. Vielleicht habe ich es bei Frau Falz bekommen oder auf der Post oder beim Bäcker. Ich sehe mir doch nicht jedes Geldstück auf irgendwelche Gravierungen hin an. Da hätte ich ja viel zu tun! Aber vielleicht kannst du mir nun endlich einmal erzählen, was du eigentlich meinst?«

Lissy schluckte ein paarmal, holte tief Luft und sagte leise und stockend: »Du weißt doch, daß bei uns gestohlen wird, nicht wahr? Und da habe ich einfach ein Geldstück markiert und es auf meinem Nachttisch liegenlassen, und dann war es plötzlich verschwunden.« Sie schwieg und wagte nicht aufzusehen, und Julius sagte langsam: »Ja und? Warum erzählst du mir das in so einem komischen Ton?«

»Weil, weil . . .«

»Weil du denkst, daß ich der Dieb bin«, vollendete er verächtlich. »Weißt du, wie ich das finde? Gemein finde ich das! Ich kann dir gar nicht sagen, wie gemein ich das finde! Daß du mir so etwas zutraust, das hätte ich nie von dir gedacht! Niemals!«

Lissy wich zurück und sah in seine vor Zorn dunkel gewordenen Augen. Aber plötzlich drehte er sich um und ging ohne ein weiteres Wort davon.

Der Wind trieb ihr das Haar ins Gesicht, aber sie merkte es nicht. Völlig verstört sah sie Julius nach, der ganz langsam fortging. Sie wünschte, sie könnte alles ungeschehen machen. Oh, wäre sie nur Joans Rat gefolgt! Hätte sie nur mit Rita und Richard gesprochen und es ihnen überlassen, den Fall aufzuklären! Dann wäre ihr niemals so elend zumute gewesen wie in diesem Augenblick. Dann ... Sie schrak zusammen und fuhr herum, denn jemand sagte dicht hinter ihr: »So etwas Scheußliches! Da tust du mir wirklich leid, wirklich!« Es war Martin, dessen Miene so viel Bedauern ausdrückte, daß es Lissy trotz ihres Schreckens darüber, daß das Gespräch einen Zeugen gehabt hatte, ganz warm ums Herz wurde.

»So etwas Scheußliches!« wiederholte er leise und fügte mit einem tiefen Seufzer hinzu: »Gerade Julius!«

»Ja, nicht wahr?« sagte Lissy schnell. »Das kann man überhaupt nicht verstehen. Ich meine, das kann man überhaupt nicht fassen. Ich jedenfalls nicht!«

Sie schwiegen beide bedrückt.

»Aber er muß es ja gewesen sein«, begann Martin nach einer Weile von neuem. »Wenn du das Geld bei ihm entdeckt hast, muß er es ja ...«

»Du sprichst nicht darüber, nicht wahr?« unterbrach Lissy ihn hastig.

»Wofür hältst du mich denn!« war die entrüstete Antwort. »Von mir erfährt kein Mensch auch nur ein Sterbenswörtchen, darauf kannst du dich verlassen! Es ist mir sowieso schon peinlich, daß ich alles mit angehört habe. Aber schließlich war es nicht meine Schuld. Ich kam gerade um die Ecke, und da ...«

»Du brauchst dich nicht zu entschuldigen«, sagte Lissy begütigend. »Ich weiß, daß wir ziemlich laut gesprochen haben und daß du nicht lauschen wolltest.«

»Da fällt mir ein Stein vom Herzen«, entgegnete Martin und atmete erleichtert auf, »wenn du so etwas von mir gedacht hättest, das wäre mir wirklich furchtbar unangenehm gewesen!«

Lissy sah ihn nachdenklich an. Das war ja ein ganz besonders netter und anständiger Junge, dieser Martin!

Es war inzwischen Zeit geworden, ins Haus zurückzukehren, und gleich darauf stellte Lissy mit Erleichterung fest, daß Julius den Aufenthaltsraum verlassen hatte.

»Er hat nur ganz kurz Bescheid gesagt, daß du noch ein bißchen draußen bleiben würdest, und ist gleich in sein Zimmer gegangen«, erklärte Joan und fügte mit einem prüfenden Blick auf die Freundin hinzu: »Du siehst aber auch ziemlich komisch aus.«

»Wieso auch?« fragte Lissy unsicher.

»Weil Julius so seltsam wirkte, als er vorhin zurückkam.«

»So, als wäre ihm wer weiß was begegnet, zumindest des Teufels Großmutter«, bestätigte Michael grinsend.

Lissy wurde rot und schwieg. Sie hatte absolut nicht die Absicht, irgend etwas vor Michael geheimzuhalten, aber sie war plötzlich so erschöpft von all den Aufregungen, daß sie nicht noch lange Erklärungen abgeben mochte. »Ich weiß schon, was ihm begegnet ist, aber jetzt kann ich es unmöglich erzählen«, sagte sie deshalb nur. Ehe Michael protestieren konnte, wünschte sie »Gute Nacht, schlaf schön« und war verschwunden.

»Schlaf schön!« murmelte Michael erbost, nachdem auch Joan sich mit den gleichen Worten entfernt hatte. Wie sollte man mit so viel ungestilltem Wissensdurst schlafen können! Aber so waren sie, die Mädchen, gefielen sich in geheimnisvollen Andeutungen, anstatt zu sagen, was sie wußten, oder aber von vornherein den Mund zu halten! Nun konnte er sich vergeblich den Kopf darüber zerbrechen, wem oder was Julius begegnet war.

Erbitterte Feindschaft

»Hättest du nur gestern abend schon mit mir gesprochen!« sagte Michael mit nachdenklich gerunzelten Brauen, als Lissy ihm am nächsten Morgen von ihrem Erlebnis erzählte. »Hättest du dich mir nur gleich anvertraut!« fuhr er in hoheitsvollem Tone fort. »Dann hätten wir uns alle eine schlaflose Nacht gespart!«

»Gespart?« Verständnislos starrten Lissy und Joan ihn an.

»Gespart«, bestätigte er ruhig, »denn so prima die Idee mit dem markierten Geldstück auch war, sie hat eben doch einen ganz, ganz großen Haken, an den sogar ich nicht auf Anhieb gedacht habe.«

»Und was für einen?« fragten die Mädchen wie aus einem Mund.

»Den, daß der Besitz dieses Geldstücks schließlich noch lange kein Beweis dafür ist, daß es von dem Betreffenden gestohlen wurde!« war die triumphierende Erklärung. »Aber diesen Blitzgedanken habe ich leider eben erst gehabt, als ich den Blödsinn mit Julius hörte. Denn daß Julius stiehlt, ist ja schon höherer Blödsinn, nicht wahr? Kann er das Geld nicht wirklich in irgendeinem Laden bekommen haben, in dem der Dieb vorher eingekauft hatte? Es wäre zwar ein komischer Zufall, aber komische Zufälle gibt es eben manchmal.« Die

Mädchen nickten stumm, während er aufatmend schloß: »Also, ich kann nur immer wieder sagen, die Sache mit Julius ist Blödsinn, in meinen Augen jedenfalls.«

»In meinen auch«, sagte Lissy leise, »aber ich dachte ja, weil er das Geldstück hatte ...« Sie stockte, seufzte abgrundtief, und Michael meinte nachdenklich: »Du hattest dich zu sehr in deine Idee verrannt, das war der Quatsch! Und der größte Quatsch war es, daß ich den Blitzgedanken nicht schon eher gehabt habe.« Sie schwiegen alle bedrückt, und endlich begann Lissy von neuem: »Und nun ist es zu spät. Denn das wird Julius mir niemals verzeihen!«

»Zu spät«, wiederholte Michael verächtlich. »Warum sollte es denn zu spät sein? Geh zu ihm, sage ihm, wie leid dir die ganze Geschichte tut und daß du sowieso nicht daran geglaubt hast, daß er der Dieb ist. Dann wird die Angelegenheit schon in Ordnung kommen.«

»Meinst du wirklich?«

»Bestimmt!« sagte Joan zuversichtlich. »Wenn er merkt, wie schrecklich es dir ist, daß du ihn verdächtigt hast, wird er bestimmt nicht mehr böse sein!«

Da aber geschah etwas, das alle guten Vorsätze zunichte machte und jegliche Hoffnung auf Versöhnung zerstörte.

Noch am Vormittag des gleichen Tages nämlich bildeten sich in der Pause aufgeregt tuschelnde Gruppen und Grüppchen, und es dauerte nicht lange, und Lissy wußte, um was es ging. Es hatten nicht nur alle erfahren, daß gestohlen wurde, sondern auch, wer sich an Geld und Süßigkeiten bereicherte. »Sieh mal an, der Julius«, hörte sie die dicke Ruth hämisch sagen. »Das ist auch einer von denen, die immer so fein und anständig tun, und nun geht er hin und stiehlt wie ein Rabe.« Lissy wurde ganz starr vor Schrecken. Das war doch nicht möglich!

Hatte Martin ihr nicht fest versprochen, Stillschweigen zu bewahren? Doch als sie ihn gleich darauf zur Rede stellte, beteuerte er hoch und heilig, sein Wort gehalten zu haben. »Von mir hat keine Menschenseele etwas erfahren«, schloß er voll ehrlicher Empörung. »Das mußt du mir schon glauben.«

»Ja, aber«, wandte Lissy zaghaft ein, »woher wissen sie es denn? Kannst du dir das vorstellen?«

»Keine Ahnung!« murmelte er düster, doch plötzlich erhellte sich seine Miene, und er fügte langsam hinzu: »Es könnte natürlich sein, daß noch jemand zugehört hat, irgend jemand, den wir nicht gesehen haben!«

»Natürlich«, sagte Lissy verblüfft über diese so einfache Erklärung, auf die sie selber wohl nicht gekommen wäre. Aber im Grunde war es ja gleichgültig, auf welche Weise diese schreckliche Geschichte bekanntgeworden war. Julius zu versöhnen, das war das wichtigste! Doch davor graute ihr nun noch mehr als zuvor, denn er würde ja nichts anderes denken, als daß sie die Schuld daran trug, wenn ihn nun alle für einen Dieb hielten.

So mußte sie ihren ganzen Mut zusammennehmen, um ihr Vorhaben auszuführen, das, wie sie gefürchtet hatte, völlig mißlingen sollte.

Als sie ihm nämlich am Nachmittag in der Diele begegnete und stockend begann: »Ich hätte dir so gerne erklärt . . .«, streifte er sie nur mit einem Blick so voller Verachtung, daß sie erschrak, und ließ sie einfach stehen.

»Vielleicht renkt es sich ja mit der Zeit wieder ein«, versuchte Joan zu trösten. »Jetzt ist alles noch so frisch, weißt du. Aber mit der Zeit vergißt er es vielleicht.«

»Julius nicht«, widersprach Lissy, ohne zu zögern, »das vergißt Julius nie und nimmer!«

Es schien ganz so, als sollte sie recht behalten, ja mehr

noch, aus der herzlichen Freundschaft wurde allmählich erbitterte Feindschaft, denn Julius strafte sie nicht nur mit Verachtung, sondern begann, sie mit seiner Rache zu verfolgen.

Er ging dabei genauso vor wie Robert im vergangenen Herbst. Er hatte einen Streich nach dem anderen ausgeheckt und dabei den Verdacht immer auf Lissy gelenkt. Damals hatte sie noch Glück gehabt, weil dem Treiben rechtzeitig ein Ende bereitet wurde. Heute aber standen die Dinge sehr viel schlechter für sie, denn die Zahl der unliebsamen Vorkommnisse war jetzt viel größer. Am schlimmsten aber war, daß man Lissy zur Strafe einmal vor die Tür gesetzt hatte und sie dort von Lieselottchen entdeckt wurde.

»Ich irre mich doch wohl nicht in der Annahme, daß du das Amt einer Vertrauensschülerin innehast?« fragte Lieschen, und es sprach so viel Befremden aus ihren Worten, daß Lissy, feuerrot vor Scham, nur mit einem stummen Kopfnicken antworten konnte. Ach, sie war sicher die erste aus der langen Reihe von Klassensprechern, der diese Schmach widerfuhr. Nein, das hatte es bestimmt noch nicht gegeben, und das durfte es auch nicht geben! Bei diesem Gedanken durchfuhr sie ein eisiger Schrecken. Man würde sie absetzen, das war klar! Eine Vertrauensschülerin, die sich so benahm, daß sie während des Unterrichtes den Klassenraum verlassen mußte, war ja untragbar, »ein Ding der Unmöglichkeit«, wie Michael sagen würde. Sie hatte sich keineswegs nach diesem Amt gedrängt, aber sich mit Schimpf und Schande davonjagen lassen, das wollte sie ebensowenig. So richtete sie also den Blick fest auf die blitzenden Brillengläser vor sich und sagte in beinahe beschwörendem Ton: »Es ist alles nur ein Mißverständnis, bestimmt! Ich habe wirklich nichts getan! Bitte glauben Sie mir!«

»Hm«, machte Lieschen nachdenklich, und auch Lottchen machte: »Hm.« Lissy berichtete ihnen, warum sie hinausgeschickt worden war. Ein auf ihrem Platz liegender Stapel von Heften war plötzlich, wie von Gei-

sterhand bewegt, emporgeschleudert worden, und dann hatte man einen Schnepper darunter entdeckt. Lieschen sagte: »Nun, wir werden sehen«, und Lottchen nickte zustimmend mit dem Kopf.

Die arme Lissy atmete erleichtert auf. Es schien tatsächlich so, als schenkten ihr die beiden alten Damen mehr Glauben als Mademoiselle Dupont. Die Französischlehrerin hatte sie hinausgeschickt, obwohl Lissy immer wieder ihre Unschuld beteuert hatte. Übrigens waren auch Joan und Michael der Meinung, daß Lieselottchen anders über den Vorfall dachte als die gestrenge Französischlehrerin. Aber sie machten sich trotzdem Sorgen um ihre Freundin, und Michael sagte düster: »Noch einmal darf dir das nicht passieren!«

»Auf keinen Fall!« pflichtete Joan ihm aufgeregt bei und fügte leise hinzu: »Du hättest eben doch gleich mit Rita sprechen müssen und nicht so viel Rücksicht nehmen sollen.«

»Ja, ja, ich weiß«, entgegnete Lissy ungeduldig. »Ich habe es selber ja schon zigmal bereut. Aber wenn ich ihn damals nicht anzeigen konnte, kann ich es heute ebensowenig.«

»Kann ich es heute ebensowenig«, wiederholte Michael spöttisch. »Und warum kannst du es eigentlich nicht? Willst du dich lieber in Teufels Küche bringen lassen von diesem Julius?«

»Und du meinst, es ist bestimmt kein anderer, der hinter allem steckt?«

»Aber Lissy«, sagte Joan fassungslos, »das wissen wir doch!«

Michael aber tippte gegen seine Stirn und stöhnte: »Nun schnappst du wohl langsam, aber sicher über, was? Er hat es doch neulich selber zugegeben, als ich es ihm auf den Kopf zusagte. Du solltest ihn kennenlernen, hat er gesagt. Ungestraft dürfe sich niemand so etwas mit ihm erlauben. Was willst du eigentlich noch mehr?«

Lissy schwieg einen Augenblick verwirrt, ehe sie zögernd antwortete: »Und wenn er es nur aus Trotz zugegeben hat?«

»Aus Trotz? Das ist doch Blödsinn!« Mit einer abwehrenden Handbewegung schob Michael diesen Einwand beiseite. »Nee, du, den Gefallen tut er dir bestimmt nicht, auch wenn du es noch so gerne möchtest.«

»Schade«, sagte sie enttäuscht, und Joan, die es nicht weniger betrübte, daß aus dem Freund ein so erbitterter Feind geworden war, meinte nachdenklich:

»Schade ist es, sehr sogar. Aber ich glaube, du mußt dich damit abfinden. Und vor allen Dingen mußt du nun endlich Rita oder Richard alles erzählen, sonst ...«

»... geht die Sache bestimmt ins Auge!« ergänzte Michael finster. »Und beeil dich ein bißchen, wenn's geht. Meiner Ansicht nach ist es allerhöchste Eisenbahn!«

Lissy seufzte. Sie hatten ja recht, die beiden. So wie die Dinge jetzt lagen, blieb ihr wohl nichts anderes übrig, als in den sauren Apfel zu beißen. Gleich morgen wollte sie mit Rita und Richard, die im Auftrag Lieselottchens heute nach London gefahren waren, sprechen. Doch dazu sollte sie keine Gelegenheit mehr haben. Am späten Abend geschah etwas, das ihr Vorhaben zunichte machte!

Mitten in der Nacht

Wie schon so oft hatten sich die beiden Mädchen vor dem Einschlafen noch eine Weile unterhalten, wobei selbstverständlich die Angelegenheit mit Julius das

Hauptgesprächsthema bildete. Endlich aber fielen ihnen doch die Augen zu, und Lissy träumte, daß sie einen schmalen Gang entlang hinter Julius herlief. Gerade meinte sie, ihn erreicht zu haben, da verschwand er hinter einer Tür, die mit lautem Knall ins Schloß fiel.

Sie schrak zusammen, war im nächsten Augenblick hellwach, richtete sich halb auf und lauschte mit angehaltenem Atem. Die Tür eben war wirklich und wahrhaftig ins Schloß gefallen, nicht nur in ihrem Traum, das wußte sie sofort, denn von irgendwoher hörte sie gedämpfte Geräusche und Stimmen, dann leichte Schritte, die sich schnell entfernten, und dann herrschte Stille. Nein, sie hörte nichts mehr, sosehr sie sich auch anstrengte. Endlich atmete sie tief auf und knipste für eine Sekunde das Licht an, um nachzusehen, wie spät es war. Gleich zwölf! Du liebe Zeit, wer mochte mitten in der Nacht durch das Haus gegeistert sein?

Lissy seufzte. Jetzt mußte sie sich wohl um die Nachtschwärmer kümmern, obwohl sie – müde, wie sie war – dazu absolut keine Lust hatte. ›Joan hat's gut‹, dachte sie neiderfüllt, während sie sich rasch und so geräuschlos wie möglich anzuziehen begann. ›Schläft wie ein Murmeltier und braucht sich nicht den Kopf um andere zu zerbrechen, die sich draußen herumtreiben. Na, denen werd ich's zeigen!‹ Als sie gerade nach ihrem Pullover greifen wollte, hörte sie herannahendes Motorengeräusch. Auf Zehenspitzen lief sie zum Fenster und schob den Vorhang etwas beiseite. Vielleicht kamen Rita und Richard zurück? Ja, im milchigen Licht des Mondes sah sie zwischen den dunklen Baumstämmen Scheinwerfer aufleuchten, und gleich darauf hielt ein Wagen vor der breiten Freitreppe. Die beiden Schulsprecher stiegen aus und waren kurz darauf im Haus verschwunden.

Lissy zog nachdenklich die Brauen zusammen und blieb einigermaßen unschlüssig stehen. Möglicherweise stießen die Zurückkehrenden ja irgendwo da unten auf die Ausreißer. War sie dann nicht eigentlich überflüssig? Oder sollte sie nun gerade nach dem Rechten sehen? Lag es nicht vielleicht in ihrem eigenen Interesse, sich blicken zu lassen? Sie war ja in letzter Zeit durch Julius' Schuld so oft in Mißkredit geraten, daß sie die Gelegenheit dankbar ergreifen mußte, sich als pflichtbewußte Vertrauensschülerin zeigen zu können.

Als sie zum zweiten Male nach ihrem Pullover griff, wurde sie wieder abgelenkt. Ein markerschütternder Schrei vom Erdgeschoß her ließ sie zusammenfahren und regungslos verharren. Als sie aber wenig später schnelle Schritte hörte und Ritas Stimme zu erkennen glaubte, kam wieder Leben in sie.

Ohne zu zögern und ohne eigentlich recht zu wissen, warum sie es tat, zog sie ihre Schuhe aus, schlüpfte unter die Bettdecke und lauschte mit angehaltenem Atem und festgeschlossenen Augen auf das, was da draußen vorging. Viel war es jedoch nicht mehr, was sie hörte. Einmal die ruhigen Worte Ritas: »Wir sprechen uns morgen!« Dann Türenklappen und sich rasch entfernende Schritte.

Rita war gegangen, und Lissy seufzte erleichtert. Nun würde sie wohl in Ruhe schlafen können! Sie sprang aus dem Bett, und während sie den dunkelblauen Faltenrock sorgfältig über den Stuhl legte, dachte sie mit einem Blick auf die noch immer tief und gleichmäßig atmende Joan: ›Wie man so fest schlafen kann, ist mir ein Rätsel. Von dem gräßlichen Schrei hätte sie ja eigentlich aufwachen müssen!‹

Im Grunde bedauerte sie es sehr, daß sie nicht mit der Freundin über den seltsamen nächtlichen Lärm sprechen konnte, aber sie versuchte trotzdem nicht, die Schlafende zu wecken. Es würde ja viel zu spät werden, und morgen früh wären sie beide todmüde. Von neuem streckte sie sich in ihrem Bett aus, und ehe sie darüber nachdenken konnte, wer wohl so schrecklich geschrien hatte, waren ihr die Augen zugefallen.

Um so mehr Vermutungen wurden am nächsten Morgen darüber angestellt, vor allen Dingen von Michael, dessen Phantasie immer üppigere Blüten trieb. »Vielleicht wollte jemand ausrücken«, sagte er düster, »so wie Kathleen im vorigen Herbst, versteht ihr? Und gerade als er auf die Tür zuschlich, legte sich ihm eine Hand schwer auf die Schulter, das war Richard, der ihm nachgeschlichen war, und da stieß der Ertappte den gräßlichen Schrei aus!«

Lissy und Joan fingen an zu kichern, und Lissy meinte: »Das klingt ja wie aus einem Kriminalroman, da hat man ja . . .«

Aber Michael brachte sie mit einer ungeduldigen Handbewegung zum Schweigen und fuhr in dem gleichen düsteren Tonfall fort: »Vielleicht war es Julius. Vielleicht konnte er es nicht mehr ertragen, unter dem Verdacht des Diebstahls zu stehen. Vielleicht wollte er wieder nach Hause.«

»Glaubst du wirklich?« fragte Lissy entsetzt.

Aber während Michael mit finsterer Miene die Schultern hob, sagte Joan schnell: »Das ist doch Unfug, dann wäre er ja schon längst gegangen, und außerdem müssen es mehrere gewesen sein, den Schritten nach zu urteilen. Wer weiß, was für einen Blödsinn die da unten angestellt haben. Und dann sind sie von Rita und Richard überrascht worden, und einer hat sich so erschrocken, daß er laut geschrien hat.«

»So ähnlich habe ich es mir auch vorgestellt«, nickte

Lissy erleichtert. Diese Erklärung schien Michael jedoch viel zu einfach und viel zu wenig abenteuerlich zu sein. Viel lieber war ihm wohl die folgende, mit der er seine beiden Freundinnen ziemlich verwirrte.

»Oder es war der Dieb!« sagte er langsam und mit geheimnisvoll gedämpfter Stimme.

»Der Dieb?« Sie starrten ihn verständnislos an.

»Der Dieb!« wiederholte er, indem er sich verstohlen nach allen Seiten umsah. »Der richtige nämlich, den sie auf frischer Tat ertappt haben.« Er legte eine kleine Kunstpause ein, um die Wirkung seiner Worte noch zu verstärken, und nickte befriedigt über die erstaunten Gesichter seiner Zuhörerinnen. Doch ehe eine von ihnen etwas sagen konnte, begann er von neuem: »Es war ja auch eine prima Gelegenheit. Beleuchtung gab es keine außer dem bißchen Mondschein, allerhöchstens das trübe Licht eines Kerzenstummels. Keiner achtete auf den anderen, und da sah der Dieb irgendwo ein Portemonnaie liegen, schlich darauf zu, wollte danach greifen, da legte sich ihm eine Hand schwer auf die Schulter, und das war ...«

»Richard!« flüsterte Lissy.

»Richard«, bestätigte Michael mit fester Stimme, »der ihm nachgeschlichen war, und da stieß der Ertappte ...«

»... den gräßlichen Schrei aus«, vollendete Joan leise.

Wahrhaftig, es hatte ganz den Anschein, als wären beide Mädchen sehr beeindruckt von dieser Erklärung des nächtlichen Lärms. Aber sie konnten natürlich nicht ahnen, daß darin sogar ein Körnchen Wahrheit steckte. Sie wußten auch nicht, daß Rita und Richard gerade ein ernstes Wort mit demjenigen sprachen, der den ganzen Wirbel verursacht hatte.

Arabella war es, die trotzig Rede und Antwort stand.

»Was hast du dir nur dabei gedacht!« sagte Rita kopfschüttelnd, und Richard meinte mit gerunzelter Stirn: »Wie man auf so eine Idee kommen kann, ist mir unbegreiflich.«

»Die Idee war gut«, gab Arabella ungerührt zurück, »das fanden die anderen auch.«

»Dich hätte es mehr interessieren sollen, was die Schulleitung gut findet«, entgegnete Richard angesichts solcher Unverfrorenheit in scharfem Ton.

Arabella schwieg mit zurückgeworfenem Kopf und verächtlich vorgeschobener Unterlippe, und als Rita nun fragte: »Wer waren denn die anderen?«, antwortete sie zunächst nur mit einem Achselzucken und erwiderte dann langsam: »Da muß ich erst einmal überlegen.«

»Aber ein bißchen dalli, wenn ich bitten darf«, sagte der sonst so freundliche und ruhige Richard so ärgerlich, daß sogar Arabella es für geraten hielt, ihr Verhalten zu ändern. So verzichtete sie denn auf ihren schläfrig-hochmütigen Blick und begann aufzuzählen:

»Also, erst einmal Rosi, natürlich.«

»Ja, ja, natürlich«, sagte Richard ungeduldig, »und wer noch?«

Arabella schien angestrengt zu überlegen.

»Martin und die dicke . . . ich meine Ruth und Linda – und ein paar aus Lindas und Ruths Clique, Mary zum Beispiel, und . . .«

»War Michael auch dabei?« unterbrach sie Rita.

Arabella schüttelte den Kopf, und auch die Frage nach Kathleens und Jennifers Anwesenheit verneinte sie in der gleichen Weise. Als sich Rita danach erkundigte, ob auch Julius mit von der Partie gewesen sei, erhielt sie die empörte Antwort: »Ich feiere doch nicht mit einem Dieb Geburtstag.«

Einen Augenblick lang herrschte Schweigen, dann sagte Richard langsam: »Mit einem Dieb? Was soll das heißen?«

Arabella hatte schon wieder ihr hochmütigstes Gesicht aufgesetzt und erwiderte nun in ihrem hochmütigsten Ton: »Daß Julius stiehlt, das weiß doch jeder!«

»Daß Julius stiehlt . . .!« wiederholte Rita fassungslos. Arabella lächelte sie nur mitleidig an.

Doch schon in der nächsten Sekunde war ihr das Lächeln vergangen, denn Richard sagte mit zornbebender Stimme: »Wie kannst du es wagen, eine so schwere Anschuldigung gegen einen deiner Mitschüler in dieser Form hier vorzubringen! Nicht genug damit, daß du, um es gelinde auszudrücken, die Unverfrorenheit hattest, mitten in der Nacht eine Geburtstagsfeier zu veranstalten und dabei einen Lärm zu machen . . .«

»Daß Ruth so geschrien hat, dafür konnte sie nichts«, beeilte Arabella sich zu versichern. »Sie sagt, sie hätte sich zu Tode erschrocken, als du sie plötzlich an der Schulter packtest, weil . . .«

». . . sie sich am Lehrerschrank zu schaffen machte«, ergänzte Rita nun wieder ruhig wie immer.

»Sie sollte doch nur die Kekstüte holen, die ich auf dem Schrank hinter einer Vase versteckt hatte«, verteidigte sich Arabella mit hochrotem Gesicht, »und da . . .«

Doch Richard schnitt ihr mit einer ungeduldigen Handbewegung das Wort ab. »Es geht hier nicht um Ruth und nicht darum, was sie sollte oder nicht sollte. Es geht darum, daß du die Stirn hast, einen anderen mit einem schnoddrigen ›Das weiß doch jeder!‹ des Diebstahls zu bezichtigen. Anscheinend bist du dir noch nicht ganz im klaren darüber, daß man für so eine Behauptung Beweise braucht.«

»Aber die haben wir doch!« rief Arabella, und es war erstaunlich, wie ihre sonst so träge blickenden Augen blitzen konnten. »Die haben wir doch! Elizabeth Allen hat Julius doch überführt!«

»Elizabeth Allen?« Wer wohl durfte von sich behaupten, die beiden Schulsprecher jemals in solches Erstaunen versetzt zu haben wie Arabella mit ihren Worten? Und nachdem sie erzählt hatte, was sie wußte, sagte Richard nur:

»Das ist doch wohl nicht möglich!«

Eine böse Überraschung

Selbstverständlich brauchten Rita und Richard nur wenige Sekunden, um sich von ihrer Überraschung zu erholen, für Lissy aber sollten Arabellas Worte noch schlimme Folgen haben. Es begann damit, daß sie schon am Nachmittag des gleichen Tages in die ›Höhle des Löwen‹, wie Michael es nannte, bestellt wurde.

»Höhle des Löwen stimmt gar nicht«, protestierte Lissy lachend, ohne auch nur im geringsten etwas Böses zu ahnen. »Erstens ist damit nur Lieselottchens Zimmer gemeint, zweitens hat sich längst herausgestellt, daß es gar keine Höhle des Löwen ist, und drittens . . .«

». . . solltest du trotzdem so tun, als ob es eine wäre«, warnte Michael.

»Wieso?« fragte Lissy unsicher. »Wie meinst du das denn?«

»So genau kann ich es dir auch nicht erklären«, entgegnete er nachdenklich. »Eigentlich habe ich nur so ein komisches Gefühl in der Magengegend.«

»Deswegen mußt du ihr aber doch nicht unbedingt angst machen«, sagte Joan vorwurfsvoll.

»Angst machen!« wiederholte er verächtlich. »Wie man den gutgemeinten Rat eines Freundes so auffassen kann! Ich dachte nur, es wäre besser, wenn sie sich seelisch auf irgend etwas Unangenehmes vorbereitet, irgend etwas wegen Julius vielleicht.«

Wie recht er behalten sollte, merkte die arme Lissy schon, als sie von Rita und Richard empfangen wurde. Sie lächelten nicht freundlich wie sonst, sondern sahen sie ganz ernst an. Richard räusperte sich und sagte: »Setz dich.« Lissy nahm gehorsam auf einer Stuhlkante Platz. Ach du liebe Zeit, was würde jetzt kommen? Wenn es sich wirklich um die Streiche handelte, die sie begangen haben sollte, so hoffte sie nur, daß es ihr gelang, sie von ihrer Unschuld zu überzeugen.

»Wir haben dich in einer sehr ernsten Angelegenheit rufen lassen und möchten dich zunächst einmal etwas fragen«, begann Richard ruhig. »Stimmt es, daß du Julius des Diebstahls überführt hast?«

Lissy starrte ihn fassungslos an und wurde langsam feuerrot. Von wem mochte er das erfahren haben! Und was sollte sie auf diese schreckliche Frage antworten? Ja, nein? Ach, das beste würde es sein, wenn sie alles der Reihe nach erzählte.

Obwohl Rita und Richard schon von Arabella in allen Einzelheiten über diese so betrübliche Geschichte unterrichtet worden waren, hörten sie den nun folgenden stockenden Bericht aufmerksam an, und als Lissy mit den Worten: »Böse habe ich es bestimmt nicht gemeint!« geendet hatte, betrachtete Richard die wie ein Häufchen Unglück vor ihm Sitzende einen Augenblick schweigend und sagte dann ernst:

»Das glaube ich dir schon. Aber du hättest niemals auf eigene Faust handeln dürfen, denn für Julius ist es übel ausgegangen, weil ihn nun alle für einen Dieb halten, und darauf kommt es letzten Endes an. Das siehst du doch ein, nicht wahr?«

Lissy nickte stumm, und er fuhr nun wieder freundlicher fort: »Wir wissen alle, daß du ein feiner Kerl bist, aber das allein genügt leider nicht für so ein verantwortungsvolles Amt wie das einer Vertrauensschülerin. Dazu gehört vor allen Dingen, daß man nicht nur das tut, was einem gerade in den Sinn kommt, sondern daß man immer erst nach reiflicher Überlegung handelt.«

»Und reifliche Überlegung ist nicht so recht deine Sache, wie es scheint«, fügte Rita hinzu, und obwohl auch sie schon wieder ein wenig lächelte, fühlte Lissy sich gar nicht wohl in ihrer Haut. Mit gesenkten Wimpern sah sie von einem zum anderen und dachte verwirrt:

›Worauf wollen sie eigentlich hinaus?‹ Denn daß Richard noch etwas zu sagen hatte, spürte sie ganz deutlich, und auch, daß es etwas Unangenehmes sein mußte. Und plötzlich durchfuhr sie ein Gedanke, den sie gar nicht zu Ende denken durfte und bei dem sie am liebsten aufgesprungen und weggelaufen wäre. Doch da begann Richard schon von neuem:

»Natürlich kann man sich manchmal auch nur von seinem Gefühl leiten lassen, wie du es beispielsweise im Fall von Kathleen getan hast, wo du mit deinem schnellen Eingreifen so großen Erfolg hattest. Aber auf diese Weise geht es eben nicht immer, es kann Schwierigkeiten geben, mit denen du nicht fertig wirst, und deshalb halten wir es für richtiger . . .«

›Nein, nein!‹ wollte Lissy rufen, denn jetzt wußte sie, was kommen würde. Ja, jetzt wußte sie genau, worauf Richard hinauswollte! Aber sie brachte keinen Ton über die Lippen, starrte ihn nur aus schreckgeweiteten Augen an und hörte ihn schon sagen:

». . . wenn du dein Amt wieder abgibst!«

Nun war es ausgesprochen, was sie befürchtet hatte, und was nützte es, daß er tröstend hinzufügte: »Vorläufig jedenfalls. Vielleicht bist du in einem halben Jahr vernünftiger und ruhiger geworden, um das Amt wieder ausüben zu können.«

›Er weiß ja ganz genau, daß ich niemals so vernünftig und ruhig werde!‹ dachte sie verzweifelt und sagte mit zitternder Stimme: »Absetzen wollt ihr mich? Einfach absetzen? Dann wäre es ja besser gewesen, wenn ihr mich erst gar nicht zur Vertrauensschülerin gemacht hättet!«

Einen Augenblick lang schien es, als wollten Rita und Richard bei dieser verblüffend naiven Einstellung in Lachen ausbrechen, sie hatten sich aber sofort wieder in der Gewalt, und Richard sagte in dem gleichen Ton wie zuvor: »So einfach kann man es sich nun doch nicht machen. Schließlich hast du das Amt ja übernommen, und wenn man ein Amt übernimmt, hat man es zur Zufriedenheit auszufüllen. Daß du das aber mit deinem eigenmächtigen Vorgehen in dieser Diebstahlsgeschichte nicht getan hast, müßtest du bei ruhiger Überlegung selber einsehen.«

Bei ruhiger Überlegung! Ach, so weit entfernt von ruhiger Überlegung war die arme Lissy wohl selten in ihrem Leben gewesen. Sie konnte jetzt nur daran denken, daß man ihr ihren Fehler hätte verzeihen und ihr die Schmach, abgesetzt zu werden, hätte ersparen können. Mit Entsetzen dachte sie an diejenigen, die ihr nicht wohl wollten, an die dicke Ruth und Linda zum Beispiel, an ihre schadenfrohen Mienen und Bemerkungen. Aber auch das Mitleid ihrer Freunde fürchtete sie, und als sie wenig später von Richard entlassen worden war, wünschte sie nichts sehnlicher, als jetzt für jedermann unsichtbar zu sein.

Aber da hörte sie schon Joans besorgte Stimme: »Was ist denn los mit dir?«

Und gleich darauf Michael: »Du siehst ja aus, als wäre dir etwas ganz Furchtbares passiert!«

»Ist es auch«, entgegnete sie leise und begann zunächst stockend, dann immer hastiger zu berichten. Als sie geendet hatte, rief Joan voll ehrlicher Empörung:

»So eine Gemeinheit!« Und Michael ergänzte düster: »So eine bodenlose. Deswegen hätten sie dich doch nicht gleich abzusetzen brauchen!«

»Ja, nicht wahr?« erwiderte Lissy schnell, nun doch überaus erleichtert darüber, daß sie ihr Herz ausschütten konnte. »Sie hätten es doch erst noch einmal mit mir versuchen können. Ich hätte ja niemals wieder auf eigene Faust so etwas gemacht.«

»Und wenn du noch einmal mit ihnen sprichst?« schlug Joan vor, aber Lissy schüttelte energisch den Kopf. »Das hat bestimmt keinen Zweck!«

»Und wenn ich versuche, herauszukriegen, wer mit seinem dämlichen Gequatsche an dem ganzen Unglück schuld ist, und ihm das Fell über die Ohren ziehe und es dir zu Füßen lege, ist das natürlich ebenso sinnlos«, sagte Michael.

Wenn er geglaubt hatte, die Mädchen mit dieser Bemerkung zum Lachen zu bringen, so hatte er sich getäuscht. Beide verzogen keine Miene. Nein, heute wären sie nur durch einen Vorschlag aufzumuntern gewesen, der Erfolg versprach. Doch so viel sie auch beratschlagten, alle ihre Bemühungen blieben umsonst.

»Das beste wäre, ich würde verschwinden, einfach nach Hause zurückgehen«, sagte Lissy endlich jämmerlich. Doch als Joan ihr riet, sich lieber so hervorzutun, daß man sie wieder zur Vertrauensschülerin machte, wurde sie wütend. »Wenn sie mich jetzt nicht mehr haben wollen, können sie später auch auf mich verzichten!« sagte sie mit blitzenden Augen und vor Zorn gerötetem Gesicht. »Die sollen mich kennenlernen!« Aber diese Aufwallung verging so rasch, wie sie gekommen war, und machte von neuem der trüben Stimmung Platz, und weder Joans tröstlicher Zuspruch noch Michaels aufmunternde Worte konnten sie umstimmen. Und als er ihr am Abend beim Gutenachtsagen zunickte: »Kopf hoch!« seufzte sie nur: »Du hast gut reden!«

Das wirklich Wichtige im Leben

Das Treffen, an dem einer der Schulsprecher die Veränderung bekanntgeben und man eine neue Vertrauensschülerin wählen würde, rückte näher und näher, und die verzweifelte Lissy wurde stiller und stiller. Noch immer zerbrach sie sich den Kopf darüber, wie sie das drohende Unheil abwenden könnte. Aber ihr fiel nichts anderes ein, als Lieselottchen zu bitten, ihr Versprechen einzulösen und sie nach Hause zurückkehren zu lassen, falls sie sich hier unglücklich fühlte. Da sie jedoch, von ihrem augenblicklichen Kummer abgesehen, in dieser Schule genauso glücklich war wie daheim, wollte sie den Gang zu den beiden alten Damen noch so lange wie möglich hinausschieben. Da aber geschah etwas, das alles mit einem Schlage änderte.

Zwei Tage vor dem Treffen hörte sie nachmittags auf dem Flur jemanden rufen. »Julius, du sollst sofort zu Lieselottchen kommen!« Stirnrunzelnd blieb sie stehen, denn sie hatte gerade in den Aufenthaltsraum gehen wollen, um dort Joan französische Vokabeln abzufragen. Nun aber beschloß sie, erst hinunterzugehen, wenn Julius in der ›Höhle des Löwen‹ verschwunden war.

Denn seit dieser schrecklichen Geschichte vermied sie es nach Möglichkeit, ihm zu begegnen. Und nun hörte sie ihn auch schon zurückrufen: »Ich komme!« und gleich darauf seine vom Laufen atemlose Stimme: »Was ist denn los?« – »Keine Ahnung!« war die wenig erschöpfende Auskunft, und dann wurde es still. Doch um ganz sicher zu sein, ließ sie noch ein paar Minuten verstreichen, ehe sie die Tür hinter sich schloß und langsam die Treppe hinunterging.

Und als sie gerade auf der letzten Stufe angelangt war, wurde die Tür zu Lieselottchens Zimmer aufgerissen, und Julius stürzte mit kreidebleichem Gesicht an ihr vorüber und lief zur Haustür hinaus.

Sie starrte ihm nach, dachte: ›Da ist etwas passiert, irgend etwas Schlimmes!‹ Sie wunderte sich selbst darüber, wie sehr sie bei diesem Gedanken erschrak. Wohin mochte er laufen? In den Garten? Oder ins Dorf? Oder vielleicht zum Bahnhof, wie Kathleen damals?

›Ich muß hinterher!‹ dachte sie, ließ im nächsten Augenblick die Eingangstür hinter sich ins Schloß fallen, sah sich suchend um und lief, als sie niemanden entdeckte, weiter den breiten Gartenweg entlang. Nur gut, daß sie schon ihren Mantel über dem Arm trug, denn sie hatte noch mit Joan spazierengehen wollen. Im Laufen zog sie den Mantel an. In einiger Entfernung sah sie plötzlich zwischen den Baumstämmen am Wegesrand eine Gestalt auftauchen. Ja, das mußte Julius sein! Anscheinend wollte er den Garten verlassen, denn nun verschwand er um die letzte Wegbiegung. Er wollte also ins Dorf hinunter. Lissy seufzte, beschleunigte ihre Schritte und rutschte hin und wieder auf der regennassen Erde aus. Flüchtig dachte sie daran, daß Joan nun vergeblich auf sie wartete, doch der Gedanke, daß sie Julius vielleicht helfen konnte, falls er in Schwierigkeiten geraten

TELEFON

war, ließ sie alles andere vergessen. War es nicht seltsam, daß sie keinen Groll mehr gegen ihn hegte?

Und Julius schien es ähnlich zu ergehen. Als Lissy nämlich an der neuen Telefonzelle im Dorf vorüberkam, stand er in der geöffneten Tür und fragte ohne das geringste Anzeichen von Verwunderung über ihr unerwartetes Erscheinen: »Kannst du mir vielleicht ein bißchen Geld leihen? Ich muß ganz dringend telefonieren, und nun merke ich, daß mein Geld nicht reicht.«

»Hoffentlich habe ich welches bei mir«, sagte sie schnell, während sie schon in ihrer Manteltasche kramte. Sie fand tatsächlich noch ein paar Geldstücke.

Julius nahm das Geld dankend an, schloß die Tür hinter sich, und Lissy blieb in einiger Entfernung wartend stehen. Der laue Vorfrühlingswind trieb ihr das Haar ins Gesicht, und während sie es zurückstrich, dachte sie darüber nach, wen Julius wohl anrufen mochte. Vielleicht seine Eltern? Vielleicht hatte er erfahren, daß zu Hause etwas nicht in Ordnung war? Voll ängstlicher Spannung sah sie zu der Telefonzelle hinüber und atmete erleichtert auf, als Julius endlich auf sie zukam. Vielleicht würde er ihr nun sein Herz ausschütten? Hatte er nicht eben, als er sie um das Geld bat, genauso gewirkt wie früher, so, als wären sie niemals böse miteinander gewesen? Aber er schwieg, tief in Gedanken versunken, und während sie zurück ins Internat gingen, überlegte sie angestrengt, ob sie ihn nach seinem Kummer fragen durfte. Doch ehe sie einen Entschluß fassen konnte, sagte er plötzlich leise:

»Meine Mutter ist nämlich krank. Sehr sogar.«

»Oh!« rief Lissy erschrocken aus und fügte schnell hinzu: »Aber dein Vater wird ihr bestimmt helfen, nicht wahr?«

»Er versucht es«, entgegnete Julius, der so oft voller

Stolz von seinem Vater, einem bekannten Arzt und Forscher, erzählt hatte. »Er versucht es mit einem neuen Medikament, an dem er jahrelang gearbeitet hat. Aber wenn das nicht hilft . . .«

»Es hilft bestimmt!« tröstete ihn Lissy. »Wenn dein Vater eine Medizin erfindet, hilft sie bestimmt!«

»Hoffentlich!« sagte Julius und seufzte aus tiefstem Herzensgrunde, ohne auch nur im entferntesten daran zu denken, über die Ausdrucksweise ›Medizin erfinden‹ zu lächeln, wie er es sonst wohl getan hätte. Eine Weile schwiegen sie beide, und dann begann er von neuem: »Weißt du, wenn man so viel Angst ausstehen muß, kommt einem der ganze Kram, über den man sich sonst aufregt und ärgert, so lächerlich vor. Dann merkt man erst, was wirklich wichtig im Leben ist, und ich glaube, daran werde ich von heute an immer denken.«

Lissy sah den Freund rasch von der Seite an. Schlagartig wurde sie durch diese feierlichen Worte an ihren eigenen Kummer erinnert, den sie für kurze Zeit völlig vergessen hatte. Ob er es auch für lächerlichen Kram hielt, wenn man plötzlich sein Amt verlor? Sie hätte ihn gern danach gefragt und ihm alles erzählt, aber sie scheute sich, ihn jetzt mit ihren Angelegenheiten zu behelligen. Als sie schon durch den Garten des Internats gingen, kam sie zu dem Schluß, ihre Sorgen könnten ihn vielleicht ein wenig von seinen eigenen ablenken, und so sagte sie denn mit beinahe entschuldigendem Lächeln:

»Ich bin auch gerade dabei, mich über etwas aufzuregen, und ich hatte mir schon vorgenommen, deswegen für immer von hier fortzugehen.«

Sie sagte ›hatte‹, so, als hätte sie es sich inzwischen anders überlegt.

»Fortgehen?« wiederholte Julius verwundert. »Aber warum denn?«

»Weil etwas ganz Schlimmes passiert ist!« entgegnete sie und erzählte ihm die böse Geschichte von Anfang bis zu Ende. Julius hörte interessiert zu. Um diese Jahreszeit war kaum einer der Schüler im Garten anzutreffen, schon gar nicht bei einbrechender Dunkelheit, und so vermutete keiner von beiden jemanden in der Nähe. Nein, keiner von ihnen ahnte, daß Lissy einen Zuhörer gehabt hatte, einen, der ihnen schon ein ganzes Stück so geräuschlos wie möglich gefolgt war und nun so lange zurückblieb, bis sie endlich im Hause verschwanden.

»Vielleicht renkt es sich doch noch ein«, sagte Julius tröstend und versuchte, aufmunternd zu lächeln, als sie die Treppe hinauf in ihre Zimmer gingen. Aber Lissy wehrte nach einem Blick in sein blasses, schon wieder ernst gewordenes Gesicht verlegen ab:

»Ach, das ist im Grunde ja gar nicht so wichtig. Viel wichtiger ist es, daß deine Mutter wieder gesund wird!«

In dieser Schule geschehen auch Wunder

Das erste, was am nächsten Tage noch vor Beginn des Unterrichts geschah, war, daß Julius Lissy in der Diele mit strahlendem Gesicht entgegenlief und völlig außer Atem sagte:

»Sie wird gesund! Meine Mutter wird wieder gesund! Eben hat mein Vater angerufen. Er sagt, die Medizin hilft, und wenn sie weiter so hilft, kann Mutter bald wieder aufstehen!« Er schwieg, holte tief Luft und fügte leise hinzu: »Du kannst dir gar nicht vorstellen, wie glücklich ich bin!«

»Doch«, sagte Lissy, »doch, das kann ich mir gut vorstellen. Ich brauche ja nur daran zu denken, daß mir so etwas mit meiner Mutter passiert wäre. Dann wäre ich jetzt genauso glücklich wie du und wäre vorher genauso unglücklich gewesen.«

»Ja, da hast du recht«, sagte Julius langsam und betrachtete sie nachdenklich. »Und natürlich wird es allen so gehen, die an ihren Eltern hängen.«

»Und damit, daß jede Medizin hilft, die dein Vater erfindet, hatte ich auch recht«, nickte sie mit glänzenden Augen.

Auch dieses Mal dachte Julius nicht im Traum daran, über den Ausdruck ›Medizin erfinden‹ zu lachen. Wie hätte er jemanden kränken mögen, der sich so herzhaft mit ihm freute. Sie war schon ein feiner Kerl, die Lissy, auch wenn sie manchmal übers Ziel hinausschoß wie bei der Sache mit den Diebstählen. Übrigens hatte er ihr alles verziehen, und wenn es nach ihm gegangen wäre, so hätten Rita und Richard dasselbe getan.

»Du sagst ja gar nichts«, hörte er jetzt ihre Stimme in seine Gedanken hinein, und er entschuldigte sich ein wenig verlegen:

»Es tut mir leid. Aber ich habe eben darüber nachgedacht, wie prima es wäre, wenn das mit dir noch in Ordnung käme und du Vertrauensschülerin bliebest.«

»Ach, daran ist ja nun nicht mehr zu denken«, sagte Lissy leise, und ihre Augen verloren sofort den fröhlichen Glanz, »dann müßte ja bis morgen noch ein Wunder geschehen, und«, sie seufzte schwer, »Wunder gibt es eben leider nur im Märchen.«

»Leider«, bestätigte Julius ruhig, »und deshalb ist es auch Blödsinn, auf ein Wunder zu warten. Deshalb sollte man lieber etwas unternehmen, irgend etwas müßte einem doch einfallen.«

»Das denkst du«, war die bedrückte Entgegnung. »Darüber haben wir uns, Joan, Michael und ich, nämlich lange genug den Kopf zerbrochen.«

»Hm«, machte Julius gedehnt. »Vielleicht waren die Köpfe nicht die richtigen. Was hältst du davon?«

»Wieso?« fragte Lissy verwirrt. »Weißt du denn etwas?«

»So viel auf alle Fälle, daß, wenn die Klasse es nicht will, sie dich eigentlich nicht absetzen können. Wir müßten also eine Abstimmung machen, bei der . . .«

». . . ich noch nicht einmal die Hälfte der Stimmen bekäme«, ergänzte Lissy düster.

Julius sah sie erstaunt an. »Und warum, wenn ich fragen darf? Glaubst du etwa im Ernst, daß alle, die dich damals gewählt haben, es jetzt nicht mehr täten? Das glaubst du doch wohl selber nicht. Aber wenn dir die Sache mit der Wahl doch nicht sicher genug ist, wüßte ich vielleicht noch etwas anderes.« Er betrachtete sie sekundenlang durchdringend unter zusammengezogenen Brauen und fragte dann ganz unvermittelt: »War das eigentlich Zufall, daß du gestern vor der Telefonzelle standest?«

»Ich bin dir nachgegangen«, erwiderte Lissy leise, »weil . . .«

». . . weil?«

»Weil ich gesehen hatte, wie du aus Lieselottchens Zimmer gestürzt und hinausgerannt bist, und da dachte ich . . .«

»Da dachtest du?«

». . . Daß ich vielleicht irgend etwas für dich tun könnte.«

Es schien, als wäre das die Auskunft, die Julius erwartet hatte, denn er nickte befriedigt. Doch ehe er auf die Frage, warum ihn das so interessierte, antworten konnte, gesellten sich Kathleen und Jennifer zu ihnen, und so mußte sich Lissy mit den wenigen Worten:

»Wenn du nichts dagegen hast, werde ich mich nachher einmal um die Sache kümmern«, zufriedengeben.

Sie hatte nicht die geringste Ahnung, was er wohl vorhaben mochte, aber sie kam nicht mehr dazu, sich den Kopf darüber zu zerbrechen, denn auf dem Wege zum Klassenzimmer faßte sie jemand an der Schulter, und als sie sich umwandte, sah sie in Martins blasses Gesicht. ›Du liebe Zeit, wie sieht der denn aus?‹ dachte sie verwundert, und gleich darauf konnte sie nichts anderes mehr denken als: ›Das ist doch gar nicht möglich!‹

»Ich habe dir etwas zu sagen«, begann er leise und zog sie ein wenig beiseite. »Es handelt sich um das Geldstück mit dem Kreuz, um Julius und um dich. Ich habe nämlich gestern gehört, wie du Julius im Garten erzähltest, daß sie dich deswegen, ich meine, weil du den Dieb auf eigene Faust finden wolltest, absetzen wollen.« Er hatte sehr schnell gesprochen, schwieg nun und wischte sich mit dem Handrücken über die Stirn, ehe er noch leiser fortfuhr: »Und damit das nicht passiert, damit sie dich nicht absetzen, meine ich, muß ich dir etwas gestehen.« Er stockte von neuem, und während Lissy mit einem plötzlichen Gefühl der Beklemmung darauf wartete, daß er weitersprach, holte er tief Luft, räusperte sich und sagte endlich: »Nämlich, daß ich es war, der das Geld genommen hat von deinem Nachttisch damals!«

Lissy starrte ihn an, und es dauerte einen Augenblick, ehe sie den Sinn seiner Worte richtig begriff. »Du?« flüsterte sie schließlich. »Das kann doch gar nicht sein! Du hast mich doch noch so bedauert an dem Abend und gesagt, Julius sei bestimmt der Dieb, weil ich das Geldstück bei ihm entdeckt hatte.«

Martins eben noch so blasses Gesicht wurde flammend rot. »Doch, doch«, sagte er schnell und kaum hörbar, »es stimmt schon, ich war es. Und das Allerschlimmste kommt erst noch. Ich habe das Geldstück in Julius' Jackentasche gesteckt, als ich das Kreuz entdeckte.«

»Nein!« Lissy trat unwillkürlich einen Schritt zurück. »Nein, nein, du kannst doch nicht gewollt haben, daß Julius für einen Dieb gehalten wurde!«

»Zuerst nicht«, sagte Martin leise, »zuerst habe ich nur daran gedacht, daß ich dieses komische Geldstück so schnell wie möglich wieder loswerden müßte, aber dann . . .« Er schwieg, und sie dachte voller Entsetzen:

›Dann fiel ihm ein, daß es ganz gut für ihn wäre, wenn man Julius verdächtigen würde. Oh, wie schrecklich ist das alles!‹

Es schien, als habe er ihre Gedanken erraten, denn nun hörte sie ihn sagen: »Ich weiß, daß es schrecklich ist, was ich getan habe, wenn es auch niemals für mich selber war. Ich habe immer alles verschenkt. Die Kleinen zum Beispiel«, jetzt hellte sich seine düstere Miene für einen Augenblick auf, »freuten sich schon, wenn sie mich nur von weitem sahen.«

Lissy starrte ihn verwirrt an. Auf diese Weise hatte er sich Freunde machen wollen, weil es ihm anders wohl nicht gelang. Ja, nun erst kam es ihr zu Bewußtsein, daß Martin, wenn auch nichts gegen ihn einzuwenden war, stets etwas abseits gestanden und nie einen richtigen Freund gehabt hatte. Flüchtig dachte sie an die ersten Tage, in denen er und Julius, die beiden Neuen, sich, wie es schien, zusammengefunden hatten. Dann aber dauerte es nicht lange, und Julius schloß sich ihnen, Joan, Michael und ihr, an, während Martin bald mit diesem, bald mit jenem, am häufigsten aber allein zu sehen war. ›Vielleicht wäre das alles nicht passiert, wenn wir uns ein bißchen um ihn gekümmert hätten‹, dachte sie, und da fuhr er schon fort:

»Ich weiß natürlich, daß es trotzdem eine ganz große Gemeinheit war, und ich weiß auch, daß ich nur eins tun kann, um wenigstens etwas wiedergutzumachen, nämlich zu Rita und Richard zu gehen und ihnen alles zu erzählen.« Er hielt von neuem inne. Wartete er darauf, daß Lissy etwas sagte? Aber sie sagte nichts, zu sehr hatte sein Geständnis sie erschreckt. Damit mußte sie erst einmal in Ruhe fertig werden.

Obwohl die beiden Mathematikstunden bei Herrn Lynton keine rechte Gelegenheit dazu boten, konnte sie es nicht verhindern, daß ihre Gedanken unentwegt um das eben Gehörte kreisten, und endlich kam sie mit einem tiefen Seufzer zu dem Schluß, daß dies hier noch schlimmer war als das, was Robert getan hatte.

»Hast du Kummer, Elizabeth?« fragte Herr Lynton ebenso erstaunt wie besorgt, und sie antwortete verlegen: »Nein, Kopfschmerzen.«

Übrigens dachte sie seltsamerweise nicht ein einziges Mal daran, daß sich für sie alles zum Guten wenden könnte, falls Martin wirklich alles beichtete. Um so überraschter war sie deshalb, als sie während der großen Pause zu den beiden gerufen und wie eh und je mit einem freundlichen Lächeln empfangen wurde.

Verwirrt sah sie von einem zum anderen, gewahrte flüchtig den mit hochrotem Gesicht etwas abseits stehenden Martin und neben ihm Julius! Ihre Verwirrung wurde noch größer, doch ehe sie darüber nachdenken konnte, aus welchem Grunde Julius sich gerade jetzt hier aufhielt, hörte sie Richard sagen: »Diese beiden da haben uns gebeten, dich in deinem Amt zu lassen. Martin, weil es ihm keine Ruhe läßt, daß du es durch seine Schuld verlieren sollst, und Julius, weil er der Ansicht ist, daß wir uns keine bessere Vertrauensschülerin wünschen könnten als dich.«

Rita nickte. »Er hat uns eben erzählt, daß du ihm hast helfen wollen, genau wie du Kathleen damals geholfen hast, ohne daran zu denken, daß ihr seit einiger Zeit so böse aufeinander wart. Und darauf käme es an, meint Julius.«

»Und das meinen wir auch«, bestätigte Richard jetzt. »Wir meinen, daß es sehr viel bedeutet, wenn jemand seine eigenen Interessen zugunsten eines anderen zurückstellen kann, und deshalb halten wir es für richtiger . . .«

». . . für richtiger . . .«. Mit den gleichen Worten hatte Richard vor noch nicht allzu langer Zeit den Satz begonnen, der so schrecklich enden sollte: ». . . wenn du dein Amt wieder abgibst!«

Im Gegensatz zu damals aber, wo sie wie heute wußte, was er sagen würde, wartete Lissy mit leuchtenden Augen darauf, daß er weitersprach, was nun in besonders herzlichem Ton geschah:

». . . wenn wir unseren Entschluß rückgängig machen und du Vertrauensschülerin bleibst.«

Lissy strahlte vor Glück. Nun war alles gut. Nun konnte sie wieder aufatmen. Nun konnte sie hierbleiben und mit den anderen zusammen sein! Mit den anderen. Zu ihnen gehörte ja auch Martin. Martin, der noch immer mit niedergeschlagenen Augen an der gleichen Stelle stand. Würde auch er dabeisein? Oder würde man ihn von der Schule verweisen? Bei diesem Gedanken schoß ihr das Blut ins Gesicht, und sie sagte hastig: »Ich bin sehr froh, daß ihr mich nicht mehr absetzen wollt, und Julius und Martin sehr dankbar dafür, daß sie ein gutes Wort für mich eingelegt haben, und ihr werdet es sicher verstehen, wenn ich nun für Martin bitte, genauso wie er für mich gebeten hat. Seid nicht mehr böse auf ihn! Er wird bestimmt niemals wieder so etwas tun!« Sie atmete tief auf, und ein Stein fiel ihr vom Herzen, als Richard nach einer kleinen Pause freundlich entgegnete: »Darüber haben wir uns schon unsere Gedanken gemacht, und auch Lieselottchen wird sich ihre Gedanken darüber machen, und ich glaube, ich kann dich beruhigen. Da unsere Gedanken so schlimm nicht sind, wie du anzunehmen scheinst, werden es Lieselottchens natürlich noch viel weniger sein.«

Es würde also alles gut werden! Ganz plötzlich und unerwartet hatte sich alles zum Guten gewendet! War es nicht wirklich so, als wäre etwas geschehen, woran Julius und sie nicht hatten glauben wollen, nämlich ein Wunder?

»Das ist doch gar nichts weiter, gar nichts Besonderes«, sagte Michael ganz ohne sein berüchtigtes Grinsen, nachdem die glückstrahlende Lissy Joan und ihm ihre Erlebnisse erzählt hatte. »In dieser Schule ist alles möglich. In dieser Schule geschehen, wenn's sein muß, auch Wunder!«